有度文化

陈仓 —— 著

Zaijian
Bai
Suzhen

山西出版传媒集团
北岳文艺出版社
·太原

图书在版编目（CIP）数据

再见白素贞 / 陈仓著. —太原：北岳文艺出版社，2021.8
ISBN 978-7-5378-6418-3

Ⅰ. ①再… Ⅱ. ①陈… Ⅲ. ①中篇小说－小说集－中国－当代 Ⅳ. ①I247.5

中国版本图书馆CIP数据核字(2021)第130598号

再见白素贞

陈仓 / 著

出品人
郭文礼

选题策划
刘文飞

责任编辑
刘文飞

封面绘图
陈谋

书籍设计
张永文

印装监制
郭勇

出版发行：山西出版传媒集团·北岳文艺出版社
地址：山西省太原市并州南路57号　邮编：030012
电话：0351-5628696（发行部）　0351-5628688（总编室）
传真：0351-5628680
经销商：新华书店
印刷装订：山西人民印刷有限责任公司

开本：787mm×1092mm　1/32
字数：216千字
印张：8.375
版次：2021年8月第1版
印次：2021年8月山西第1次印刷
书号：ISBN 978-7-5378-6418-3
定价：59.80元

本书版权为本社独家所有，未经本社同意不得转载、摘编或复制

目 录

再见白素贞　　　　　　／001
通灵时间　　　　　　　／063
原始部落　　　　　　　／117
反季生长　　　　　　　／189

后记　　　　　　　　　／249

再见白素贞

1

"莫非他造塔的时候,竟没有想到塔是终究要倒的吗?"鲁迅先生说这话的时候,有没有想到这雷峰塔终究又建起来了,而且我这个侏儒式的许仙也会命犯桃花。

不妨告诉大家吧,我姓陈,原名叫陈小元,昵称"第七个小矮人"。具体有多矮呢?我测量过几次,每次从身高测量仪上下来都非常羞愧——仅仅只有155.5厘米,都不好意思运用四舍五入的方法说我160厘米。我的身份是上海一家机关小报的记者,每周还兼一两天的编辑,按照别人的说法,我管天管地又管柴米油盐,我利用这份工作确实也管了不少闲事,比如像许仙一样救救保护动物啊,比如给残疾人征婚啊,比如为含冤受屈的人抱打不平啊。最近一次,我卧底一家火锅店,在里边当了一名洗碗工,偷偷地把他们使用泔水油的过程都给拍下来了。因为我的连续报道,这家火锅店被查封,后来就接到好多电话,莫名其妙地把我骂了个狗血喷头,而且警告我,小心头顶掉砖头。每次接到电话,我就呵呵地笑着听他们骂,说我不怕,别说掉砖头,有本事你掉下个林妹妹让我看看。

遇见白素贞之前，我去雷峰塔溜达过一圈。当时情况是这样的。我们报社拿到相关研究部门的检测数据，说几味中药里含有有毒成分，估计与原材料有关，所以派我回老家那边采访。我的老家在陕西秦岭东麓，那是药材主产地，尤其我们大庙村，满山遍野都是天麻、茯苓、天冬和柴胡。我曾经回去探亲的时候，看到大家为了卖个高价，耍了五花八门的花招，比如用硫黄熏天麻，用双氧水漂白核桃。我从上海回大庙村没有直达车，必须先乘坐高铁前往杭州，然后转乘 K466 次绿皮火车，这趟火车是下午四点三十八分的，中间有四个小时的空当，我趁机去附近几个景点转了转。看到雷峰塔的介绍，我就琢磨一个问题，既然一九二四年的时候雷峰塔倒掉了，被法海压在雷峰塔下的白素贞，说不定已经跑出来正在西湖边游荡着呢。

从雷峰塔出来，我并没有许仙那么幸运，不过，一低头，在草丛中发现一条小蛇，有七八寸长，通体雪白雪白，从我脚下经过的时候，似乎有意放慢了速度。我拿起手中刚刚喝空的易拉罐，希望把它收起来，带回家养着。它会不会以为是法海招是搬非的钵盂，所以回头盯了我一眼，似乎说了一句"小样"，哧溜一声爬上一棵柳树不见了。

五天之后，我便在返回的绿皮火车上遇到了白素贞。

2

那是八月初，上海虽然已经出梅，依然下着淅淅沥沥的小雨，而陕西那边的天气十分晴好，我忙着采访的时候，被父亲逼着相了次亲。父亲有点狗急跳墙的味道，安排的相亲对象非常漂亮，不过是个小寡妇。我说你儿子长得再丑，也不会和寡妇结婚吧？父亲说寡妇怎么了？生起孩子来多方便呀。我说人家已经有个孩子，你直接认作孙子不是更方便吗？父亲说你都三十多了，耽误不起了。我安慰父亲说，缘分来了老天爷也挡不住。回上海的时候自己继续坐那趟慢腾腾的绿皮火车绕道杭州，说不定在火车上睡一晚上就能给他抱个孙子回来。

十分凑巧，正值暑假的旅游旺季，我返程坐下午五点三十六分发车的K468次火车，已经没有硬卧了，我就狠狠心花了五百多块订了一张软卧。这是我平生第一次坐软卧，我拿着那张车票坐在候车室的时候，像拿着某个女人闺房的钥匙等着天黑一样兴奋。我猜想，每个软卧包厢里仅有两张床，两个人处于独立封闭的十分狭小的空间里，在炎热单薄的季节，吃饭，洗漱，更衣，入睡，呼吸，醒来，一起穿过暧昧的夜晚……这多么像发酵面团或者酿酒，有什么不可能发生呢？不过，我也做了最坏的打算，比如遇到和我一样糟糕的男人，或者五大三粗的会打呼噜的女人。

这一切想象都过于美好或者过于悲惨。当我推开自己的软卧包厢，发现共有四个床位，有一扇可以关闭的门，除此之外与硬卧也没有什么太大差别，照样是需要爬上爬下的上下铺，照样铺着破旧的遗迹斑斑的白色被褥，照样有个拉着绿色窗帘的透明度不高的窗户，关键是有股刺鼻的混合型的气味。我失望地拍了拍硬邦邦的床，正要发牢骚的时候，突然看见包厢里还有点色调——这色调来源于一张脸，首先因为她是女的，性别特征十分明显；其次因为她和我年龄相仿，三十左右的样子。

我已经查过K468次火车，它的起点是西安，终点是宁波，途经商洛、丹凤、商南、镇平、唐河、信阳、潢川、固始、合肥、巢湖、芜湖、宣城、长兴南、德清西、杭州、绍兴、余姚，所以，她肯定是从前边的西安或者商洛上车的。她是这间包厢里仅有的一名乘客，静静地坐在上铺的角落里，静静地看着窗外的站台。

窗外正是黄昏，夕阳鲜红鲜红的，把站台上来来往往的乘客拖得很长，像是被她拉扯着的不愿意松开的一根根橡皮筋。她穿着一条白色纱裙，又把白色被子搭在腿上，而且绝对忽略了我的到来，所以我开始并没有看见她。当我看见她的时候，立即给她起了个名字——白素贞。因为她看上去尤其像赵雅芝在《新白娘子传奇》里边饰演的白娘子，至于具体哪里像白娘子我不清楚，只觉得她的目光有几分冰凉，穿着的白裙子像蜕下来的一张蛇皮，上边布满闪闪发光的鳞片。我不明白给她私下起的这个名字代表着白娘子还是代表着演员赵雅芝，反正那是我对她的第一反应，她们三个人确实挺像的。她真实名字叫什么也不清楚，当我和她莫名其妙地纠缠在一起的时候，怀疑她会不会就是从雷峰塔下跑出来的蛇妖。

整个晚上，白素贞并未走出包厢，仅仅下了几次床，每次都非常短促，似乎翻看自己放在床下的行李，或许寻找什么东西，还幽幽暗暗地说了几句什么。后来，我听到偶尔有虫子吱吱的叫声——火车正在穿过夏季的山峦，能听到虫子呢喃并不奇怪，只是那声音隐隐约约，也许来自火车内部，也许来自火车外部。我猜测，白素贞频频下床寻找的，也许就是一只鸣叫的虫子。在我们秦岭山区，虫子非常多也非常普遍，从春天一直叫到初冬，但是我对虫子认识不多，分不清蛐蛐、蝈蝈和蚂蚱。我也大大咧咧地巡视过两遍，还是无法判断那声音来自何处，有时候都怀疑那不是虫子的叫声，而是火车某个部位的摩擦声，或者干脆就是自己的耳鸣。那声音微弱、孤单，甚至有几分凄凉，节奏也越来越慢。我躺在床上，仔细地辨认着虫子的方位，想象着它的类别，体会着它的处境，这样的过程无异于催眠，让我很快也进入了梦乡。

那天晚上，我梦见了几天前看见的那条白蛇，它已经长大了，盘在我的胸口，张着嘴，吐着芯子，在不停地蠕动着。

当我醒来的时候接近第二天十点，白素贞已经洗漱完毕，仍然盘腿坐在她的上铺。

再过两站就是我要下车的杭州。我终于壮了壮胆子开始搭讪,问她是不是陕西人。白素贞说,差不多。我说下一站是不是德清西。白素贞说,不知道。我说大概几点到杭州。白素贞说,应该快了吧。我说你出差还是旅游。白素贞说,我回上海。我说,我们竟然是同路的,千年修得同船渡,是不是毛爷爷他老人家说的?白素贞说,可能吧。我说,你是不是姓白?白素贞说,为什么?我说,你长得这么白,不姓白真是天理难容……白素贞并没有被我的幽默逗乐,我只好言归正传地说,我觉得你很像赵雅芝或者白娘子,更像我小学同学白素贞,最合理的解释就是你叫白素贞。

父亲中间给我打了个电话,仍然在追问小寡妇的事情,我故意把声音提高了几分,说男人三十有什么关系,个子矮点有什么关系,娶个个子高点的,不影响下一代就行了,反正宁愿打一辈子光棍,也不能委屈自己。放下电话,我从包里摸出一张名片递给白素贞,然后又掏出手机说,我们扫一下微信,回上海请你吃饭。她接过名片,随手装进了裙子里,眼睛盯着窗外淡淡地说,对不起,我没微信。我尴尬极了,恨不得把手机扔出窗外。

我明白,我被无情地拒绝了。

我说,这年头,你没有微信?

白素贞并没有解释,微微地闭上眼睛,很快发出均匀的呼吸声……

绿皮火车哐当哐当地向前行驶着。半个小时过后,突然,白素贞的呼吸急促起来,两片薄薄的嘴唇颤动着,像落入蜘蛛网的一只蝉的两只翅膀。她似乎在和谁亲热,又遭到一条恶狗的追赶……我想,她应该做噩梦了,便拍了拍床板,摇了摇她的胳膊。她醒了,睁开眼睛,开始死死地盯着天花板,后来又死死地盯着我——她第一次正面看我,蒙蒙眬眬地问，我刚才怎么了？

我说，你做梦了。她说，你怎么知道我做梦了？我说，因为我钻进去了呀！她说，你从哪里钻进去的？我说，我忘记了，反正梦就是公园，都是有入口的。她说，你别瞎掰了，我是说你到底干什么了。我说，我只是叫醒了你。她说，你老实交代你都干什么了。我说，我只是摇了摇你又拍了拍你。白素贞的语气越来越重，说你到底干什么了，快点告诉我，不然……我说，不然怎么了？

她说，不然我就告诉我妈。

我以为她要说的是警察。她说出"我妈"的时候，我松了口气，不免有些想笑。我说，你觉得我干什么了？她掏出一张湿巾纸，擦了擦自己的脸，用不容置疑的口吻说，你亲了我！

我愣一下说，亲是什么意思？

她说，你说什么意思？

我说，是吻吗？

她说，你说呢！

我说，你是不是还在做梦啊？

这时候，列车员推门进来，说杭州站马上到了，应该收拾行李下车了。白素贞忽然想起什么似的，爬下床，从床下边拉出自己的行李。她的行李不多，除了一只黑色的拉杆箱，还有一只竹编的绛红色的提篮。她慌乱地打开提篮，在里边翻了翻，然后趴在地上，朝床底下张望。白素贞有些失魂落魄地说，你还动了我的行李对不对？我说，我什么时候动过你的行李？白素贞说，还有什么时候？当然是昨天晚上！

我感觉事态有些严重，说你什么东西丢了吗？

火车到站了，我提起行李开始下车。我本想等一等白素贞，也许可以乘坐同一辆高铁返回上海，方便的话还可以打车把她送回家……但是现在，我必须赶紧离开。

但是已经来不及了。白素贞左手提着拉杆箱，右手轻飘飘地提着篮子，已经迅速地挤到了我的身后。她说，在她睡着的时候，有没有其他人进来？我说，除了列车员之外，只有风。白素贞说，那么有没有什么东西从包厢里跑出去？我说，除了列车员之外，还是风。白素贞说，我说的不是人，也不是风，你又看不见风。我说，那你说的是什么？你是不是睡着了还没有醒啊？白素贞说，请你认真地听我说，我有重要的东西不见了。我说，那和我有什么关系呢？白素贞说，那个包厢除了你就是我。我说，你认为我是小偷对吗？白素贞说，当然，你的嫌疑最大。我说，包厢里还有你，难道你没有嫌疑吗？白素贞说，我自己也有嫌疑。我说，你到底丢掉了什么？是手机还是金银首饰？白素贞说，是一只蛐蛐。我说，蛐蛐是什么？我听不懂你的话。

我已经走上了站台，白素贞还是紧紧地跟着，说蛐蛐又叫蟋蟀，它们会吱吱地叫，这个你懂吧？我本来有两只，成双成对的两只，但是另一只不见了。

我知道这是个捕捉蟋蟀的季节。我们报社楼下的保安，每年秋天的时候都会请假回家半个月，专门捕捉蟋蟀带到上海卖给那些以斗蟋蟀取乐的人。我说，半夜的时候，我确实听到了叫声，还奇怪火车上怎么会有虫子呢。白素贞说，所以你动了我的提篮，然后把它放掉了对吧？我说，我为什么要放掉它啊？白素贞说，你觉得它可怜，或者嫌它吵闹，所以就把它放掉了，我看到你鬼鬼祟祟地起过两次床。我说，你也起过几次床，为什么不是你自己放的呢？我老实告诉你吧，我不知道它在床下，也不知道它是蟋蟀，从后半夜直到今天早上醒来，就再没有听到它的叫声了。白素贞说，那是它们睡着了。我说，蟋蟀也会睡觉吗？白素贞说，你都会睡觉，人家蟋蟀为什么不会睡觉？

我回过头，盯了一眼这个被我命名的白素贞，她迈着细碎的步子不离不弃地跟着我。她已经不像赵雅芝，也不像修道成妖的白素贞，真像条不停地吐着芯子的蛇。我说，如果蟋蟀就是蛐蛐，它们还有另外一种消失的方式，你知道吗？白素贞说，什么方式？我说，它们会吃掉自己的。白素贞说，它们怎么吃掉自己？我说，它们先吃掉自己左腿，再吃掉自己的右腿，它们还可以相互帮忙，你吃掉我，我吃掉你。她说，胡扯！它们为什么要吃掉自己，为什么要吃掉对方？我说，也许它们饿了。她说，你饿了会吃自己吗？我说，当然，在非常孤独的时候。

我在心里暗暗地想，也许真的见鬼了。好在杭州是个大站，有着浩浩荡荡的人流，把我这个小矮子迅速地淹没了。我加快脚步，迅速拐进地下通道，重新检票进站，坐上了返回上海的高铁。时间还处在一个初秋的下午，江南的天气已经变了，除了淅淅沥沥地下着小雨，还起了大雾，据说能见度不足一百米，高速后退的树木、水塘、房子，更增添了几分朦胧和神秘的气氛。

3

事情过去两个多月，上海几乎进入秋末冬初，关于白素贞以及我们共同乘坐的那趟绿皮火车，我已经忘记得差不多了。那阵子，我又忙完一个漂亮的新闻策划，帮助了陕西老家那边的一所贫困小学。小学校长在一次暴雪当中，为村里抢修高压电线的时候，不幸遭到电击失去了双臂。但是他并没有离开讲台，每次上课的时候，由值日生把粉笔递给他，他用嘴叼着粉笔在黑板上写字，用嘴叼着钢笔备课，给学生批改作业……即使如此，我打电话给他的时候，他说没有什么愿望，就是希望学校有个电脑室和图书室，自己还想到上海来听听课，看看人家大城市的老师都是怎么教书的。我被校长的精神深深地感动,在上海发动了一场规模不大的慈善活动,首先给学校捐献了二十台电脑和一批图书,其次联系了一家假肢厂免费给校长安上了假肢,最后让父亲牵线搭桥,把那个漂亮的寡妇介绍给了他,如今两个人正在甜蜜地恋爱呢。

所以,我们报社在中层干部公开竞聘的时候,我顺理成章地成为社会部主任的人选,经过演讲、答辩和民意测评,一切都进行得十分顺利,很快就进入了公示环节。按照大家的看法,公示只是哄哄人走走过场而已,同事们在楼上楼下见我,已经不再直呼大名,而是提前改叫陈主任了。

正当我雄心勃勃地准备就职社会部主任之时,分管我们的李副社长给我打了个电话,说要和我谈谈。当我推开他的办公室,他笑眯眯地说完"坐吧",就不再吱声了。他这是在期待着什么,于是我开始表态说,请李社长放心,我会好好干的,争取策划更多的慈善救助活动,采访更多的舆论监督报道。我进一步暗示,我不会忘记他的提携之恩,等事情结束了,我要好好地谢谢他。他似乎并不满足,仍然使劲地盯着我不放,我干脆狠狠心,肉麻而直接地告诉他,我是他一手培养起来的,以后就是他的人了,他指到哪里我就打到哪里,他让我杀人我绝对不会放火,他让我抢劫我绝对不会偷盗。

他的眼睛终于眨了一下,说陈小元啊,我什么都喜欢你,就是不喜欢你胡说八道,我们是报社又不是黑帮,我们只会救人救火,怎么可能杀人放火,而且我必须纠正你的话,你不是我的人,你只是报社的人,你还是党员,所以你根本上是党的人。他停顿了一下说,你既然是党的人,就必须注意作风问题……他说完之后,从抽屉里取出四封信,沉重地推到我的面前。

我感觉气氛有些不对,问公示的时候是不是有人投诉了我?他不等我伸手,又把信收了回去,然后说,你说说看,你有什么值得人投诉的吗?

我说，平常采访的时候，基本会有几百块钱红包，这是行业内人人皆知的潜规则，但是我每次都退回去了，有几次是政府部门发的，我不好退，回来就请同事们喝了咖啡，或者直接投进了爱心捐款箱；有一些报道对象，他们感激我们，会表示表示，比如那个无臂老师，他从上海离开的时候，偷偷地留下两张交通卡，总共一千块，我知道他正在谈恋爱，没有一身像样的衣服，就花了一千多块买了一套雅格尔，给他寄回去了。前些天，他又从老家寄来两箱苹果，是他自己家产的，退回去肯定不合适，我就和同事们一起分了分，你当时也分享到了，感觉我们陕西的苹果是不是挺甜的？

李副社长说，你的意思是你完美无缺？我说，我又不是神仙，我就老实交代吧，我们收到很多求助线索，大多数根本没有办法报道，我就利用记者的关系，私下帮忙给解决解决，比如给穷孩子找找工作，比如帮助被骗的消费者维权……另外，我还拿着记者证免费地进过不少公园，最脸红的就是利用记者身份花花人家小姑娘，你说说除了记者身份还有点光环之外，我这个丑八怪还有什么值得炫耀的吗？李副社长说，男人嘛，比的是心灵美。我说，如果比心灵美，我卖力地工作，老老实实地做人，尽量积德行善，又不喝酒不赌博不嫖娼，差不多就是天下第二美男子了。李副社长说，第一美男子是谁？

我说，还能有谁，李社长你啊。

李副社长说，我是副社长，马屁不要拍过头了。

李副社长继续笑眯眯地说，你是不是美男子，你自己说了不算，现在我说了也不算。

我说，那谁说了算？

李副社长说，白素贞。

当李副社长说出白素贞三个字的时候，我首先想到的还是赵雅芝和她出演的那条蛇妖，并没有立即联系到绿皮火车软卧包厢里偶遇的那个人，她与自己早就是毫不相干的了，何况那个名字是我私下的称呼，仅仅在搭讪的时候提起过一次，当时并没有得到她的确认和认同。

我说，哪个白素贞？他说，你认识几个白素贞？我说，如果你指的是妖精的话，我起码认识一百个，我身边的每个人，都十分可疑。他说，我也可疑吗？我笑着说，当然可疑，不过你不会是蛇妖，你应该是法海。我想问一下领导，到底是谁投诉我？我不就竞聘一个社会部主任吗？又不是陈世美竞聘驸马爷。他说，这个投诉和竞聘无关。我说，那我就无所谓了，谁爱投诉就投诉去吧。他说，但是，如果处理不好啊，不仅仅是个主任了。

我一头雾水地说，不为主任，谁会写匿名信啊？李副社长说，人家不是匿名的，人家是实名的，我都说了，投诉人的名字叫白素贞。我说，白素贞这个名字很明显是假的。他说，你怎么知道是假的？我说，除非她爹妈有毛病，不然怎么会取个妖怪的名字呢？他说，投诉的人有两个，另外一个是白素贞她妈，你知道叫什么吗？我说，白素贞是蛇变的，估计她妈叫蛇蛋。他说，什么鸡呀蛋呀的，人家叫骊山老母。我说，那不是她妈，应该是她师傅，白素贞的法术就是骊山老母教的，还有樊梨花、穆桂英这些厉害的娘儿们都是骊山老母的弟子。

李副社长说，你能不能严肃一点？

我说，我怎么不严肃了？这些都是神话故事里记载的。反正我行得端走得正，不仅没有做违法乱纪的事情，在路上遇到蚂蚁都是要绕道的。

李副社长仍然笑眯眯的，但是他不再盯着我看，所以笑眯眯的味道已经变了。他说，你想得简单！你没有踩死蚂蚁，难道你没有放跑人家的蟋蟀？蟋蟀你认识吧？人家说那可不是普通的蟋蟀，那是她的男朋友……现在的人真变态，养只狗吧，叫儿子，养只蟋蟀吧，叫男朋友。

我的脑子里顿时吱吱地叫了几声，那个穿着白纱裙的姑娘立即草蛇灰线地浮了出来。我说，我真不认识蟋蟀，不过我明白了，我确实认识白素贞。他说，你们怎么认识的？我说，在绿皮火车上。他说，挺浪漫的嘛。我说，而且在软卧包厢里。他说，所以你就动了邪念？放走蟋蟀只是人家的投诉内容之一，人家主要投诉你趁她睡着的时候亲了她。我说，那是她在做梦，她做噩梦的时候，是我把她叫醒的，如果说我亲了她，那也是在她的梦里，如果在梦里亲了她，这是怪不得我的。

李副社长说，那怪谁？

我说，反正我是清白的。

李副社长说，人家为什么平白无故地投诉你？

我想了想说，只有一种可能，她对我有意思，在坐火车的时候，她很少说话，一直看着窗外，似乎十分孤独。李副社长说，看着窗外就孤独了？我说，当然了，反正你没有见过她，你不知道她的孤独是多么可怕，她的神情酷似修行千年的一条蛇妖。他说，如果是蛇妖，人家就会看上你？你又不是许仙，虽然许仙家贫如洗，和你一样相貌平平，但是人家上辈子是有救命之恩的。我说，但我是童男，起码我是单身，她发现我是单身。他说，你就吹牛吧，单身是真的，童男肯定是假的。我说，当然不是吹牛，你如果是女领导，或者我是女记者，我就让你开包检查。

李副社长板起面孔说，你这么矮，又这么低俗，我看人家不像冤枉你的样子，你还是老实交代吧。我说，这么无中生有的事情，你让我怎么交代？你能把投诉信让我看看吗？我想看看她是怎么说的。他说，投诉信是随便看的吗？不过，我告诉你也无妨，这四封信其中两封署名是白素贞，还有两封署名是白素贞的妈妈骊山老母，内容全部都是一样的。我就奇怪了，如果不是你告诉人家的，她怎么知道你的姓名、工作单位和单位地址呢？我说，她有我的名片。他说，你发给人家的？我说，是啊，我想让她给我们提供新闻线索。

李副社长说，你把单身也写在名片上了吗？我看你是想花花人家对不对？

我说，所以，我觉得这不是投诉信。

李副社长说，你觉得是什么？

我说，是情书。

李副社长说，有这样写情书的吗？我说，人家毕竟是个漂亮的大姑娘，为了显示她的含蓄和矜持，把情书写成投诉信多有创意啊，不然的话，莫名其妙地投诉别人，除非有病。他说，如果是情书，她为什么不直接写给你，而要写给报社领导呢？我说，就是啊，她为什么不直接寄给我呢？

李副社长像橡皮筋，把脸上的笑收了回去，用非常严肃的口气说，你别自作多情，也别一味地狡辩，对于几封投诉信，我也没有对外声张；我今天私下叫你过来，就是和你了解一下情况，商量商量怎么处理。报社的复杂性你是清楚的，按照你的工作能力和职业道德，当个副主编也不过分，但是为了提拔你这个主任，我顶着天大的压力，也冒着很大的风险，你在这个节骨眼上，可不能出什么岔子。我说，我这个主任是不是当不成了？他说，这要看你的态度，关于你非礼人家的事情，对方说"被迷迷糊糊地亲了一下"，其实这都什么年代了，一夜情啊，漂流瓶啊，摇一摇啊，乱七八糟的事情什么没有？亲一下有什么了不起的？但是人家母女二人鼻涕一把泪一把，口口声声说是心灵受到了巨大的创伤，要我们必须给她们一个说法。

我说，她们有什么要求吗？李副社长说，她们没有具体的要求。我说，那怎么办？难道她的目的是以毒攻毒，也来亲我一口？他说，你做什么白日梦我不管，但是我建议你买些东西，先去登门拜访一下，杀人不过头点地，你好好地道道歉，不让她们闹到社会上去，那就好办了，真的闹出去了，你的主任是一方面，关键害怕有人就此大做文章，无限地上纲上线，把矛头指向我，问题就严重了。我说，我怎么道歉啊？我一道歉，那不就承认自己有问题了吗？他说，对于男女关系，从来都不是讲道理的时候，也没有讲道理的余地，你说自己没有问题，她说你有问题，这样的事情传出来，你说说大家会相信谁？恐怕其他人都会相信她——她毕竟是女人，又是漂亮的女人。

我说，妈的，我真后悔当时没有动手，如果真动手了，别说去低个头，就是给她下个跪，也是值得的。李副社长说，到底有没有亲，差别也不大，你就当是把她给那个了。我说，那个了是什么意思？他说，就是睡了！你权当自己把她给睡了，你以睡了人家的心态去负荆请罪，保证什么事情都摆平了，而且你还是单身，你怎么讨好她，其实都不丢人，韩信你知道吧？他不钻人家的裤裆，就过不了那一关，在他荣华富贵之后，大家都以为他要报仇，但是他不仅没有杀屠夫，还感激不尽地给屠夫封了官。如果你这次表现得好，不仅仅是主任的问题，说不定还真能降服她的心，把她变成你的老婆。

李副社长说，你别当成道歉，权当是去约会吧。

我叹了口气，说我都不知道人家的门朝哪里开，我到什么地方去约会啊？李副社长说，人家投诉信上写着，在普陀区的真如镇，你不是也住在真如镇吗？那边有座真如寺对不对？你们说不定还是邻居，甚至就是隔壁的老王，那也算是天意了。

我拿到李副社长抄过来的地址一看，竟然是曹杨十二村，这地方位于上海西北部，确实离真如寺不远，离自己也不远，每天上班的时候，都要从那片社区的大门前经过。那是一片老式居民小区，比较破败，也没有太高的建筑，大门坐西朝东开着，向西边远远地望过去，能看到真如佛塔的大半截身子。北边是一家老年医院，南边是一家精神卫生中心，其实就是一家精神病院，时常会有行为怪异的人站在门口，手中挥舞着一根筷子，在指挥交通或者指挥交响乐。

  我和李副社长谈完话，当时正是下午时分，秋末冬初的天气不错，天空蓝蓝的，阳光黄黄的，风已经冷丝丝的，梧桐树虽然还是绿的，但是叶子已经耷拉着，露出一副萎靡不振的表情。我没有什么采访任务，于是早早地离开报社，钻进了回家的公交车，打算从中途下来，去白素贞家那边走一趟。虽然她对自己的投诉有些荒唐，但我还是想认认真真地对待一下，以免玷污了自己的清白，误了李副社长为自己争取来的大好前程。自己从秦岭山区来到上海，从一位农民变成记者，这之中受了多少委屈，经历了多少煎熬，不就是期待着有一天能够混出一官半职吗？有了这一官半职，自己就可以利用这点权力，更好地为遭遇不公的人抱打不平，给更多的弱势群体提供一些帮助，而且自己这个小矮子，已经过了三十而立之年，要相貌没有相貌，要钱财没有钱财，要靠山没有靠山，如果再没有一官半职，或者干脆丢掉了饭碗，那自己不仅仅是喝西北风，恐怕真要打一辈子光棍了。

  想到马上又能见到白素贞，我不免还有一丝兴奋，毕竟她的漂亮在我的心里留下了美好的印象。我在心里盘算着，当她打开门看到我的时候会是什么反应呢？她那清凉的如蛇芯子一般的目光会不会燃起一股哀怨的欲火呢？她投诉的目的到底是什么呢？是为财吗？是要一句道歉吗？或者说她确实想以一种曲折的方式来接近我？那好吧，我真是求之不得，我这个单身的丑陋的男人，如今最需要的不就是女人吗？

  在精神卫生中心门前的水果摊上，我称了几斤苹果和几斤香蕉，又狠狠心花费两百块钱买了一箱猕猴桃，然后打听着进入曹杨十二村，在小区西南角找到了白素贞的家。那栋楼没有电梯，她家住在顶层的六楼，在楼梯口安装了一道铁栅栏。铁栅栏关着，很难确定有没有上锁。我从外边敲了半天，里边没有任何反应，五楼的人家把门打开条缝，只见其声不见其人地问，你找谁？我说，我找602，她们还没有下班吗？五楼似乎有些惊讶地关上门，再没有什么回音了。

我下了楼。在对面的裙房里开着一家理发店，我钻进理发店准备象征性地理理发，顺便打听下白素贞家里的情况，比如她是不是上海人，家里还有没有父母兄妹，到底是干什么工作的。只有了解清楚底细，才能更好地与她进行沟通，不仅仅可以消除误会，说不定还真有进一步发展下去的机会。

理发师是个年轻帅气的小伙子，他边帮我理发边主动地问，你是来看望朋友的吗？我说，是呀，我的朋友好像不在家。理发师说，你的朋友是几楼的？我说，是602的，你知道她几点下班吗？理发师停顿了一下说，有时候晚，有时候早，不过都在天黑以后，我从来没有见过你，你们刚刚认识吧？我说，其实也不算认识。理发师说，那是不是网友？我说，也不算是网友。理发师说，你不会是她新找的男朋友吧？我说，你看看，我这海拔，有可能是人家的男朋友吗？理发师说，你知道她是干什么的吧？我说，不知道。理发师说，你又是干什么的呢？我说，我是报社的，我是来采访的，你能说说她吗？

理发师也许看在记者的面子上，向我娓娓地讲起了白素贞。

4

理发师说，她已经三十多了，还没有结婚呢。

我第一反应是十分庆幸。首先庆幸白素贞和我一样属于大龄青年，对于女人而言三十岁是一道门槛，跨过这道门槛就没有什么可骄傲的了，像过季的衣服是需要打折促销的；其次庆幸她还没有结婚，自从在绿皮火车上遇到她，我认为她未婚似乎是理所当然的事情，但是仔细一想，如果她已经结婚了，我这么莽撞地登门道歉那是多么危险。

大家掌握的信息都很普通，白素贞的名字当然不叫白素贞，不知道她真实的名字叫什么，就像不知道一条蛇从何而来又去向何方一样。她妈更不叫骊山老母，只是响应号召去陕西临潼的骊山下当过知青，恰恰又姓丽，大家就叫她丽妈。丽妈在骊山那边嫁了个当地的普通农民，生了个女儿就是白素贞，多年以前从一家造纸厂下岗，才带着白素贞回到了上海，在曹杨十二村买了房子，把户口迁回了上海，恢复了上海人的身份。那时候真如地区还比较偏僻，房子不到两千块一平方米，不像如今已经涨到四五万了。白素贞是在上海参加的高考，原想着考上上海的大学，以后在上海找个工作，从此也就正正经经地成为上海人了，但是高考的时候成绩不好，勉强考上一家卫生学校的大专护理专业，毕业后没有进医院当护士，而是进了一家档次极高的美容院。

白素贞似乎从天上掉下来的一样，没有人见过她爷爷奶奶，也没有人见过她爸，有人问起来的时候，白素贞总是一脸茫然，而丽妈只有一句话，她爸呀，早走了。大家不明白到底是跑掉了，还是死了。母女两个过得不好也不坏，起码是平平安安的，但是在白素贞毕业那一年，丽妈突然患上一种怪病，每次发病的那几天，整天整夜不睡觉，总是冲向小区附近的广场，嘴里像煮米粥一样咕咕嘟嘟的，绕着广场不停地转圈子。那个广场十分空旷，位于某区政府办公室大楼前边，丽妈每次去广场上转圈子的时候都会发现一个纠缠不清的问题，或者因为一个纠缠不清的问题才去广场上转圈子的。久而久之，大家已经分不清，丽妈先去转圈子，还是先发现了问题。反正许多问题，在大家眼里都是司空见惯的，比如踩到一脚狗屎了啊，比如路上有个坑把人绊倒了啊，比如小广告把公交站牌给遮住了让人坐错车了啊，有时候是关于自己的，有时候是关于别人的，看似鸡毛蒜皮的小事情，但是扯来扯去就变成了与生活息息相关的大事情。

丽妈带着问题回家之后，开始一笔一画地写投诉信。丽妈在投诉信中总是抱怨说，那不是一堆狗屎的问题，也不是一个坑的问题，更不是小广告的问题，而是社会的问题，是人心的问题，是有没有人管的问题。每次一模一样的投诉信要写四封，前三封分别寄给居委会、镇政府等相关职能部门，最后一封直接寄给某某区长。具体要寄给哪位区长，也根本不看他们的分工，而是看当天的新闻频道，如果谁的名字出现在电视上，那么丽妈的投诉信就会寄给谁。这些信，不管寄给谁，层层批示下来，最后转一圈子，又会回到镇政府或者居委会。

据看到过投诉信的人说，丽妈的信有理有据，没有错别字，行文工整，思路清晰，给人的感觉是，丽妈还是挺有文化的，并非胡搅蛮缠之人。其实，丽妈只有初中毕业，又那么大一把年纪，是没有多少文字功底的，但是遇到不会写的字，丽妈就一个个去查字典。丽妈毕竟是绞尽脑汁的，所以边写信边撕扯自己的头发。丽妈的头发总是被撕扯得七零八落，像遭到了恶人的欺凌，或者像个患病的疯子。

病情每次发作的时候，丽妈都像梦游一样，过后有人问起来，丽妈只记得自己写过信和投诉的内容，很少记得自己去过广场，也不记得围着它转过什么圈子。有人怀疑丽妈是不是得了精神病，建议去小区隔壁的精神卫生中心看看心理医生，可是遭到了丽妈的拒绝和严厉指责。丽妈曾经怀疑自己，脑子里是不是长虫子了，不然也不会那么撕扯自己的头发，于是跑到医院里拍CT，做核磁共振，并没有查出什么结果。丽妈说，其实我根本没有病，是你们大家都病了。

大家猜测，丽妈的毛病可能是少女时代落下的，因为有一年国庆节，丽妈作为青年学生代表，去北京天安门广场参加升旗仪式，本来可以向人民英雄纪念碑献花，但是丽妈那天偏偏感冒发烧，被一下子烧糊涂了，从而错失了一生中最重要的机会。从北京回来之后，丽妈就背着行李爬上火车，到陕西上山下乡去了，从此只要见到英雄们的雕像和画像，丽妈便会痛心疾首地到处乱窜。每次在外边乱窜几圈回到家，丽妈就要坐下来边撕扯自己的头发边开始写信，那时候她写的还不是投诉信，而是向自己心目中仰慕的英雄前辈汇报思想，反映自己热烈的上山下乡生活。后来，新的时代开始了，记忆也随之慢慢地模糊了，所以丽妈的病就慢慢地好了。尤其迁回上海开始的那几年，丽妈的身体不仅没有出现异常，而且还活得相当快乐，天天早晨去公园跳舞唱歌，直到白素贞参加工作之后的那年暑假，丽妈和几位老知青一起，回陕西曾经工作过的造纸厂游玩。当时造纸厂关闭了，正在进行大肆拆除，昔日热火朝天的设备被抛弃在河边，像一块块锈迹斑斑的废铁，厂子中央有一座英雄人物的雕像已经不见踪影，从推倒的墙壁里露出几条标语依然清晰可见。丽妈发现这一切，受到了强烈刺激，病情又复发了。

也就是在那一年，第五套人民币流通了，上边印着伟大领袖的肖像，这种新版人民币总会引起丽妈无限的回忆。丽妈常常像财迷一样，直直地盯着钞票两眼放光，她似乎顺着那薄薄的一张纸，看到了炮火连天的岁月，看到了英雄们前赴后继的身影，看到了血液染红的旗帜，也看到了如今在金钱面前各种各样扭曲的表情……看着看着就迷迷瞪瞪地向附近的广场冲去，然后带着个看似针尖那么大的问题，开始不停地写信，反复地投诉、纠缠。丽妈为了避免受到刺激，交代白素贞尽量把纸币藏起来，专门准备一些硬币放在家里供她们花销，因为一元、五角和一角的硬币上边没有人物，分别印着菊花、荷花和兰花。但是丽妈的病情越来越厉害,因为在生活当中,人人都在挖空心思捞钱,什么事情最后都会归于钱,所以接触到钱的机会非常普遍,而且有些人知道了丽妈的弱点,比如买菜呀购物呀,比如诈骗呀推销呀,他们一旦与丽妈发生纠纷,或者伎俩被丽妈揭穿之后,就故意掏出新版人民币,在丽妈的眼前使劲地晃个几十秒,就把丽妈给逼疯了。

还有一种更加可信的说法是,丽妈的病情之所以复发,与白素贞毕业之后不去医院当护士,而是为了追求高工资进美容院上班有关。在丽妈那一代人眼里,去医院多好啊,工作稳定,不吃青春饭,自己看病又方便,而且救死扶伤,在社会上受人尊重,如果遇到战争或者大灾大难,还可以上前线报效祖国。何况白素贞长得漂亮,穿着白大褂应该更漂亮。但是美容院是什么地方?是腐朽的堕落的生活场所,放在过去的那个年代,就是资产阶级生活方式,是要被批判的。于是,丽妈看到白素贞就像看到阶级敌人一样,胸闷气短,唉声叹气,老毛病就复发了。

据大家观察,白素贞在美容院里的工资非常高,每月至少有一两万块,即使丽妈隔三岔五就去外边折腾一番,她们的日子还是过得挺宽裕的。白素贞穿衣打扮非常讲究,经常穿着的那件蛇皮似的白裙子估计需要一千左右,肩上挎着的那只黑色背包估计是意大利名牌;她自己在美容院上班,对美容一点也不含糊,要么把头发焗成棕色的,要么把头发焗成浅红色的,多数时候是焗成黑色的,显得时尚又美丽。

白素贞到底在哪家美容院上班,没有人说得清楚,每次问起她上班的地方,就像当初问起她爸一样,白素贞同样一脸茫然,似乎她不是上班,而是做梦。大家不敢问丽妈,一旦有人唐突地问起来,丽妈就会撕扯自己的头发,就会朝广场那边跑。她们如此神神秘秘,或者神神道道,引起了更多的猜测。有说白素贞根本不在美容院,应该是在洗头房,洗头房是干什么的,大家都是懂的;有说她仅仅是个大专生,只能在小诊所当护士，小护士是干什么的，不过消消毒打打针而已。那她宽裕的消费从何而来呢？有可能是哪位大老板给的。大老板为什么给她钱呢？自然是她长得漂亮。大老板给她钱干什么呢？大家也是懂的。再怎么议论，对她当面还是挺尊重的，因为她毕竟孝顺乖巧，而且对左邻右舍也相当客气。

直到有一次，白素贞有个女同学结婚，才把她的身份给暴露出来了。她的女同学家在曹杨八村，由于两家离得比较近，两个人关系又特别好，那天结婚的时候，就请白素贞给她当伴娘。同学的男朋友姓吉，家住虹口区景祥路，准确地说是与景祥路交叉的西宝兴路。因为提起西宝兴路大家都不陌生，立即会联想到一家特别的又是人人绕不开的单位，那就是宝兴殡仪馆。吉先生提醒说，请她当伴娘不合适吧？同学说，你是不是嫌我胖，羡慕人家长得苗条？吉先生说，我就喜欢胖的，吃肉我也喜欢肥的，只是怕她抢了你的风头。同学说，这是结婚，新娘是我，有什么风头好抢的？

这位同学长得五大三粗也就算了，偏偏嫁的这位吉先生玉树临风，留着一头卷发，活脱脱是一副徐志摩的样子。在结婚当天，当白素贞穿着一袭白纱裙站在新娘新郎旁边的时候，大家都把白素贞当成新娘来起哄，说白素贞与吉先生才是型号相同的一对，问司仪是不是把人弄错了。正当真正的新娘被冷落在一边有些生气的时候，突然冒出个男人自称是吉先生的表姐夫，这位表姐夫端着一杯酒走过来，冲着白素贞说，这位弟媳妇，我好像认识你。新娘站出来说，你弟媳妇是我，人家只是伴娘，你别搞乱了。表姐夫说，我怎么会乱说啊，我好像在什么地方见过她。

白素贞说，你怎么会见过我呢？表姐夫说，你在西宝兴路上班对吗？新娘说，人家在美容院上班，西宝兴路有殡仪馆，怎么可能有美容院呢？表姐夫你是不是喝多了？白素贞说，就是的，我连西宝兴路在哪里都不清楚。表姐夫说，难道你是双胞胎吗？新娘说，人家是独生子女，怎么可能是双胞胎呢？表姐夫说，我突然想起来了，她如果不是双胞胎，那我遇到她就不止一次两次，好几次是在西宝兴路公交车站，她在那里上车下车。新娘说，在那里上车下车又怎么了？吉先生插话说，我说表姐夫，你看到美女想套近乎，也不用这么老土吧？小心回家被我表姐罚跪啊。表姐夫说，我和她套近乎？还不把我吓死了！

表姐夫把杯子中的酒一饮而尽，然后指着新娘问，这个伴娘你是从哪里找来的？新娘说，她是我同学。表姐夫说，你的妆也是她化的？新娘说，是呀，人家在美容院上班，免费给我化化妆，并不比专业的差吧？

表姐夫还没有听完，就哗哗啦啦地吐了一地。大家纷纷说，少喝点吧，别喝醉了。表姐夫提起酒瓶子，咕咕嘟嘟又喝了几口，然后把酒瓶子往桌子上一扔，说你们以为我喝醉了?!老实告诉你们，不是我喝醉了，而是我觉得太恶心了，你们知道这个伴娘是干什么的吗？我彻底想起来了，她不在美容院上班，而是在殡仪馆上班，她是给死人化妆的，竟然还给人家新娘子化妆，你们觉得是不是太缺德了？有人说，你真的喝醉了，你这么说有证据吗？表姐夫说，证据是我爸，我爸前几年去世的时候，就是她给我爸化妆的，我爸是发生车祸去世的，鼻子下巴都被撞歪了，是她想办法把鼻子给隆起来的，把下巴给矫正的。我记得非常清楚，当时她戴着口罩，不过脖子上有两颗痣，都是三角形的。

脖子上长痣并不奇怪，但是长成三角形的却十分罕见。大家一齐转过头，发现白素贞雪白的脖子左边，真有两颗三角形的痣，红小豆那么大，呈暗红色，像贴上去的贴纸。大家一下子陷入了痛苦的回忆，有的说自己儿子去世的时候好像就是她给换的衣服，有的说自己老妈去世的时候好像就是她给化的妆，有的说自己老公去世的时候似乎就是她给整的容。本应该是感恩戴德的事情，大家说着说着，反而开始呕吐起来，连司仪也手足无措地坐在地上，不知道说什么好了。现场出现了可怕的沉默，并不像参加一场婚礼，而像参加遗体告别仪式。

几分钟过后，新娘似乎明白了什么，冲上前对着白素贞扇了两个耳光，然后冲进厕所把脸上的妆给卸掉了，再出来已经素淡得不成样子，无论如何都不像结婚，倒像是披麻戴孝。

白素贞从头到尾也没有做任何解释，因为她确实是在殡仪馆上班，也确实是给往生之人化妆的。当时，新娘要她做伴娘，同时求她帮忙化化妆的时候，她认真地推辞过了，但是新娘说，我们是老同学呢，你怎么还想收费吗？白素贞说，不是收费的问题。新娘说，你不是美容师吗？难道你不会化妆吗？白素贞说，也不是化妆的问题。新娘说，那你啰唆什么啊？我们是同学，在这么关键的时候，你不帮忙还要同学干什么啊？

白素贞还是答应了。其实她犹豫的，不是钱，更不是技术，而是自己的身份。自己的身份毕竟不同。人家那是喜事，无论当个伴娘，还是给新娘化妆，自己看得都是挺淡的，但是并非人人都能看得开。

当年，白素贞没有选择去医院当护士，而是选择进殡仪馆当化妆师，确实是看在高工资的份上，在这个视钱如命的社会，似乎只有钱能改变命运。在进入殡仪馆之后，她如愿以偿地拿到了高工资，几乎是小护士的好几倍，但是她还是无法适应，甚至有一些后悔，有几次险些就辞职了，看在钱的分上才支撑了下来。后来，随着送走的人越来越多，她看到的死因五花八门，知道的悲剧千差万别，高大的弱小的，富裕的贫穷的，好的坏的，什么样的人生都有，她的心就变了。她明白，那不是给死人化妆，而是在给死神化妆，只有把死神化美了，那些离去的人才会有尊严地离去，那些活着的人才会减轻悲伤，才不会恐惧死亡，继续活下去。所以她每次面对死神，都像面对英勇就义的英雄，必须一丝不苟，需要充满敬意，自己也生出了许多英雄气概。她觉得，在美容院就不一样，你面对的是活人，你可以嘻嘻哈哈，也可以浮皮潦草，客人不满意的话，大不了不来而已，何况最好的美容师从来不是别人，而是自己，最好的美容术不是胭脂红粉，而是精彩地活着。只要你好好活着，你就会红光满面，就会精神抖擞，就不会腐烂。

等理发师讲完了关于白素贞的故事，我抬起头朝着镜子里一看，发现自己原来留着的用来增加身高的一头长发，被他不知不觉地剪成了光头。理发师也许发现了我的惊讶，主动解释说，你还是留光头好看。我说，我这么矮，好看在哪里？理发师说，光头显得比较酷，矮点有什么关系呢？

我还惦记着白素贞，问那场婚礼泡汤了吧？理发师说，婚礼还没有结束，客人们都纷纷而散，说是觉得晦气。不过，那桩婚姻后来也泡汤了，据说结婚前为了逃离西宝兴路，两家合资在大华地区买了一套婚房，为了分割那套房子两家人打得不可开交，吉先生没有进洞房倒是进了监狱，不知道是不是真的。

我说，当然不是真的，婚礼是不欢而散，但是人家过得好好的，第一胎生了个儿子，如今又生了二胎是个女儿，算是儿女双全了，关键是夫妻恩爱，不仅没有离婚，反而和新婚一样甜甜蜜蜜。理发师说，你怎么知道的？我说，我是记者啊，有什么东西能瞒得住记者呢？你知道原因是什么吗？原因是请了这么个伴娘，无异于请了个保护神，还有她化的那个妆是辟邪的，什么小三呀小四呀阿猫呀阿狗呀，谁还敢近身啊？

理发师说，原来这样啊！你这样解释也挺有道理的。

我说的，其实只是我的美好想象而已。

我离开理发师的时候，已经接近黄昏了，还是没见到白素贞回来，也没有见到丽妈回来。白素贞也许还在殡仪馆里吧？丽妈也许又去广场了吧？反正她家的那扇窗户依然是黑乎乎的。我问理发师要了一支笔和

一张白纸,简单地写了一段:

白素贞同志:

　　我不知道人为什么会做梦,我也不知道梦的出口和入口在哪里,我更无法阻止别人的梦和我进入别人的梦。我想我们之间,如果有误会的话,可能都是因为梦,梦是一切矛盾的根源,也可能是一切希望的所在。但是我不怪做梦的人,要怪就怪我这个梦中人,或者是我这个把梦叫醒的人。反过来说,梦也是生活的一部分,生活又是梦的一部分。天马上就要黑了,又到了人人都想做梦的时间,此时谈论是是非非、真真假假、虚虚实实已经不重要,重要的是我来了,无论从梦中来还是外边来,我都会郑重地说一声"对不起"。顺便申明,你的蟋蟀真不是我放走的,如果它真的不见了,自然有它不见的理由,比如回归自然。

给你敬礼!给丽妈请安!
×年×月×日
绿皮火车上的乘客陈小元

我把信折叠成一只燕子,然后再次爬上六楼,连同几样水果一起,放在铁栅栏的外边。在离开的时候,我忍不住嘴馋,拿出个猕猴桃捏了捏,发现还是硬邦邦的,享受的时机还不成熟,于是又放了回去。

5

又过了一个半月,不知道是什么原因,我的社会部主任迟迟没有得到任命。从理发师那里听到白素贞以及丽妈的信息之后，我对于主任的事情想开了不少，所以还和往常一样，要么背着包外出采访五花八门的民生新闻，这里帮人解解忧，那里替人出出气，偶尔待在办公室里编辑花花绿绿的报纸，在楼道里碰到李副社长的时候也只是朝他点点头，简单地打个招呼而已，并没有多少探听消息的欲望，也没有心情向他汇报发生在白素贞身上的故事。

有天晚上，忙到凌晨一点多，当我紧张地编完当天的版面准备下班，突然接到李副社长的电话，让我去他办公室一趟。李副社长仍然是笑眯眯的，开始并不主动说话，只是盯着我等着什么。这么僵持了几分钟，他给我倒了杯水，然后无关痛痒地说，今天版面内容不错，尤其是那个标题很温暖。

在报社，除了暗访类的舆论监督之外，我主要联系的条线是民政、妇联、残联和慈善，我采访的新闻或者编辑的版面，几乎全是温暖的和有帮助的信息，我不喜欢那些打打杀杀的太猎奇的东西，我认为新闻对老百姓来说应该是有用的，我要拨开阴云和忧郁，让人看见阳光和雨露。我当天编了两个版，有七八个标题：《环卫女工正在扫马路时，有人捧着九十九朵玫瑰向她求婚》《六旬男子抱着八旬母亲，坐在医院大厅里排队候诊》《公交司机在生命的最后一刻，把车稳稳地停在路边救了一车人的命》……我不明白李副社长指的是哪一条，所以我说，领导想说的恐怕不是标题吧？

李副社长低头喝水，似乎要把整个人都埋进水杯里，说你去见白素贞了，对吧？我说，你说的是哪个白素贞？他说，你又开始装了！你给人家买了不少水果，有香蕉，有苹果，还有猕猴桃，花了不少钱吧？我说，奶奶的，好几百块呢，我这辈子对自己也没有这么大方过，你看看是不是应该让报社给报销一下？他说，你还说了"对不起"是不是？我说，不是说的,是写的好不好!他说,人家说你留下的信,不仅字写得漂亮,而且不愧是个诗人,我就奇怪了,人家怎么知道你是诗人?我说,人家是谁?这些情况你是怎么知道的?他说,人家来信了,表扬你了。

我说,你说的是她还是她妈?李副社长说,和上次一样,既有她,也有她妈,人家说你还在百般抵赖,什么梦里梦外的,虽然没有多少诚意,但是接受你的道歉,关于你非礼人家的事情就过去了。我说,我再次申明,那不是事实。他说,是不是事实已经不重要了,你道歉了,那页就算翻过去了。

我说,这还差不多。

李副社长说,不过嘛,新情况又来了。

我说,什么新情况?李副社长说,你想想还有什么新情况?我说,不会哪辆火车脱轨了,也要怪在我的头上吧?他说,火车脱轨还轮不到她们来投诉你。我说,还是她们?你说的新情况还是白素贞?

李副社长说,除了小白,你难道还有小青?我给你说吧,这次你这个主任,我看有些玄乎了。我说,反正我也看淡了,玄乎就玄乎去吧。他说,你以为仅仅是个主任吗? 如果你破罐子破摔,或者不负责任的话,不是我吓唬你,恐怕连我也会受到牵连的,你知道我们报社的老社长马上退休了,按理说应该由我这个副社长来接替,可是许多人盯着这个位子,这个轻重你应该懂吧?我说,我们小记者懂什么呀?

李副社长说,放在平常,你亲一口白素贞,就是睡了白素贞,也不算什么事情,但是在这个关键时期,哪怕是一根针,也会被人放大再放大,把它变成千斤顶,把我给活活地顶到半空。前几天党委开民主生活会,有一位副书记知道投诉信的事情,说人家除非吃饱了撑的,不然为什么一而再,再而三地投诉你?要么说明你真有非礼人家的问题,要么说明我这个分管领导在处理群众信访问题时的态度不积极、不实诚、不公开，对于投诉，如果查证属实，这不仅是党员的作风问题，也是记者的职业道德问题，更是我们选人用人的问题。这话的意思，你听出来了吧？你是谁招聘来的？是我招聘来的！这次主任是谁提出来的？是我提出来的！那么你出了问题是谁的问题？自然是我的问题！

我说，这不是明摆着的上纲上线吗？而且白素贞不是已经原谅我了吗？

李副社长拉开抽屉，从里边取出五封信推到我的面前，笑眯眯地说，人家在表扬你的同时，又变本加厉地投诉了你。我说，还是说我非礼她？他说，当然不是的。我说，那说我睡了她？他说，你没有那个本事！我说，是不是投诉我买的猕猴桃太硬了？他说，人家说放两天已经软了！我说，是不是投诉我买的苹果不甜？他说，人家说陕西洛川苹果甜得很！我说，那投诉我什么？他说，这次啊，人家回过头投诉你在绿皮火车上，把人家的蟋蟀给放走了。

我气愤地说，又是诬陷！

李副社长说，人家诬陷你？你真没有见到过她的蟋蟀？

我说，我听到过吱吱的叫声，以为是什么虫子钻进了火车，你知道那正是虫子到处乱窜的季节。李副社长说，人家没有说错啊，人家有两只蟋蟀，原来是成双成对的，那只"男朋友"不见了，另一只就太孤单了。我说，蟋蟀难道没有长腿吗？不见了就得找我？他说，软卧当时只有你们两个人，不是你放走的，就是她自己放走的。

我说，不管怎么样，不就一只蟋蟀吗？用得着写这么多信搞我？李副社长说，上次四封，这次五封，有一封直接寄给了区长！我说，写给区长的信怎么跑到你副社长手中了？他说，按程序一级级批转下来的。我说，领导那么忙，为一只蟋蟀批来批去，也太无聊了吧？他说，信访无小事，这怎么是无聊？！而且别小看一只蟋蟀，最贵的有几万元。我说，你吓唬我吧？这些破虫子，在我们乡下，拉屎的茅坑里都是的，我给她捉几只回来不就行了？他说，你有点常识好不好？当时是夏季，现在是秋末冬初，捡几片树叶子方便，捉一只蟋蟀可不容易。

我说，那就等到明年夏天，我保证还她一百只。李副社长说，等到明年夏天黄花菜都凉了，我暂时捂一月两月可以，终究要闹到报社层面的，其他领导一插手就复杂了，而且人家在信中说，如果没有人管，她们还会继续信访。我说，让她们信访啊，上海不行还有北京呢，北京不行还有中南海呢。我的脑海中，突然浮出了理发师讲述的故事——白素贞她妈在写这些信的时候，也许在她妈的潜意识里，信不是写给区长的，而是写给英雄前辈的，目的并非投诉，而是汇报思想，说白了就像呓语，和自己向自己汇报思想是没有什么差别的。

李副社长说，人家还说了，不排除去广场拉横幅。我看这母女两个不像是说着玩的，到时候横幅一拉，上边不管是谁的责任，到时候有些人就会拿着鸡毛当令箭，责令你公开赔礼道歉是轻的。我说，那严重的呢？他说，严重的，是给你真真假假地整一堆材料，不管你在梦里还是梦外，亲了人家一口还是十口八口，给你安一顶猥亵妇女的帽子，也不管你放走了一只蟋蟀还是偷走了一头牛，再给你扣一顶盗劫财物的帽子，到那时候你百口莫辩，哭都来不及了。

我说，你也太夸张了吧？

李副社长说，你是记者，你认为我夸张吗？

李副社长说得有些夸张，但是在现实生活当中，这样的案例也并不少见。

我伸手去拿信，被李副社长给挡住了。他说，信你就别看了，我给你一周时间，早点处理早点安心，不然夜长梦多。我说，他妈的，真是倒霉透了，领导你有什么建议吗？他说，第一个方案是，你先去西藏南路、中山北路、灵石路、武宁路,在几个大的花鸟市场看看,据我所知,在夏天的时候,蟋蟀的生意都很兴旺,如果你的运气好的话,碰到一只两只长寿的,就买回来给她送过去。我说,万一真像你说的,几万块一只怎么办?他说,现在不是斗蟋蟀的季节,真有人养那么一两只,也只是自己玩玩而已,所以不会那么贵的;万一有人故意哄抬价钱,那也没有办法,解决问题要紧,应该不惜一切代价。我说,万一她们较劲,非要原来那只,那又怎么办?他说,那说明她们精神有毛病。

我真想说,她妈的精神确实不正常,想想还是把这句话咽下去了。

李副社长说,最好是启动第二方案,你就打感情牌。我说,什么叫感情牌?他说,你天天上门,今天给她妈买点水果,明天给白素贞买束鲜花,后天给她们家修修下水道,大后天给她们家清理清理空调,天长日久,不信她们还好意思投诉你。我说,还有第三方案吗?他说,当然了,最理想的,就是打亲情牌,必要的时候以身相许。我说,以身许谁?他说,当然是女儿了,反正你是单身,她们孤儿寡母的,你随便追一个。我说,李社长啊,你还说我低俗,你们这些领导不仅低俗,而且缺德。他说,听我把话说完!追上小的,当媳妇;追上老的,当干妈。

两个人聊完天,走出报社的时候,已经接近凌晨三点了。我抬头看了看天空,有一弯下弦月悬挂着,清清淡淡得像即将融化的冰块,夜风由凉爽早就转为寒冷,不禁吹得人有些发抖。往日骑着共享单车回家的时候,我总是注意着两边的夜行人,或者是稀稀落落的灯火,这天晚上,我留意的却是街道两边的绿化带。我在仔细地倾听着绿化带,哪怕是已经躺在床上了,似乎仍有吱吱的噪声似的声响,隐隐约约地含含糊糊地传来,我不知道那是不是虫子的鸣叫。

第二天正好是周末,我草草地吃过早饭,迷茫而又兴致勃勃地出发了。我要照着李副社长提供的几个地址,逐一地去逛一逛。这么多年了,我还没有真正地逛过花鸟市场，因为对我们这些外来人而言，花鸟鱼虫和我们的生活是毫不相干的。我的生活就像一只瓶子，只适合用来装水，而不适合插花。装水是为了在口渴的时候喝上一口，而插花是为了在悠闲自得的时候慢慢地欣赏。

我专门买了一张地图，百度了几家花鸟市场的具体地址，然后由远及近地一家家地跑过去。我去西藏南路的时候，人家摊主正在侍弄几盆菊花，有些鄙视地说，现在几月了啊?! 我去中山北路的时候，人家摊主正在喂养几只小鸟，有些冷冷地说，你是玩蛐蛐的人吗？我去灵石路的时候，人家摊主正在擦拭几只花瓶，有些漫不经心地问，你想要蛐蛐？我说，是啊，你这里有吗？人家问，你能出什么价钱？我说，价钱可以商量。人家就拨通电话问，你那只蛐蛐还在吗？怎么不在了啊？呵呵，好可惜啊。摊主放下电话告诉我，那只蟋蟀是他八月份从山东宁津县收购来的，当时八百块卖给一位姓黄的玩家，哪知道那只虫子生性好斗，可以说是百战百胜，给黄老板赢了几十万，所以比赛结束之后，黄老板把它当成退伍的英雄一样，给它治伤，给它洗澡，买鳜鱼和大龙虾之类的美食，捣成肉泥给它养老，天气转凉之后，在阳台上专门建了一间玻璃房，安装了空调，但是毕竟虫子的命，还是逃不过节气，立冬不几天就死了，黄老板把蛐蛐埋在公园里，还举办了一个小小的葬礼。

最后一次，我来到武宁路花鸟市场，原来做蛐蛐生意的一家门店，已经改做乌龟王八生意了。摊主笑着说，你买乌龟吧。我说，我要买蛐蛐。摊主似乎不明白我的话，还是笑着说，乌龟寿命长，又便宜，而且好养。我有些沮丧，在离开这家门店的时候，我想起了李副社长，又想起了白素贞和丽妈，不过这次想起的白素贞，已经不在奔驰的绿皮火车上，而在一间安静的房子里，她的面前摆着一具尸体，身上覆盖着雪白的床单。

我转身买了两只小乌龟装进蛐蛐罐里。我认识这种乌龟，它们将随着时间的推移，不停地长大再长大，足可以大到我们无法预料的程度。我毫不犹豫地又买了一箱葡萄和一箱橙子，然后打着出租车向曹杨十二村赶去。

6

当我第二次来到白素贞家楼下的时候，时间还在下午，天气非常好，白云在楼顶一动不动地堆着，感觉整个世界都轻飘飘的，有些天堂的样子。六楼的那道铁栅栏如今是开着的，我进去敲了敲靠西的那扇门，依然没有任何反应。声控灯似乎坏了，使劲地弄出再大的动静也不见亮，所以楼道里有些暗淡，甚至有几分恐怖。

我放下水果和两只乌龟匆匆地下了楼。回到楼下，发现那家理发店关着门，门上贴着一张告示，大意是家里要办喜事，暂时停业七天，七天之后回来，免费开门三天，所以请邻居们耐心等待。有一位中年妇女，站在我的身边告诉我，理发师回家结婚去了。

理发师家是南通那边的，原来是个当兵的，从部队退役之后，开了这家理发店，谈了个上海的女朋友，在普陀区一所小学当老师。两个人谈了七八年，和正常夫妻都差不多了，但是理发师提了不下十次的亲，每次都被女朋友的父母给轰出来了。父母不答应，主要嫌弃理发师是个外地人，又没有正式工作。直到前几天，有人主动做媒，想成全这段苦命姻缘。其实也不是做媒，而是写了几封信，两封寄给了市区两级妇联，投诉父母干涉婚姻自由，往小里说是老封建，往大里说是违法的，而且给上海人丢脸。我们的城市精神是什么？是海纳百川！人家理发师，多好的一条小溪，正准备奔流入海呢，你死活不接受，这说明什么？说明你没有大海的胸怀，充其量是个带着偏见和歧视的小水潭子。另一封寄给了女孩的父母，说外地人多好啊，他的父母亲戚都不在身边，你们把女儿嫁给他，不等于白白捡了个儿子吗？起码和倒插门女婿是一样的。人家原来是保过家卫过国的，据说还立过几次三等功，如今凭手艺开理发店，也算响应政府号召自主创业，而且无论战争年代还是革命年代，头发天天长，胡子日日新，除非天生是个秃子，不然哪怕天王老子，十天半月都要理发。理发的时候又不可能把头卸下来快递给网店，所以，理发店多稳定啊，理发师多有前途啊。顺便说一句，不是吓唬你们，小伙子长得那么帅，女孩排着几里长的队在盯着，我给你们五天时间，如果再不答应，那么我就把自己女儿嫁给他。他的理发店就在我家楼下，我对毛主席发誓，这是上天注定的……这个媒人，在信中放了一张自己女儿的照片，女孩的父母收到那封信，又看到如花似玉的照片，也许是开窍了，也许认识到包办婚姻是不对的，于是高高兴兴地答应了。理发师害怕夜长梦多，第二天就带着女朋友办理了结婚证，第三天就回南通大摆酒席入洞房去了。

我说，真不错！这个媒人是你吗？

中年妇女说，我哪里会写信呀。

我心里咯噔一下，问是不是六楼的？中年妇女说，是的，我们也有点意外，你是来理发的吗？我看你的头发也不长，就等理发师回来吧，到时候不仅有喜糖吃，还可以给你免费呢。

我抬起头，看了看六楼的那扇窗户，说我不是来理发的，而是来找六楼的。她说，你是报社记者对吗？你前些日子来过一次，还买了不少水果，我都听说了。我说，你都听说什么了？她说，听说她们投诉你非礼，你给她们道歉了。我说，你是谁呀？怎么会知道这么多？她说，我是居委会的，我姓刘，叫刘万清，前一届主任辞职了，我目前代理主任工作。

刘万清指了指理发店外边的一张长条椅，示意我们坐下来聊聊。

刘万清说，你可能不知道，她们母女两个每次写投诉信的时候，都会抄送一份给我们，就是她们不抄送给我们，上级部门也会把情况转给我们，让我们帮忙做做调解工作。我说，她们投诉我的事情，你们相信吗？她说，相信不相信已经不重要了，真真假假也不重要了，重要的是你不给个说法，她们就没完没了啊，你非礼人家的事情解决了，放走蛐蛐的事情又出来了，你把蛐蛐的事情解决了，她们接着又会投诉别人，这叫按下葫芦起了瓢。你是记者，见识多，如今社会这么混乱，大家为了利益，什么伤天害理的事情都干得出来，国家也在治理整顿，但是擦个屁股，都要花费时间，都不可能做到完美无缺。就拿她们投诉的牛皮癣小广告来说吧，我们刚刚费尽气力清理干净，一夜之间，又贴上去了，而且用的是强力胶水，想要撕下来，比治疗牛皮癣都难。所以，我们最头痛的，不是她们投诉了什么，而是她们什么时候不再投诉了。

我说，就没有其他办法吗？刘万清说，我们几乎把办法都想遍了，开始以为是女儿的主意，心想年轻人，总归是有单位的，只要找到她的单位，让单位找她谈谈话，给她施加一些压力，但是只知道她在美容院，具体在哪家美容院，我们四处打听过，没有一个人清楚，也派人跟踪过她，她像个潜伏的特务似的，出门就把我们甩掉了。我说，她不是在殡仪馆吗？她说，那是后来才知道的。如果她在政府机关工作，为了自己的饭碗和前途，或许就好办了，但是偏偏在殡仪馆和死人打交道，我打电话给她单位，你知道单位怎么说吗？说她那不是投诉，是伸张正义，是啄木鸟捉虫子，对社会生态是有益的，你们不表扬就算了，还想让我们出面阻挠，那好啊，我们直接开除她，你愿意来这里上班吗？

刘万清唉声叹气地说，我们在小区里遇到她，怎么问她，她不解释，也不吱声，被问多了，她就一句话，我也不知道，你问我妈去吧。我们趁着丽妈没有犯病的时候，一了解，那些信和女儿无关，都是丽妈自己写的。我们比对过笔迹，确实都是丽妈写的，开始丽妈一个人署名，自从女儿的身份暴露之后，丽妈就把女儿的名字也加上去了。我们劝丽妈，有什么要求都好说，千万别再写信了，我们工作做得再好，你一封信就是孙猴子的一棒子，就把白骨精打回了原形，什么功劳都被否决了，所以优秀党员、文明单位、领导提拔，什么都被搅黄了，上一届的居委会主任就是看不到前途辞职的。但是丽妈说，你们要是觉得我投诉有理，那就赶紧解决问题，而不是层层推诿，和和稀泥，把老百姓根本不放在心上；如果觉得我胡搅蛮缠，甚至是违法乱纪，那就把我抓起来，关进监狱算了。

刘万清说，有阵子，真把人逼上了绝路，也想把丽妈抓起来，但是那么一把年纪，似乎精神又有问题，抓起来出点事情，那更不好收拾了。何况真要抓丽妈的话，也没有什么法律依据，人家除了正常地写信投诉，绕着纪念碑转转圈子，念几句口号，也没有其他任何扰乱社会秩序的行为。我们为了感化丽妈，过年过节带着东西上门慰问，但是人家说，你们看看我们困难吗？我们过得比上不足比下有余，所以心领了，慰问品是绝对不收的。我们给医院打过招呼，丽妈去看病，直接一路绿灯，不用排队，但是人家说，来看病的，谁不急啊，我为什么搞特殊？我们偷偷地把她们的小区物业费给免除了，但是人家发现了，分文不少地都补上来了。丽妈犯病了，去广场上绕圈子，我们派保安跟在后边，像保镖一样保护丽妈，万一摔倒了也好扶一把，但是丽妈说我腿脚好着呢，你们有那些力气，多去抓抓小偷吧。最后，她反过来告我们一状，说我们没有原则，在败坏社会风气。

我说，人家挺有自尊的，她们这样做的目的是什么呢？刘万清说，问过了，丽妈在犯病的时候，就呼喊几句口号；丽妈在清醒的时候，说她们没有目的，如果说有目的的话，就是想端正风气，想让大家多关注民生疾苦，想让社会变得更美好。我说，目的也是挺纯正的。

我感觉丽妈有时候和我的想法一样，我们记者风里来雨里去，不说是为民请命吧，起码是想做一些善事。

刘万清说，丽妈每次送投诉信到社区来，我们居委会像对待锦旗一样，双手接过去；如果遇到吃饭时间，都要留她在食堂用餐，而且把她一路送到门外。大家怕哪个环节不周到，就会成为她的投诉对象，一旦成为她的投诉对象，那就没完没了。她家是602室，601室原来住着一个女孩姓米，也是南通那边的。小米从上海财经大学毕业，去一家外贸公司上班，天天凌晨一两点钟才回家。小米平时打扮得花枝招展，尤其喜欢穿着高跟鞋，每次上楼或者在家里，高跟鞋敲打得楼板咚咚响，就引起了居民们的不满，说高跟鞋叩在地板上，像两台挖掘机一样恐怖，把钥匙插进锁孔里的声音太大，像一把刀插进插出那么刺耳，吵得大家失眠睡不着。丽妈听到反映，也不找小米沟通，每隔几天就写三封投诉信，一封寄给区里，一封寄给居委会，一封寄给女孩的公司，搞得小米在公司非常难堪。丽妈在投诉信里说，这种不顾别人感受的人，如果是共产党员的话，必须清理出党的队伍，以免影响党的形象；如果是领导干部的话，就应该给予记过处分。当时小米恰好处于预备党员公示期，所以入党的事情就泡汤了。小米被处理之后，丽妈把寄给公司的那封信改寄给了公安局。她说这样的人，打扮成那个样子，扭着水蛇腰，路都走不直，天天半夜三更回来，怀疑是不是在外边做皮肉生意，要求公安部门予以严查。公安局通过居委会回复说，经过深入调查，人家是良民一个，之所以天天在公司加班，是因为公司是做外贸的，和客户有十几个小时的时间差。丽妈把这封信又改寄给了市里，投诉的对象又加上了公安局，说公安局不作为，包庇坏人。小米赌气，不仅不注意，还故意放摇滚，把整座楼都弄得颤巍巍的，像吃了摇头丸。居委会无奈，去做小米的思想工作,说你去报个芭蕾舞的培训班吧,费用我们给你报销,只求你上楼下楼的时候,尽量像跳舞一样踮着脚尖。后来,小米还是屈服了,再回家就把高跟鞋脱下来提在手上,像贼像猫又像在跳《天鹅湖》。再后来,心想还是搬家算了,到房产中介挂牌出租或者出售,但是中介听说对面住着这么个邻居,哪里还敢代理啊。

我说,最终怎么解决的呢?刘万清说,我干脆也叫她白素贞吧,自从白素贞在殡仪馆的工作被暴露之后,事情就完全颠倒过来了,小米被吓得不敢回家,家里人从南通赶过来,天天堵在楼道,朝602身上吐唾沫,把垃圾堆在602门口,在602门上贴符咒,说是从真如寺请来辟邪的,逼着602搬家。她们投诉归投诉,除了钻钻牛角尖,处事还是温和的。601又是符,又是骂,小米的弟弟还拿着刀,有几次守在602门口,搞得她们心灰意冷,也想把房子卖掉或者租出去,重新找个安静的地方隐居下来,但是去房产中介挂牌,因为房子里住着个神经病,又住着个给死人化妆的,这样的房子哪有人接手啊。最后,还是居委会出面,给小米每月补贴两千块钱,让她在公司旁边租房子搬走了,这套房子居委会和物业租下来当成了库房。

我说,这也不是长久之计吧?刘万清说,是啊,大家开始寄希望于丽妈把病看好,后来嘛,我们说一句不近人情的话,只好等着丽妈哪一天不在了,世界就真正太平了。

我听到此处,头皮有些发麻,问,她们母女一般什么时候在家?刘万清说,我也不清楚,说实话吧,有时候在家,也不见得给你开门。我说,为什么呀?她说,原来白素贞身份没有暴露,家里还是挺热闹的,自从身份暴露之后,连政府部门来做调解工作的,推销的,也不愿意上门了。

刘万清说,其实她们也挺可怜的,白素贞她爸的情况不清楚,但是可以确定是陕西的,和你还算老乡。我说,你怎么知道我是陕西的?她说,也是信里写的,她们在信里什么都写了。我说,我长的这副德行呢?也写了吗?她说,当然,她们说你不足一米六。我说,她们眼睛还挺毒的,所以嘲笑我是三级残废,对吗?她说,人家说你像童话里的小矮人。

我笑了笑说,这还是投诉信吗,怎么感觉像是表扬信啊?

刘万清也笑了笑说,从写信的角度看,还是挺有水平的,丽妈毕竟是地地道道的上海知青。白素贞在上海有不少亲戚,直系亲属就有个舅舅和两位阿姨。出事之前,舅舅阿姨经常带着表哥表妹来串门子,谁家添丁呀做寿呀升学呀升官呀发财呀,去酒店摆几桌子的时候,少不了要邀请她们母女参加。还有白素贞的同学朋友,经常有各种各样的聚会,她这朵校花不参加似乎就不完美。自从出事之后,白素贞就被当成笑话传开了,舅舅指着她的鼻子一顿臭骂,说你给活人化妆还好,给自己化妆也行,偏偏给死人去化妆,这和阴曹地府里的牛头马面有什么区别?我限你三天之内辞职,不然就没有你这个亲戚。白素贞说,辞职可以呀,但是谁来养活我们?你们来了又吃又喝又拿的,这些东西从哪里来?舅舅说,想想过去,我就恶心,你不辞职,我宁愿饿死。白素贞自尊心大受伤害,不服气地嘟哝着说,你饿死了不需要化妆吗?人总有死的时候,又不会长生不老!舅舅听了,上前就给白素贞一个耳光。从此之后,所有的亲戚像不认识她似的,偶尔遇见了,不吱声也不点头。有人问起白素贞的情况,他们愤愤不平地说,她呀,早死了。久而久之就再不联系了,更别说是来往了。白素贞的同学朋友更干脆,有任何聚会不仅不再通知她,还删除了她的联系方式,把她的微信拉进了黑名单,甚至连同学之间的合影照片,也把她给剪掉了。

大家有任何事情都躲着白素贞,不再提起白素贞。不小心提到白素贞,就有人出现呕吐,时间一长,似乎就没有这个人,或者这个人已经去世了,只存在于另一个世界。

7

大朵大朵的白云不知道什么时候都消失了,太阳把天空像口锅一样烧得红彤彤的。

刘万清说,尤其是白素贞的男朋友,莫名其妙地跳进黄浦江自杀了。

我彻底被震住了,问为什么要自杀呀?

刘万清说,有人说是得了忧郁症,也有人说是被鬼缠身了,她男朋友也是陕西人,比你高不了多少,黑不溜秋的,人很憨厚,有点像《天下无贼》中的傻根,在一家装修公司当设计师,她和她妈两个人都叫他小徐。

我听了有些吃惊,问是言午许吗?名字是不是叫许仙?

刘万清说,还许仙呢,你以为她真是白素贞啊!她们投诉你的时候用了个笔名叫白素贞,是你给人家起的绰号,不过,她的长相像白素贞,气质倒是非常像条蛇。

白素贞的男朋友小徐跳黄浦江的那天,是两个人认识两周年纪念日,准备去东方明珠上边的旋转餐厅吃饭,半年前预订位子的时候,白素贞的身份还没有暴露,连男朋友小徐也以为她在美容院上班。小徐有时候要去接她下班,她就坐一站公交车或者步行,远远地来到中山北路某家美容院前边等着。小徐问她工作的地方,她下巴就朝着美容院指一指;小徐要去美容院看一看,她就生气地说,有什么好看的,那里边全是美女,你是不是想花心啊?白素贞的身份暴露之后,小徐并不清楚,虽然发现有些人的眼光十分异样,也没有太往心上去。但是白素贞的心态变了,开始总说自己工作忙,尽量减少两个人的约会,两个人真正约会的时候,她又说自己这里不舒服、那里心情不好,两个人除了拉拉手、抱一抱之外,她死活不让小徐亲她。小徐觉得非常奇怪，问她是不是变心了？她说，我怎么可能变心呢，只是得了口腔溃疡，我们两个人一亲啊，就把溃疡传染给你了。

小徐说，是溃疡，又不是艾滋病，有什么了不起的！而且唾沫是消毒的，我给你消消毒吧。

白素贞说，病从口入，你可不要看不起溃疡，发展下去有可能就是癌症。

白素贞再怎么说，每次一见面，花前月下的时候，小徐还是不管不顾地抱着她亲个没完没了。

白素贞每次和小徐亲热的时候，包括拉手、拥抱和抚摸，内心尽量保持着愉悦感，感觉自己的身份不应该影响她的幸福。比如好多人，还走上前去，深情地亲吻那些离去的人的尸体，而自己再怎么样，毕竟是活生生的干净的人。但是一想到被蒙在鼓里的小徐，她的良心还是受到了强烈的谴责，竟然把那些亲密动作的渴望慢慢转化成了恐惧，她的整个身体都会瑟瑟发抖。

有一次，白素贞再也忍不住了，使劲地推开了小徐。她退后几步，眼泪汪汪地说，你真是个傻瓜！小徐一头雾水，说你是不是还有进一步的想法？她说，什么是进一步的想法？小徐说，那个呀，人家谈恋爱，都会那个的对不对？白素贞说，什么这个那个的！你能不能把我的身份先摸清楚？小徐说，你的身份不就是我的女朋友吗？她说，你知道你的女朋友是干什么的吗？小徐说，你是搞美容的呀。她说，你知道我都给谁美容吗？小徐说，你给那些爱美的人化妆呀。她说，他们确实是爱美的人，但是他们是爱美的死人！小徐说，我不懂，你是不是受人欺负了？她说，不是人欺负我，是我骗了你，我上班的地方，不在中山北路，而是西宝兴路。小徐说，我还是不懂，单位在哪条路上不都一样吗？她说，其实我在西宝兴路的殡仪馆上班，这下你懂了吧？

小徐说，你在殡仪馆上班？

白素贞说，是的。

小徐说，你在殡仪馆上什么班？

白素贞说，给死人化妆。

小徐说，给死人化妆？死人需要化妆吗？

白素贞说，我对不起你，我们分手吧。

小徐明白过来的那一刻，他一下子呆住了，内心的火焰瞬间结成了冰块。那天告别的时候，他强忍着没有出现呕吐那样的反应，但是不敢直视她的脸，不敢直视她的嘴唇，尤其不敢碰她的手，似乎她的手指上还残留着死亡的气息。

小徐沉默了几天，还是不同意分手，说这有什么关系呢？既然大家都在制造垃圾，就必须有人去扫大街？既然大家都会大小便，就必须有人去掏大粪；既然大家都会死，就得有人送他们最后一程。掏大粪的人就不能吃饭了吗？和死人打交道的人就不能好好活着吗？

小徐不仅道理这么讲，也确实想做到不在乎，但是心里慢慢地起了变化，当他把她的手握在自己的手心，把她的舌头搅入自己的嘴里，他总觉得昔日的那只手和那条舌头，不再是条火热的充满诱惑的鱼，而是冰冷的有点毛骨悚然的蛇。甚至在亲热的时候，他不再是血气方刚的年轻人，而是一位身体僵化的老年人，已经失去了某种激情和冲动。

在两周年纪念的那天晚上，他们两个约好了在东方明珠上边碰头。小徐要求去接她，被她拒绝了。当她自己乘着超速电梯爬上267米的旋转餐厅，看着前来用餐的基本都是情侣，他们那么缠绵，那么浪漫，那么开心，那么热闹，她一下子泪流满面。但是，她还没有坐下来呢，在迷离的灯光下，就发现一个身影，特别像她昔日的朋友。朋友面前摆着蛋糕，蛋糕上点着蜡烛，应该是庆祝生日来的。她不敢前去确认，送上自己的祝福，只好转身离开了。她怕自己的出现，给朋友带来不快，也给小徐带来尴尬，于是打了个电话，说上边太吵闹了，而且转来转去的，还没有两圈呢，把人就给转晕了，还是重新找个僻静的地方随便坐坐就行了。

他们离开之前，顺便去滨江大道散了散步，这里毕竟是模糊暗淡的，多数又是外地来的游客，所以更显得自在一些。那是个秋天的夜晚，天是那么澄澈，月是那么白，风是那么凉爽，黄浦江两岸的灯火是那么迷离，水上的游船开来开去，宛如航行在仙境一样。他们顺着江边，朝着清静的方向走，他一会儿拉着她的手，一会儿又放下她的手，她的手真像蛇一样，在他的手心不停地游动……他们两个人都沉默着，其实她有话要说，她想告诉他，她多么想换一份工作，但是咨询过一些招聘单位，包括几家民营医院，当人家发现她在殡仪馆工作过的时候，立即就拒绝了她，连护士都不要她。但是她不想看到他的痛苦，还是决定干到月底就辞职，哪怕当乞丐也要辞职。他也有话要说，但是不知道从何说起，因为他前几天去看心理医生，诊断的结果是他患上了严重的忧郁症，如今已经在吃一种叫瑞必乐的药片。

两个人都还没有开口呢，先是白素贞失声痛哭，随之是小徐也失声痛哭。他们像瞬间解冻的火焰，已经顾不得什么了，在川流不息的人群中，紧紧地抱在一起，边哭边吻了起来。她双手吊住他的脖子，眼睛迷离地睁开又闭上，闭上又睁开；他俯下身子，以脸贴着她的脸，把她的一切都揽进怀里。他们吻得那么激烈，吻得那么放肆，吻得那么天长地久。

他们缓缓地旋转着，似乎要飞起来了……

正在这么吻着吻着的时候，小徐突然一把推开白素贞，向后边一步步地退着，退着。当他再无路可退的时候，突然一个转身，像跨栏的运动员,轻松地越过栏杆,扑通一声跳进了黄浦江,卷起一朵小小的浪花不见了。

经历了这么大个弯子,白素贞表面上似乎一切如常,但是心底已经变了个人似的。她每天天不亮就出门,天黑之后再回家,据说是不愿意碰到任何人,或者说是不愿意给任何人添堵。也难怪呢,小区里的人遇到她,都远远地躲着她,孩子不睡觉不做作业,父母就拿她来吓唬他们,所以小孩子见到她就哇哇大哭。她外出的时候,能步行的尽量不乘车,要乘车也尽量躲开高峰时段,要坐火车也尽量坐软卧包厢,因为软卧包厢人少清静。

刘万清说,那趟火车上多少人啊,你们两个能遇在一起,也许上辈子是冤家,这辈子是上天注定的缘分。

8

不管什么时候回家,白素贞就再不出门了。除了去殡仪馆上班,她和这个世界好像再没有丝毫的关系了。可能因为孤独寂寞吧,她晚上下班的时候,总会拐进小区前边的绿化带,带些剩饭剩菜喂喂流浪猫。后来,她离开的时候,总有几只流浪猫恋恋不舍地跟着她,过马路,进小区,上楼,她不忍心抛弃它们,干脆把它们一只只地逮回家去了。

丽妈对于收养流浪猫非常赞同,不仅去菜市场买点剩鱼剩肉,捡些被人抛弃的猪下水,回家给这些猫准备一日三餐,还给它们洗澡、梳头、除虫。丽妈把那些猫当成孩子一样打扮得干干净净,空闲下来就和它们说话,讲自己的过去,讲英雄们的故事,讲世界伟人们的传奇。丽妈唠叨最多的,是原来怎么怎么样,自己年轻的时候怎么怎么样,尤其提到去北京天安门广场参加升旗仪式的事情都禁不住要抹眼泪。她常常哀叹着告诉那些猫，说原来人心都是肉长的，是热的，是红的，是软的，是有感情的，流出来的时候是会让人疼痛的；而如今呢，你们知道人心是什么长的吗？是秤砣长的！秤砣是什么？是铁疙瘩！铁疙瘩是什么样子的？是硬的，是黑的，是冰凉的，是沉甸甸的，咽下去会把人噎死的。

喂养流浪猫的那阵子，丽妈的病就没有复发了。

她们母女收养的流浪猫很快达到五十多只，在两室一厅的房子里乱跑乱窜，有的趴在窗台上嬉戏，有的躺在阳台上撕咬，同时叫起来鬼哭狼嚎，尤其到了发情期，半夜三更不睡觉，放肆地求偶和交配，像有几十个饥饿的婴儿一起啼哭，让左邻右舍坐卧不安。有些婴儿跟着彻夜哭闹，有些小夫妻一时性起，跟着一夜贪欢；有些老年人干脆早早地起床晨练，打太极、舞剑、跑步去了。关键是风一吹，整个小区就散发出一股尿骚味，还有细小的毛发在空气中飘浮着。

好多居民就联名向居委会投诉，说再不管管这群猫，他们都会变成疯子，也要去广场上转圈子了。居委会硬着头皮在菜市场找到丽妈，说你整天投诉这个投诉那个，要这个说法，要那个说法，现在好了，人家联名投诉你，你说怎么办吧？丽妈说，投诉我们什么？你们看看这些猫，原来没有家，下雨刮风，风餐露宿，多可怜啊。居委会说，再这样下去，可怜的就是小区居民了。丽妈有些意外地说，小区还有居民吗？我怎么不知道啊？

大家怀疑，丽妈整天生活在自己的世界里，以为这个小区、这个世界根本没有别人，只有她和她的女儿白素贞，有时候恐怕连她女儿白素贞都不存在。

居委会说，天啊，全小区一千多人呢，你不会以为就住着你们一家吧？丽妈说，不管有多少人，我养在自己家里，花的是自己的钱，这是在做善事，对不对？居委会说，我们承认你保护小动物是公益行为，但是严重干扰到了别人。丽妈说，干扰别人什么了？居委会说，不说尿骚味熏天，也不说毛发乱飞，仅仅是撕心裂肺的猫叫春的声音，整夜整夜不停点，谁还受得了啊？丽妈说，这些猫不睡觉吗？居委会说，就是啊，你们难道不睡觉吗？丽妈说，被你一提醒，我才想起来，它们为什么整天不睡觉呢？居委会说，你还记得吧，601的高跟鞋，你都受不了，何况这么多的猫爪子挠人家的心窝子，所以你得体谅体谅别人。

丽妈问，你们要杀掉它们吗？居委会说，这太残忍了，它们毕竟是你的朋友，也是我们人类的朋友。丽妈问，你们要抛弃它们吗？居委会说，建议还是送人吧。丽妈说，送给谁？居委会说，可以让好心人来领养。丽妈说，如今还有好心人吗？搞不好被他们领回去假冒羊肉，卖羊肉串了怎么办？居委会说，羊肉与猫肉味道不一样。丽妈说，难道你吃过猫肉吗？居委会说，猫肉多恶心，谁敢吃啊！丽妈说，那你怎么区分它们的味道是不一样的？

居委会怕被绕进去了，所以说，你看这样行吗？我们在公共绿化带里，专门开辟一块地方，搭几间小木屋，花花草草的，景色也好，你们把它们养在绿化带里怎么样？居委会把利害分析了一遍，又提出这么个解决办法，丽妈也就答应了。

最后，在绿化带深处选了个僻静的角落，搭起一排小木屋，设了一圈栅栏，成了流浪猫的新家。等到那些猫入住之后，许多老猫都生了小猫，加上自动投奔过来一批，队伍很快壮大到一百只左右，形成一个规模不小的养猫场，白素贞干脆取了个名字，叫猫猫咪蒙收容所。

有人来问，开养猫场，经济效益如何？丽妈说，我们分文不入，而且还是贴本的。有人就问，你骗人的吧？亏本生意谁会做啊？丽妈说，我们不是做生意，我们是做公益。有人就问，养猫算什么公益？猫又不用抓老鼠。丽妈说，猫可以防止妖魔鬼怪害人。不久之后，果然有个老板来问，你这些猫卖不卖？我们可以高价收购。丽妈说，它们又不能看家护院，你收购回去干什么？老板说，猫皮细腻、柔软又有光泽，剥下来可以做大衣，猫肉补虚劳、祛风湿、解毒散结，割下来可以加工食品。丽妈说，你们还是剥自己的皮、割自己的肉吧，现在的人怎么这么缺德，都掉钱眼里去了。

半年不到，悲剧就发生了。

那天早上，上海非常冷，下着零星小雪，丽妈按照往常的习惯，风雨无阻地先去菜市场，然后带着碎骨头烂肉去喂猫。以往看到丽妈来了，猫都会扑到栅栏边，欢快地叫着。但是那天早上一片寂静，丽妈以为它们嫌冷，躲在窝里睡觉，或者商量好了要开一个玩笑。丽妈把猫屋的门打开，把猫食扔进去，吆喝一声"开饭了"，还是没有任何反应。丽妈拾起一根竹竿，朝着里边捅了捅，说你们这些畜生，还知道开玩笑啊，快点醒醒出来吃早饭吧。

丽妈终于发现了异样，它们东倒西歪地一动不动地躺成一片，像一只只被掏空的枕头。

当丽妈意识到它们已经死了的时候，老毛病立即就犯了。丽妈像清扫战场的士兵，左手提着两只猫，右手提着两只猫，左肩膀挂着两只猫，右肩膀挂着两只猫，口里吐着白沫，眼里冒着雾气，跑步冲向了广场，转了一圈又一圈，一直转到中午，最后瘫痪在地上，被保安送回了小区。回到家之后，丽妈边撕扯着自己的头发，边铺开信纸开始写信，整整写了一天的信。写了一遍不满意，再写第二遍，第二遍不满意，又写第三遍，直到完全满意为止，然后抄写了九封。当天凌晨四点不到，在太阳刚刚露出半个小脸蛋的时候，丽妈把信一封封贴上邮票，投进了邮政信箱。

白素贞听到这些猫一夜之间全死的消息之后，不仅仅是惊讶，简直是被吓坏了，她蹲在地上半天爬不起来。她不知道到底是谁害死了她们的猫,虽然天依然很冷,还下着小雪,但是那天晚上她没有回家,也没有合眼,而是坐在猫猫咪蒙收容所前边的草坪上,背靠着一棵合抱粗的香樟树,拿出一把小木梳、几包湿巾纸和自己平时化妆用的口红,借着昏暗的路灯,给那些猫一只一只地化妆。

白素贞不仅给它们整理凌乱的毛发,给它们擦去眼角和嘴角的污垢,给它们的嘴唇涂上口红,还掏出指甲刀,给它们剪指甲。其中有四只猫,可能是被同伴抓伤的,也可能是在挣扎的过程中自己把自己咬伤的,身上留下了大大小小的伤口。她必须回家,带一点针线过来,给它们缝合一下。这是一名合格的化妆师必须做到的,她不能因为死亡者的身份卑微,比如如今的几只猫,就忽视它们遗体上的残缺。这毕竟是告别世界,是对生命应有的尊重,她必须追求完美。她的动作是那么熟练,是那么深情,是那么神圣,是那么一丝不苟,和她在殡仪馆里一模一样。

太阳高高地升起来,似乎没有经过那个夜晚,也没有下过那场雪。这些被整容化妆之后的猫,看起来那么光彩照人又那么疲惫,像刚刚参加完一场盛大的宴会,吃饱了,喝足了,睡着了。

这么多的猫同时死亡,虽然没有死人那么重要,但是不得不引起人们的重视,而且死的不是一般人的猫,而是这家投诉专业户的猫,上级部门十分清楚,肯定会遭到投诉的,所以在没有收到投诉信之前,主动开会研究对策,派人前来解剖化验,对尸体进行无害化处理,最后把相关情况专门通报给了丽妈——化验结果显示是食物中毒。

居委会来传达意见的时候,丽妈说,你们这是推脱责任对吗?食物是我亲自喂的,怎么可能有问题呢?居委会说,是呀,怎么会中毒呢?丽妈说,我看是别人下的毒。居委会说,人家为什么要下毒?丽妈说,有人嫌它们吵闹。居委会说,原来你养在家里吵闹,如今你养在绿化带,关他们什么事情啊?丽妈说,有人要剥皮吃肉,有个老板来过几次,他的嫌疑很大。居委会说,那人家为什么不逮活的啊?有毒的肉怎么吃啊?你仔细想一想,你前一天是怎么喂它们的。丽妈说,它们天天吃鱼吃肉,应该也吃烦了,我想让它们尝尝新花样,就去花鸟市场给它们买了一些猫食,你们都爱吃爆米花对不对?那些猫食很像爆米花,你们不信可以去花鸟市场调查。

居委会派人和丽妈一起赶到花鸟市场,没有想到那家店铺经营不善已经关门了,不过在门面上写着销售内容:不仅包括狗粮猫粮,也包括老鼠药和杀虫剂。居委会说,他们正在关门大处理呢,你确定他们卖给你的就是爆米花而不是老鼠药?丽妈说,他们当时在清仓处理,不可能这样缺德吧?居委会说,也许是无意的。居委会说,死了这么多猫,虽然不是你的本意,但是你也逃脱不了干系,有个动物保护组织你知道吧?我们不是吓唬你,在国外虐待几只蚂蚁,都要吃官司的。丽妈说,蚂蚁也是命呀。居委会说,所以呀,你肯定会遭到投诉的。丽妈十分懊悔地说,哪里轮得到他们投诉我啊,我自己投诉自己好了。

丽妈的病情越来越重,几乎每隔两天就去广场转上几十圈,然后躲在家里写信,内容都是一样的,是关于给一百只流浪猫沉冤昭雪的,不过,投诉人是自己,被投诉人也是自己,感觉像是一封封忏悔书。

这一次,丽妈不仅仅写投诉信,还去居委会询问处理结果。居委会说,你自己是投诉人,你自己又是被投诉人,你还要什么说法啊?丽妈说,一百只猫啊,没有说法怎么行。居委会说,那你说怎么处理吧。丽妈说,是赔偿,还是法办,我听政府的,你们政府不能不作为。居委会说,你一定要说法,我们的说法就是,人生难得不糊涂,冤家宜解不宜结,其实大家都是无心之错,所以双方各退一步,彼此达成谅解。

丽妈说,谁谅解谁?

居委会说,你自己谅解自己。

丽妈说，关键是我自己无法原谅自己。

刘万清说，丽妈折腾了将近一年，最终放下流浪猫事件的原因，也许是你倒霉，恰巧遇到了你，而且你又恰恰欺负了人家的宝贝女儿。

听完故事，我隐隐感到心痛。相比之下，我更愿意她们把流浪猫放下，而把我当成她们关心的目标，毕竟我和她们之间，与这个世界之间，关乎的仅仅是一个吻和一只蛐蛐，并不关乎生死。

两个人聊着聊着，天就接近黄昏了。刘万清突然用胳膊顶了顶我的腰，指了指小区的大门悄悄地说，快看，终于回来了。我说，谁回来了？她说，还有谁啊？白素贞她妈呀！我顺着刘万清的目光看过去，丽妈因为逆着夕阳，显得十分耀眼；她的头发稀少，而且仅仅雪白雪白地留在两鬓，所以像个剃着阴阳头的巫师；她右手提着一桶食用油，左手提了个塑料袋，里边装着两个南瓜，也许太重，也许本身就是驼背，头差不多挨上了脚背，像一条受伤的蚯蚓，两头勾在一起，也像一只铁环，在身后拖着比自己冗长两倍的影子，摇摇摆摆地朝着这边滚了过来。

刘万清迎了上去，扶着丽妈说，哎哟大妈呀，你去哪里了啊？丽妈说，除了阴曹地府，你说还有什么好去的吗？刘万清说，你家来客人了，我们都等大半天了。丽妈朝四周望了望，有些怀疑地说，我们家只有仇人，哪里会有什么客人，你这居委会主任算什么客人？刘万清说，我当然不是客人，是人家报社的这位记者。

丽妈再没有吱声，也没有抬头看我，吃力地拐进了楼栋。

刘万清拉住我，对着我的耳朵悄悄地说，我们别上去了吧？我说，为什么？她说，阴森森的，你不害怕吗？我钻进楼栋的时候，天一下子黑透了，上到二楼的时候，也许是声控开关坏了，也许是反应迟钝，无论怎么跺脚，灯都没有亮，楼道显得有些恐怖。

刘万清还是蹑手蹑脚地跟上来了。

我对白素贞家的印象并不坏，甚至还有一些好感。她家那套位于六楼的两室一厅，估计也就七八十平方米，但是因为地板、门窗、窗帘都是白色的，而且打扫得十分干净，布置得十分简洁，没有任何多余的家具，加上又南北通透，所以非常敞亮。厅里摆着一张大方桌，两边各有一把太师椅，还有个小小的书柜，都是红褐色的。据丽妈自言自语式的介绍，这都是老祖宗遗留下来的红木家具，当年从陕西搬家回来的时候，大方桌太宽，进不了门，有人建议先把四条腿锯断，等搬进门之后再安上，但是遭到了白素贞的反对，最后就想了个办法，把它从窗户吊上了六楼。大方桌上摆着一只大茶壶，是青花瓷的，上边有幅画，画中有个年轻人，肩膀上扛着一把锄头，脖子上搭着一条毛巾，腰间有一只黄挎包，上边印着"立志农村干革命"；茶壶旁边摆着两只白色洋瓷缸，上边印着"为人民服务"。有一间卧室的门开着，里边有一张书桌，有一张木板床，也都是古典式的，床里边的墙上挂着一张照片，我认得那是学生时代的白素贞。

　　开始的十几分钟，丽妈并无什么异常，和普通的串门子一样，又递糖果，又递花生，又递苹果——这些东西盛装在盘子里，好像早就预料到有人光临，而提前准备好了似的。

　　丽妈的话不多，还有几分慈祥，似乎我和她女儿之间，根本没有坐过那趟绿皮火车，没有发生过任何不愉快的联系，她们的那些投诉是不存在的。也许为了打破沉默，也许是自言自语，丽妈拿出两块抹布，埋着头，边象征性地擦着窗台、桌子和地板，边简洁地和我们说话。丽妈说出的第一句话，是我带的那些水果总共花了多少钱，她必须把钱还给我。丽妈在家里翻了半天，似乎在找钱，终于从储存罐里倒出一堆硬币，哗哗啦啦地装进一只塑料袋，递给我，说你数数吧。我说，阿姨，你在笑话我吗？丽妈说，我最怕占人家便宜了，这样晚上会睡不着觉的。

对于我带去的两只小乌龟，丽妈并没有客气，她拿出一个空着的玻璃鱼缸，先用水冲洗了几遍，再接了半缸水，拿出两颗鹅卵石放在水中，然后把两只小乌龟放了进去。丽妈盯着鱼缸，似乎对着爬来爬去的小乌龟说，你当记者累不累？我说，不累，一点都不累，能尽量帮帮别人，还是挺开心的，以后不管有什么需要，阿姨你尽管吩咐。丽妈说，你家是陕西哪里的？我说，我家是丹凤县大庙村的，从骊山，经过蓝田，翻过秦岭就到了，阿姨你在骊山那边下过乡，有没有去过我们那里？丽妈说，你今年多大了？我说，已经三十多了。丽妈说，你为什么还不结婚？我说，我长成这样，谁看得上我，那不是缺心眼吗？

唯一的异常发生在我们离开之前。丽妈泡了一壶茶，说那是西湖龙井，刘万清在喝茶的时候，不小心碰了一下大茶壶，大茶壶就像着魔了似的滚了几圈，掉在地上摔了个粉碎。刘万清十分紧张，说大妈呀，我明天给你买个新的。我说，你明天就赔个新的吧。刘万清说，轻轻地摔下去，怎么就碎了呢？我不是故意的啊。我说，你当然不是故意的。

但是丽妈听到砰的一声，似乎被针扎了一下，就再也没有吱声了。

丽妈神情恍惚地跪在地上，把碎片一块块地捡起来，颤巍巍地捧在手中。不小心，她的手被划破了，血汪汪地朝下流，整个房间十分安静，滴滴答答的声音清晰明了，像从丽妈身体里跑出来的脉搏。

刘万清脸色惨白，拉了拉我，示意我赶紧撤离。白素贞还没有回家，我有些犹豫，我想见到她，又害怕见到她，如果见到她之后，我会说什么，她又会说什么，我的心里还会产生和从前一样的反应吗？

从白素贞家出来，天空西边挂个月牙，像快要融化的一块冰。我说，你以前去过她家吗？刘万清说，今天是第一次，没有你陪着，我可不敢，刚才恐怖吧？我说，恐怖在哪里？刘万清说，你没有注意吗？那只大茶壶落在地上，在地上转了好几圈，才忽然碎掉的，像不像中邪了？我说，多好的人家，人家窗明几净的，我看是你们想得太多了。刘万清说，也许吧，反正局长、区长和镇长，各个部门的干部也来了不少，每次来都通知她们去居委会，好像还没有人上过楼呢，这么多年了，据我掌握的情况，就你来拜访她们，而且还带着礼物。我说，我们不诚心的话，人家怎么可能善罢甘休呢？刘万清说，不是不诚心，是你个头不大、年龄不大，胆子倒是挺大的。我说，因为我是记者。

刘万清有些神秘地说，记者又不是钟馗，有什么特殊的吗？我看啊，你和她们之间没有这么简单，而且还没有完呢，不信你等着瞧吧。

9

时间又过去了几个星期，上海真正地进入了冬天，不仅仅寒风刺骨，还有一些下雪的迹象。因为元旦和新年将近，从四面八方寄来了许多核桃玉米花生之类的年货，这都是那些得到帮助的采访对象们对我的一点心意，我依旧像过去一样，把它们都拿出来和同事们分享。

尤其让人开心的是，那个无臂校长和那个寡妇已经选定日期，在正月初六要结婚了。父亲传来喜讯的时候十分欣慰地说，你没有福气娶人家寡妇，但是你救了那所学校，校长本来是要辞职的，但是假肢一安啊，吃饭，穿衣服，给孩子上课，生活和正常人一样，干什么都不影响了。我说，谈恋爱呢，受不受影响？父亲说，影响个屁！估计小寡妇把孩子都怀上了。我说，他们手脚挺麻利的啊。父亲说，你自己不成器，如果当初听我的，我差不多可以抱孙子了。我说，学生呢？学生怎么样了？父亲说，你运回来的那些书，他们整天抱着看呢，而且已经学会了电脑，他们用电脑写了好多信，说是要寄给你，你收到了吗？

我读到那些信的时候，不知道为什么，禁不住想哭。

除了好消息，也有不好不坏的消息。报社再没有接到关于我的投诉，不过，好几个月前的那辆绿皮火车似乎还在晃晃悠悠地朝前开着，围绕着车上发生的"案子"和社会部主任的提拔，对我的考察和调查也在明明暗暗地继续，在元旦过后不久，终于有了结论，在类似英雄模范一般的评价之外，依然给我罗列了一地鸡毛：比如不注意言行举止，把油腔滑调当成幽默风趣啦；比如不注意个人卫生，在十米之外就能闻到臭味啦；比如经常收受采访对象的小恩小惠，变相进行有偿新闻啦；比如在新闻线索的选择上，朝陕西那边没有原则地倾斜，有失公允啦。总共有八条，最后一条，说我喜欢盯着几位高个子美女同事的胸脯——我真想解释，我这个不足一米六的小矮人，如果按照正常的角度扫射过去的话，恐怕命中的就不是胸脯，而是更加危险的部位⋯⋯

报社在开会研究处理意见的时候，李副社长不得不叫停会议，和即将退休的老社长关起门，面红耳赤地理论了两个小时，最后还拍了桌子。我那天还在外边采访，是关于一家医药公司制造抗癌假药的线索，当我以医药代表的名义进入公司，准备做最后一次取证的时候，身份遭到了怀疑，被保安扣留了。在他们搜身的过程中，为保护别在上衣口袋上的微型摄像头里的证据，我和他们发生了小小的摩擦，我的嘴角被打伤了⋯⋯我给李副社长偷偷地发送了一条微信和定位，让他赶紧派人来营救我，好久没有收到他的回复，我直接拨通了他的电话，在这个免提的电话里，就清晰地听到了拍桌子的声音。

几个小时后，我在保安室里发现了一张《解放日报》，它竟然成了我的救命稻草。我说，你赶紧放掉我吧。保安说，你不老实交代你的身份，我为什么要放掉你？我说，因为我是诗人，你看看今天的报纸，上边就有我的诗。保安翻了翻报纸，说你叫什么名字？我说，我的笔名叫陈仓，诗的题目叫《遛狗》。保安说，怎么证明这是你写的？我说，我可以背下来。保安说，你背吧。我就摇头晃脑地背了起来：我牵一只土狗／她牵一只洋狗／我们相遇在一条十字路口／两条狗在来来往往的街上／一眼就认出谁是人谁是狗／它们欢叫着跑到马路中央／搂着，抱着，亲着，闹着／如果有手，它们肯定会像人／握一下，再握一下／我们彼此都不认识／就算认识也不会和狗一样如此亲密／我与她吆喝着把两只狗各自赶开／希望它们和我们一样／各摇各的尾巴，各走各的路／我们要把人类的冷漠／像病一样，传染给我们的狗……

保安说，哎呀妈呀，你真是诗人？我说，当然了。保安说，不瞒你，我年轻的时候也想当个诗人。我说，所以啊，你扣留诗人是不对的。保安说，那我就豁出去了，不管你是什么来头，我也要放掉你，不过委屈你先去上个厕所，厕所那边有个后门，你从后门赶紧溜吧。离开之前，保安主动和我添加了微信，说要好好交流交流，不几天时间，我就以帮他发表诗歌为名，把这个保安给策反了，让他把公司如何造假药、造了多少假药、假药都销往了哪里，统统地给我揭了个底朝天。

这是其中的小插曲，不提也罢。

报社的处理结果可想而知，我的社会部主任没有通过，理由是我不适合管理岗位。另外，针对我的八宗罪，要求李副社长找我进行诫勉谈话。当天晚上十一点多，李副社长就把我叫到了办公室，依然笑眯眯地盯着我嘴角的血迹，我也笑呵呵地看着他眼睛里的失意，僵持几分钟之后，他说了句，走吧，下班！我说，没有了？他说，是啊。我说，诫勉谈话呢？他说，谈完了啊。

李副社长带着一箱啤酒，在苏州河边找了个清静的地方，让我看着幽暗迷离的河水陪着他默默地喝酒。直到天亮，即使喝醉了，他都没有再说一句话，只是笑眯眯地盯着我拍了拍我的肩膀。

李副社长也没有如意接班，照旧笑眯眯地当着他的副社长。接班的是一位副总编,姓银,他之所以能当社长,白素贞她妈的那沓投诉信以及那趟永远无法抵达终点的绿皮火车功不可没,他对"亲嘴"、蛐蛐与作风问题之间的关系研究到了相当专业的程度,在各种层面的会议上反反复复地引用。他每次提到这件事都是眉飞色舞,说吃不到葡萄惹了一身骚,苍蝇不咬无缝的蛋,上梁不正下梁歪,我们在干部任用上,品德是第一位的,品德有问题的人,都要一票否决……他没有点我陈小元的名,但是在整个报社以至于上海滩的媒体行业,我已经像条漂在水面的好色的鱼,又腥又臭又酸。大家碰见我,总是嘿嘿一笑,不问"吃了吗",而问"亲了吗"。有一次,他甚至想把白素贞和丽妈请到报社来,说是主动接访,实质上是煽风点火,鼓动她们把事情闹大,好在丽妈不太好联系,加上李副社长极力反对,说你把"疯子"请到报社,闹出点花花肠子无所谓,万一闹出点人命来怎么收场?最终,才把影响消除在"不任命"的范围内。

对于李副社长,我是十分内疚的,如果不受我的连累,他已经坐上了社长的位置,最直接的好处,不用像夜工作者那样,从来看不到日出,无法亲身体会什么叫"东方红太阳升"。至于我自己,对主任这顶乌纱帽早已经毫无激情了,我更在乎记者的身份,如果不当记者,我这个侏儒简直就是蚂蚁,任何人抬起脚都可以把我踩得粉碎。只要能当记者,我的名字就会带着光亮在人们的眼里出现,比起白素贞或者一条白蛇来说,还有什么不满足的呢?

所以,我一点都不消极,很快把"抗癌假药"的新闻稿啪的一声放在了李副社长的面前。李副社长翻了半天,被不良企业草菅人命的行为气得直拍桌子,不过劝我说,还是算了吧,如今报纸都不景气,说不定哪天就关门了,你为了这样一家破报纸,如果把命搭上去不值得……

时间又过了两周,当我义无反顾地轰轰烈烈地干掉那家公司,正准备再买些水果去白素贞家看看，或者去那家理发店理个发的时候，在一个风很大、天很冷的下午，我突然接到居委会刘万清主任打来的电话，她无比沮丧而又急切地说，你赶紧过来一下吧。我说，为什么呀？刘万清说，还不是为了丽妈呀！我说，丽妈又投诉我了？刘万清说，你还记得我们一起去她家的事吗？我说，怎么不记得，你把人家的大茶壶摔碎了。刘万清说，是啊，就因为那只大茶壶，丽妈已经不投诉你了，而是使劲地投诉我，我们那天一转身，丽妈就发病了，捧着一堆碎片，跑到广场上转圈子，转完圈子回家开始写信，说我对她们不满，对"立志农村干革命"不满，是故意把她们家的大茶壶给摔碎的。

我说，你不是故意的吧？刘万清说，丽妈说我是故意的，我赔了一只景泰蓝，丽妈说那只大茶壶非常具有纪念意义，是去北京参加升旗仪式的时候购买的，我在网上购买了一只仿制品，被丽妈一眼就看穿了。我问丽妈，那到底怎么办？丽妈说，我也不知道怎么办，不用那只大茶壶，水我根本喝不下去。我说，你喝的是水，又不是茶壶。丽妈说，茶壶不一样，水的味道就不一样。我说，你到底想要什么样的味道？丽妈说，我要原来的味道。我说，原来的味道在哪里？丽妈说，在我的那只大茶壶里，你还我大茶壶就行了。我说，你的大茶壶已经摔碎了，除非你让我回到过去。丽妈说，我也想回到过去，最好回到三四十年代，那样的话我就扛着枪去前线。

我说，你又不会穿越，怎么回到过去啊？刘万清说，是啊，所以丽妈绕来绕去一直告到现在。我说，我也不会穿越，让我过去也没有什么用啊。刘万清说，丽妈指名道姓要你过来，而且还要带着你们报社的新社长，赶紧过来吧。我说，去她家里吗？刘万清说，丽妈在广场上，你再不来就出人命了，必须带上你们的银社长啊！

我在赶往广场的路上给李副社长打了个电话。李副社长说，人家点名叫银社长,那你就问问银社长吧。我给银社长打了个电话,银社长说,她又不是市长,我凭什么去见她?

这座广场北面是区政府大楼,南边是一家展览馆,西边是会议中心,东边是一条大街,街上车水马龙,正中心有座纪念碑,旁边是一根旗杆,上边的红旗正在迎风飘扬。人们已经把南边的展览馆围得水泄不通,我远远地看见并不高的楼顶上,站着一个人,拉着一条横幅,上边隐隐约约地写着"为×××申冤"。

我爬上了楼顶。丽妈说,你来了?我说,是啊。丽妈说,你还记得我吗?我说,怎么不记得,你是白素贞她妈,有个笔名是法力无边的骊山老母,据传樊梨花和穆桂英都是你的弟子。丽妈说,你说反了,她们都是我的师父。我说,你曾经告过我。丽妈说,我告过你吗?我已经不记得了。我说,你不记得是假的,你今天来这里是不是为了那只大茶壶?丽妈说,那只大茶壶多好看啊。我说,阿姨,我说几句心里话行吗?丽妈说,你说吧。我说,那种款式已经过时了。丽妈说,好东西会过时吗?我说,而且刘主任也不是故意的,我觉得那是天意。丽妈说,什么叫天意?我说,天意就是顺其自然,旧的不去新的不来,你看看,天这么冷,风这么大,你一把年纪,爬得这么高,万一摔下去,比大茶壶严重多了。丽妈说,我今天来,不为大茶壶。我说,那你为什么啊?丽妈说,对于我的举报,原来他们还会狡辩,我这次寄出去的信,他们竟然屁都没有。我说,那是他们不对。丽妈说,所以我要为你申冤。我很吃惊地说,我有什么冤啊?

我终于看清那条横幅上写着自己的名字。我说,我活得好好的,已经够幸运的了。丽妈说,你这孩子,你还不冤枉吗?我说,我哪里冤枉,我怎么不知道呀?丽妈说,那家火锅店关门,是你干的吧?我说,是啊,老板扬言要灭掉我,我又不是一只蚊子,有那么好灭的吗?丽妈说,那个无臂校长呢？现在怎么样了？我说，老婆估计已经怀孕了。丽妈说，前几天，那家制药公司呢？我说，他们塞给我五万块，竟然想蒙混过关……

丽妈说，你这样的人，不是黄继光邱少云，起码也算无名英雄，我要是市长区长，就给你塑一座像，竖在广场上。我说，阿姨，你看看我有多高？丽妈说，一米五五左右吧。我说，你的眼睛简直就是尺子！你说说有我这么矮的英雄吗？丽妈说，怎么没有？但是你们单位为什么连个主任都不给你，这不是天大的冤枉吗？我说，你怎么知道的？丽妈说，我是你们的读者，你们社长呢？社长为什么没有来？我说，他们忙。丽妈说，让他们继续忙吧。

丽妈把那条"为记者陈小元申冤"的横幅解下来，像飘带一样挥舞着。

我真有点感动。我对于她们，除了深深的同情，并没有做过什么，而且在那趟绿皮火车上，我确实对白素贞有过非分之想，在自己的幻想里不仅仅亲了她，甚至还那个了她。之所以没有把幻想变成现实，不是自己有多么崇高，而是没有找到下手的机会。我说，阿姨，我不在乎当主任，当个记者就挺好的。丽妈说，还是当主任好，有朝一日当个社长更好，好人就要有好报。我说，我不是好人。丽妈说，你怎么不是好人？我说，在火车上，我真的有想法……丽妈说，在哪趟火车上？我说，K468次，绿皮火车。丽妈说，如今还有绿皮火车吗？我说，有啊，不多了。丽妈说，在火车上，年轻人有想法是正常的。我说，还有那只蛐蛐。丽妈说，那是小徐。我说，那是小徐？丽妈说，小徐变成了蛐蛐。

我终于明白，那确实不是一只简单的蟋蟀，而是白素贞的男朋友小徐，起码是小徐的化身，像化蝶一样。

丽妈说，因为蛐蛐，让你没有当成主任，所以我写过几十封信，但是他们不听我的，也没有任何回音。我说，你的信寄给谁了？丽妈说，寄给了那位姓银的社长。我说,我怎么从来没有听说过?丽妈说,所以说你冤枉啊!他们不理我,把我当疯子,我今天就疯一次,跳下去让他们看看。我说,阿姨,你别傻,你还有白素贞呢。丽妈说,你是指哪个白素贞?白素贞不是还有你吗!

丽妈双手举着横幅,和无数个往常一样,在楼顶上,围绕着我,转着圈子。我以为丽妈仅仅犯病了而已,但是丽妈的圈子越转越大,最后转到了大楼的边缘,在我没有任何防备的情况下,突然朝前跨了一步,真的跳下去了。

天还没有黑,事情就这么结束了。救护车要把丽妈运走的时候,被听到消息赶过来的白素贞给拦住了。她是坐在广场上,认认真真地给她妈化妆。她似乎上了一堂公开课,让人们亲眼看见了她在殡仪馆所从事的职业是那么仔细、镇定、美好,而又那么神圣。等她完成了整个工序,把丽妈从地上抱起来,缓缓地穿过人群的时候,人们发现丽妈面带微笑,脸色温润,唇红齿白,连脱落大半的阴阳头也被剩下的几缕白发一丝不苟地给覆盖住了,还有她弯成铁环一样的腰,似乎也挺直了。

据刘万清他们说,这恐怕是丽妈这辈子最美的时刻。

10

在二十四节气大寒的前两天,我是在白素贞家楼下的理发店里边剃光头边等白素贞的。

那天天气晴朗,天空蓝得让人心醉,早晨九点左右的时候,白素贞下楼了,手中提着个黑色包袱匆匆地走出了小区。我赶紧不远不近地不动声色地跟随着她,上车,下车,转车,然后来到了虹桥火车站。我知道接下来的行程和我们初遇时的线路相反——我们要先乘坐高铁去杭州，经历几个小时的空当之后，再转乘下午四点三十八分的K466次绿皮火车。

在检票进站的时候，我终于追到她的背后，装模作样地说，真是太巧了，你也要转车去陕西对吗？她不吱声。我说我们到杭州继续坐绿皮火车，对吗？她不吱声。我说在杭州停留的时候，你想不想去雷峰塔转转？那可是镇压你的地方。自始至终，她不减速，不回头，也不吱声，像面对不怀好意的搭讪者。

我说，大寒是落葬的好日子，你妈可以入土为安了，你妈交代我要好好地照顾你，所以我必须陪你一起回骊山。

她还是没有吱声，也没有回头，但是怀疑地站住了脚步。

我说，我不骗你，在楼顶的时候，她亲口对我说的。

我从她的手中接过了包袱。我知道那里边有个盒子，盒子里边装着丽妈。

在杭州买票转乘绿皮火车的时候，我说我们还坐软卧吗？白素贞终于摇了摇头。这是非常了不起的变化，这预示着她已经走出了某个封闭的空间。

绿皮火车已经启动了，我意外地听到了吱吱的叫声。很快，我发现这吱吱的叫声不是来自于野外，也不是来自于这个季节，而是来自于白素贞的身体。白素贞意识到了我的怀疑，就盯着窗外缓缓后退的景色淡淡地说，本来是有两只的，但是另一只……我说，另一只被我放跑了对吧？她说，你知道被放生的是谁吗？我说，它是谁呀？她说，他是小徐，你不认识。她怀里的吱吱声又消失了，我不知道这只蟋蟀是如何活到今天的，又将活到什么时候。我说，你揣在怀里的又是谁呢？她说，是我自己。我说，为什么不是他？她说，他已经自由了。我说，我保证，明年夏天，再把他给你逮回来。

她说，逮几只？

我说，一窝。

鲁迅先生还说过一句，"那时我惟一的希望，就在这雷峰塔的倒掉"。我应该不是先生所说的"几个脑髓里有点贵恙"的人，我知道在绿皮火车的后边不远，2003年新建起来的雷峰塔就矗立在夕照曛曛之中，所以我不停地回头眺望，又不免偷偷地打量了几眼身边的白素贞，意识到她与雷峰塔之间确实有着某种说不清的关联，于是美滋滋地期待着它的倒塌，哪怕又是千年的等待。

通灵时间

1

他有次去静安寺禅修,刚刚踏入山门几步,就遇到了一个漂亮的女孩,还没有正式开口搭腔呢,接待他的法师就双手合十地念了一句"阿弥陀佛",然后善意地告诫他:请施主善护口业,以免招来无妄之灾。他被吓了一跳,法师一眼就把他看透了。在日常生活中,他真是口业深重的人,因为乱说话、不善于说话或者不善于说假话,给自己惹过很多烦恼。禅修之中,他几次上前求解,法师都是张张嘴巴,并不闻其声。他再三追问,法师像个聋子,又是笑而不语。

他似乎有些醒悟,面对这个吵闹不休的世界,法师已经把答案给他了,只是他没有听见而已,或者他说了什么并不重要,重要的是别人听到了什么。后来,他又反复琢磨过这个问题:上天造人的时候,只造一个鼻子呼吸,两只眼睛欣赏景色,不就足够了吗?如果不造两只耳朵听话与一张嘴巴说话会有什么后果呢?在他看来,什么后果都没有,人照样会活得好好的,而且应该活得更加清静。比如,那两只耳朵与那一张嘴巴,不管是自己的还是别人的,它们好像从来没有给世界带来过什么益处,人如果从一开始就像一块石头一样是个哑巴或聋子,那就太完美了,甚至有一些永恒的味道。

2

他与女朋友的分手,是他所犯的众多口业中的一个。导致分手的那句话,他都不好意思提,甚至觉得有些莫名其妙。那天晚上,女朋友与几位同学在华师大东门附近的环球港附近喝咖啡,她打电话让他开车过去接她,他赶到咖啡馆的时候,她们几个人正准备买单走人。他抢先一步,把单买了,四个人总共也就四百多块。他想,既然是一起喝咖啡的同学,那关系肯定都是闺密级的,第一次见面得献献殷勤,免得她们在背后给他叽叽喳喳地吃药。离开咖啡馆的时候,女朋友要上洗手间,他正好也要上洗手间。上洗手间的目的,男人与女人是不一样的,男人就为了解个急,而女人有时候是为了洗手,或者为了借着上洗手间补个妆。他从洗手间吹着口哨出来的时候,遇到了另一个女孩——几天之后再次偶遇的时候,才知道她姓白,叫白苗苗。白苗苗当时正对着镜子补妆,她个子不高不矮,身材柳腰花态,皮肤冰清玉洁,隐隐约约地能够看到蚯蚓一样的脉管。她长着一张芭比娃娃的脸,把眉毛描得细细的弯弯的,看上去低眉顺眼笑吟吟的样子,尤其微微地向上翘着的两片嘴唇,像刚从菜市场买回来的里脊肉又薄又嫩,而且是透明的。

他就喜欢这种类型的,或者说他眼中的美女正是这个标准。所以,他没有急着走出洗手间,而是凑上去拧开水龙头,一边装模作样地洗着手,一边对着镜子里的白苗苗多看了几眼。有几次,他真想问问她这是什么牌子的口红,颜色真漂亮,自己要买回来送给女朋友,但是此时人来人往,女朋友很有可能马上出现,他欲言又止。关键是她当时很投入,好像他根本就不存在,哪怕他婉转地吹了几声口哨,把水龙头拧得哗啦啦地响,她仍然丝毫不受干扰。他有些生气,不禁暗暗地骂了一句"傻瓜"。从嘴巴里吐出这两个字的时候,他把自己都吓了一跳。他这不是找死吗?按照正常情况,他起码会被人回报三个字——神经病,或者臭流氓,甚至一个耳光。但是,哈哈,真好,即使如此,她不仅没有丝毫的恼怒,反而投以温柔的微笑。

这给他留下了良好的印象,所以当他们一起走出洗手间的时候,他还是不经意地问了一句:"你的妆化得真好,你平时用的是什么牌子?"但是白苗苗依然像个高傲的傻瓜似的,毫无反应或目空一切地继续朝前。他可能贴得太近了,不小心踩住了她的裙子——她穿着一条白色的拖地长裙。就这样,她才停住了脚步,并没有责怪的意思,而是疑惑地眯着眼睛,再次朝着他温柔一笑。他又重复了一遍:"你今天晚上好漂亮,像新娘一样,请问……请问,你平时用的,是什么套子……"呵,救苦救难的菩萨,这个叫白苗苗的美女,仍然充耳不闻或宠辱不惊地抛开他,径自踏上扶梯下楼去了。

女朋友已经和几个人等在洗手间的外边,在漫不经心地聊天。他说这句话的时候,离她们还有一段距离,他不得不佩服女朋友的听力是那么灵敏,这句讨好漂亮女人的话,恰恰还是给她听到了。她盯着白苗苗姗姗的背影十分生气地说:"你变态啊?!"她的声音很大,让附近的人都听见了,大家的目光都十分尴尬地朝他射来。

他平时陪着女朋友逛街的时候,赞扬女人的话经常脱口而出,也时不时地被她听到耳朵里。她基本都会板着脸,加快脚步以示抗议,但是走不出多远,看到她喜欢的服装,或者她喜欢的美食,气一下子就消了。这一次,她的态度有点儿强硬,头也不回地走开了。他又回味了一下自己的话,其实他总是赞美皮肤如何如何、眼睛如何如何、嘴唇如何如何,与以前的用词并没有差异,以前有几个词语是犯忌的,所以他是从来都不去运用的，比如"腰细"，比如"腿长"。因为女朋友比较肥胖，根本没有腰，就嫉妒别人的杨柳细腰；她上身长下身短，极其不合比例，就特别讨厌看到人家的长腿，逛动物园的时候连长颈鹿的醋也要吃，恨不得拿刀给砍掉一截。

看着几个女同学嘻嘻哈哈地随着女朋友一哄而散，他傻瓜一样站在洗手间外边，反省自己到底在什么地方出格了。他没有提到身体的任何部位呀！也没有露出任何色眯眯的表情呀！人家美女更没有给他任何的回话呀！他正在发呆的时候，有个留着小胡子的小伙子回过头，笑嘻嘻地看着他，像话剧演员背台词一样，十分突兀地说："啊，套子！你平时用的，到底是什么套子！"小胡子表演完毕，还哈哈大笑了起来。

真他奶奶的，这不就是他刚才的话吗？他又说错话了——竟然把"牌子"说成了"套子"！是的，惹祸的应该是"套子"！这一字之差，味道可就天差地别了。他想，套子又有什么了不起呢？如今各种各样的传染病流行，成年人交往的时候谁不准备着套子呢？国家不都大力提倡使用套子吗？况且这天下套子多了，有手套子，有床套子，还有车套子——在刚来的路上，后边有个司机想超车，一会儿按喇叭刺激他，一会儿用远光灯闪他，都被他死死地扪在屁股后边，直到下了内环高架，在金沙江路口并排等红绿灯的时候，司机趁机朝着他的车内吐了一口唾沫。那口唾沫正好吐在座位套子上，搞得他恶心极了。但是，不管怎么说，听到这个"套子"，为什么一定要理解成男女之间上床用的安全套呢？比如，那个陌生的不知道从哪里来又去向何方的女孩，她的反应不就十分平淡吗？

他真想解释一句什么，但是女朋友已经走远了。他在华师大里的丽娃河边找到了她，她死活不听他的解释，而且怎么也解释不清了。女朋友是学医的，她像竞走运动员一样一边走一边告诉他，你知道说话的生理学原理是什么吧？主要是声带。你知道声带是什么东西吗？是两片呈水平状左右并列的对称的又富有弹性的非常结实的白色韧带。你知道声带是怎么发声的吗？是声带靠拢闭合运动发声的。你知道说话是受什么控制的吗？是嘴巴。那么嘴巴是受什么控制的呢？是脑子！脑子是受什么控制的呢？是人品！你呀，看上去是嘴巴的问题，实际都是脑子的问题，最终还是人品的问题。

女朋友说，我已经受够你了，我们还是分手吧。他说，才多大个事情啊，非要闹到分手吗？女朋友说，多大个事情你自己难道不清楚吗？比如今天晚上聚餐，我们几个说好的AA制，你充什么大款啊？不就是看我同学漂亮，要向人家献殷勤吗？他稍微松了一口气，以为她并没有听见"套子"，说我想给你争个面子呀，不就几百块钱吗？我十倍地赔你好不好？他从身上掏出了信用卡，讨好地递了上去。女朋友又朝前急走了几步，说仅仅因为这些钱吗？这些钱啊，你应该留着，给人家买套子去呀！

他彻底崩溃了。他小声地嘀咕了一句，不就几个套子吗？现在谁不戴套子啊？为什么我说一句实话，就要受到惩罚啊？他有时候真怀疑，是人们平时太装了呢，还是都长着一双顺风耳。他以为最后那句话只是自言自语，但是在嘈嘈杂杂的环境中，照样被她听了个清清楚楚。女朋友说："我以为你是口误呢，原来你说的都是真的呀！"她再一次加快了脚步，迅速地钻入了旁边的树林。她似乎并不甘心，又突然回过头，冲到他的面前恶狠狠地说，凭着你泡妞的本事，你一周之内就会另结新欢，我提前祝你好运吧！他也赌气地说，不需要一周！我马上要泡的女人，也许不会比你强，起码她会是个聋子，我要找一个什么也听不见的聋子！

两个人说完一通气话，女朋友就从华师大的后门消失了。华师大的后门就是长风公园，公园里最主要的景点就是银锄湖，是人工开挖而成的。他沿着碧波荡漾的湖边来来回回地找了几遍，也没有发现她的身影，再打她的电话的时候，已经处于关机状态。他在公园里徘徊了很久，晚上的公园并不安静，许多人滞留其中不愿意离去，有流浪汉，有民间艺人，有游客……他们在树丛中，有的支起了帐篷，有的席地而卧，准备在这里过夜……所以饮酒作乐声、自弹自唱声、谈情说爱声、高谈阔论声……在这个世界上好像什么都能发出声音，人能发出声音，鸟能发出声音，风能发出声音，似乎没有什么是沉默的。但是仔细倾听的话，不管什么声音对别人都是毫无意义的，也是根本没有办法保留下来的，这也许就是嘈杂，就是喧哗。

看着深不见底的湖水和那晃荡不安的柳树，他再一次胡思乱想——他如果变成一个哑巴，或者真的找个聋子做朋友，那会不会很不错呢？他双手合十地向着跳出水面的鱼儿祷告，无所不在的菩萨啊，请成全我吧。

3

他与白苗苗第二次非正式见面，是在几天之后的一场相亲会上。那是一个周末的下午，上海处于出梅后的季节，不时地会下一阵太阳雨，所以天气炎热却不潮湿。这个相亲会是一个婚恋网站举办的，专为残疾人解决婚恋问题的专场。参加相亲会的有脑瘫人士，有肢残人士，有聋哑人士，所以与正常人的相亲会是不一样的——不能设置太复杂的游戏，比如唱歌呀，比如跳舞呀，对于这些身体有缺陷的人显得有些残忍，所以为了制造交友的浪漫气氛，主办方把场地选在了黄浦江的游轮上。

他不是上海本地人，十分准确地说，他是陕西乡下人，年龄已经三十出头，只有一米六的个头，常常被人嘲笑为三等残废。他不是假冒残疾人，而是以记者的身份参加这场相亲会的。哎呀，说了半天，竟然忘记告诉大家他是干什么的了，人们往往就是这样丢三落四，找不到说话的重点——他在市里一家都市小报上班，是专门跑突发新闻的，按说婚恋这条线不归他，恰恰那天条线记者生病了，就让他代劳一下。他嘴上一千个不愿意、一万个不高兴，心里还是乐滋滋的，因为刚刚与女朋友为了一个"套子"分手了，说不定还真能顺便捞到一个半个残障人士，少几根手指头或者缺一只眼睛，其实对他而言是无所谓的。一是他这种老男人的条件并不优越，谁当他的媳妇都是绰绰有余的；二是在这么一个花花绿绿的世界，少一些器官也许就少一些欲望，生活会过得更加简洁和自律；三是残缺也是一种美，美爱之神维纳斯都是一只手臂，如果能遇到没有耳朵没有嘴巴的聋哑人，那肯定就是菩萨显灵了。

他踏上游轮后才发现，不像过去那些采访，要么车祸，要么火灾，见血见泪，唾沫乱飞，他必须不停地提问，必须不断地沟通，而这一次的采访非常单纯，也可以说是非常轻松，随着游轮在黄浦江上缓缓地开行，他的采访也正式开始了。游轮经过了简单的布置，仅仅挂着几个气球和几条彩带，之外没有什么仪式，没有任何代表上台讲话，也没有任何娱乐节目，甚至连音乐都没有。他又管不住自己的嘴巴了，善意地提醒工作人员，应该放一首甜蜜的爱情歌曲烘托一下气氛。但是引起了其他人的反对，说我的大记者呀，你知道吧，来相亲的，有智障，有盲人，有跛子，有聋哑人，他们都非常敏感，为了不引起不必要的麻烦，还是简单一点儿比较踏实。

八十多个相亲的人把游轮坐得满满当当的，但是对于他这种凑过太多热闹的人而言，简直太无聊了。大家都是各自坐在船上，茫然地盯着静静流淌的黄浦江，似乎在欣赏着两岸的风景，又似乎是什么也没有看见，直到游轮回程的时候，实在是太压抑了，有个长发女孩，估计是活动的组织者，才要来一支麦克风，指着下边一个男孩说："你怎么不说话呀？上来给我们唱首歌吧。"这个男孩估计是聋子，似懂非懂地看着她，她尴尬地指着另一个男孩说："你不要坐着不动呀，愿意上来给大家跳个舞吗？"这个男孩忍无可忍地提起旁边的拐杖，非常生气地敲了敲地板，强烈要求下船。

大家再不敢说话了，整个船舱里鸦雀无声，有的低着头想着自己的心事，有的抬着头欣赏外面的景色，现场的气氛不像相亲会，倒像在集体默哀。有个小伙子打破了沉默，他提了一壶开水，挨个给人添水。添完了水，趁机挤到了一个女孩子面前，突然拿出一束百合花，大大方方地说："我们可以认识一下吗？"那个女孩子羞涩地说："这是什么花呀？我没有猜错的话，应该是百合花吧？"小伙子说："我本来想买玫瑰花，但是花店提醒我，说玫瑰花有刺，小心扎了你的手。"女孩子接过百合花，有些感动地说："谢谢你。"

此时正是黄昏时分，夕阳把外滩与陆家嘴全部染成了金黄色。他坐在一个靠窗的位置静静地喝着茶，听到两个人的对话，好奇地回过头瞄了一眼，才发现小伙子个子很矮，身高一米三左右，而接到百合花的那个女孩子，两只眼窝空空地深陷着，原来是盲人。她捧着那束白色的百合花，一边仔细地摸着那些花瓣，一边陶醉地放在鼻子下闻着。

他们的对话把现场的人都感染了，有人站起来伸伸懒腰，有人装模作样地走动着，有些胆大一点儿的，已经搭讪成功，开始窃窃私语了。有的问，你的拐杖太神奇了，折叠起来竟然就是小板凳，这在哪里买的呀？有的问，你的轮椅像一辆坦克，爬山都没有问题，是什么牌子的啊？有的说，我这墨镜呀，是冬暖夏凉的，戴着可以保护眼睛。还有一群人，看上去默默无闻，其实是最热烈的，因为他们用的是手语，他们在比画着的时候是那么富有节奏,线条感是那么优美,似乎在指挥一场音乐会,或者在玩一种愉快的游戏……慢慢地,有人开始交换联系方式,有人干脆一起跑到甲板上,肩并着肩站在轻轻吹拂的风中。

只有盲女孩旁边的另一个女孩,旁若无人地看着窗外的上海,好像置身于世外一般。她实在是太美了,让人看不出她有什么缺陷,或者大家根本不相信她也是来相亲的,甚至觉得她就是专门来衬托他们的。她像高高在上的大雁,只顾着自己朝前飞,没有人有勇气靠近她,所以就没有人来打扰她,她被彻底地冷落在了一边。呵,忘记向大家描述她了,她穿着一件白色的连衣裙,皮肤白皙而光洁,下巴小巧而圆润,嘴唇微微地翘着,夕阳正好打在她的脸上,安静得像维纳斯的汉白玉雕塑一般。

他总觉得她是那么熟悉,一时又想不起在哪里见过,反正已经被深深地吸引住了。他起身,装作要去船头的样子从这个维纳斯的身边经过。他想从正面确认一下,到底是不是自己梦里见过她,或者上辈子见过她。他从她身边经过的时候,故意对她点了点头,然后礼貌性问候了一声"你好呀"。但是她一直侧着身,并没有听见他的问候,仍然一如既往地看着窗外。

华灯初上,黄浦江的水被点燃了。他还没有返回座位的时候,游轮在黄浦江上绕了一圈,已经停在了十六铺码头,相亲活动也正式结束了。他并不急着下船,而是站在窗前,紧紧地盯着上岸的踏板,他想看清楚那个维纳斯到底是谁,自己到底是不是认识。最先通过踏板的是那个小伙子,天生就是一根拐杖,已经牵着那个盲女孩幸福地登上了外滩。紧随其后的,正是他要寻找的她,她的连衣裙实在是太长了,在过桥的时候似乎被什么挂住了,或者被后边的人给踩到了。她并不生气,而是回头吟吟一笑……天啊,那一刻,他想起来了,她不是别人,正是几天前在咖啡馆的洗手间里遇见的那个让他翻船的"套子"。

他经过她坐过的位子的时候，发现了一个笔记本，是牛皮纸封面的。他想，应该是她落下的吧。他拿起这个小本子冲下了游轮，但是为时已晚。他激动地回到报社，立即给那个婚恋网站打了一个电话，意思是想补充采访几个人。网站说，你想采访什么样的呢？他说，最好长得漂亮一点儿的。网站说，你看盲人那一对怎么样？他假惺惺地说，不错啊，想顺便问一下，坐在他们旁边的那个女孩是你们的工作人员吗？网站说，你是说穿白色连衣裙的那个吧，她呀，也是相亲的。

如果她也是相亲的，那么她的残疾在哪里呢？网站过了几分钟之后就把相关信息发给了他，她叫白苗苗，上海本地人，身高一米六三，体重五十公斤，二十六岁，水瓶座，爱好舞蹈，最崇拜的人是舞蹈家杨丽萍，最喜欢的花是风信子，认为天下最浪漫的事就是静静地坐在屋顶上和心爱的人一起数星星……他问："她也是残疾人吗？"网站说："应该是啊，但是奇怪了，在相亲报名表上，这一栏竟然是空白的。"他说："也许人家是正常人，只是想来体验体验生活。"网站说："你和她交流过吗？"他说："没有。"网站说："也许人家是聋哑人，聋哑人不说话的时候，跟正常人是一模一样的。"

打听到白苗苗的信息之后，他心里真是七上八下。他掏出那个牛皮纸的小本子，心想应该是日记本，里面应该有她的信息，甚至记录着她的心灵轨迹。他像一名善良的小偷，也像一名懵懂的偷窥者，正在靠近一座藏宝洞，或者捅开公主闺房的窗户纸，十分好奇地翻开了。他有些急切，有些慌乱，有些不安，有些负罪感……但是，他失望了，这个小本子是崭新的，大部分是空白的，只有第一页写着一行小字——沉默是我涂着口红的嘴唇，它将代替我和你说话。后边写着"白苗苗"的名字，落款日期就是活动当天。

可以断定，这个小本子是专门为相亲活动准备的，而且他隐隐约约地觉得，她恐怕真是一个聋哑人。聋哑人是会写字的，在很多电视里就是这样描述的，那些被割掉舌头的人就是靠着写字把秘密揭露出来的。他想，如果她不是聋哑人的话，会不会给他如此完美的感觉呢？就像有一尊维纳斯的雕塑，它是石头的或石膏的，不需要做任何自我介绍，它的美就会自然流露出来，如果换成样子颜色都一样的电子玩具，它会唱歌，会说话，会和你互动，它的美立即就消失了。从另外一个角度想，无论长相还是穿着，以及身处喧闹之中仍然静如处子，不正是多少人梦想的那个模样吗？但是上天为什么剥夺了她们发声的权利呢？难道为了平衡吗？人们为什么因为她们默默无声，而把她们归类为残疾人呢？为什么不把她们像维纳斯一样归类于女神呢？

他不知道应该高兴还是应该沮丧。他一个人坐在办公室，犹豫到晚上十一点，才终于决定下来。他是这么想的，对于他这个口业深重的人，也可以说是管不住自己嘴巴的人，或者说是不善于装斯文的人，在这个处处都在制造噪声的世界，在这个人人都在花言巧语的时代，在这个经常需要说谎和说教的社会，听不见，说不出，正好是正常人身上缺少的美。自己如果是一个哑巴，会给自己少添多少麻烦，会给别人少添多少烦恼啊；前任女朋友如果是一个聋子，哪怕他说出来的不是"套子"，干脆就是"上床"，还会导致他们之间的破裂吗？

他拨打了白苗苗的电话，开始一直没有人接听，后来接通了一直没有声音，他以为她休息了，直到窗外渐渐安静下来，他基本可以确定自己的判断——不是她不接听自己的电话，而是根本没有办法接听自己的电话。他用电话号码搜出一个微信号，发送了添加好友的请求，很快就获得了她的通过。她问，你是谁呀？我们认识吗？他说，当然认识了，我们已经见过两次了。她说，两次？都什么时候？他说，第一次在环球港的咖啡馆，第二次就在今天下午。她说，你也是去相亲的吗？他说，算是吧。她说,我怎么感觉你不像啊?他说,老实说吧,相亲是假公济私,我其实是去采访的记者。她说,那你是正常人对吗?他说,我是三等残废。白苗苗说,这是什么意思?他说,因为我太矮了。白苗苗沉默了好长时间,才回复了一条微信:你应该休息了,我都睡着了。

他突然意识到,拿身高来调侃自己是非常不合适的,也许那是对残疾的一种羞辱。他赶紧弥补了一句,请问你什么时候有空?白苗苗说,你想采访我对吗?那还是免了。他说,主要是想请你吃饭,顺便还给你一样东西,我捡到了一个笔记本,应该是你的吧?白苗苗说,既然被你捡到了,那就送给你吧。他说,你可不能反悔,你说它是你的嘴唇……白苗苗说,我不会后悔的。他说,那我真是太高兴了,谢谢你的礼物。

白苗苗最后回复他的,只有一串微笑的表情符号。

4

从此,他天天都会发微信给白苗苗,基本是常规性地问候一下,吃饭了没有呀,睡觉了没有呀,在哪里干什么呀,白苗苗的回复都是那么流畅,根本看不出有什么不同。每次发完微信的时候,他都不会忘记约她出来吃饭。在几天之后的一个下午,他正在外边采访一起突发事件的时候,终于收到了白苗苗的消息,意思是他如果有空的话,两个人可以在环球港二楼的快餐店见上一面。

从报社赶往环球港的途中又是傍晚的时候,夕阳的余晖从车窗后边照进来,晒得人心神不宁的。他把车前车后的CD全部翻出来,不知道一会儿见到白苗苗的时候,应该播放汪峰的《勇敢的心》,还是播放邓丽君的《我只在乎你》。他有些矫情地想,他与白苗苗见过两次,感觉与她像认识了很久,可是这种认识是模糊的,就像一根针不是扎入肉里的,而是落入湖水之中的。针再怎么尖锐地落入水中,水都是波澜不惊的,而针的感觉却是透彻的、深刻的。快到约会地点的时候,他突然意识到准备的音乐也许是多余的,白苗苗如果真是聋哑人的话,看到光碟一闪一闪地播放着,会不会让她产生什么负面情绪呢?他在六点半的时候就赶到了环球港的快餐店,习惯性地坐在一个角落里,静静地看着入口,甚至轻轻地哼起了小曲。

在他所有的约会中,这是最为放松的一次,因为她极有可能是聋哑人,他说什么话她都听不见,她有什么想法都无法说出来,所以他没有必要提前准备一大堆故事,其中充满着套话、废话和假话,来应对对方的任何提问,以达到美化自己讨好对方的目的,更不用担心自己说错话而引起误解和不快,他们只需要静静地盯着对方的眼睛,这种无声的约会比任何一种有声的约会似乎都要深情脉脉。他唯一担心的是,聋哑人想吃什么,需要什么服务,应该怎么表达。其实,这也不是问题的问题,对于有些大男子主义的人而言,全由他代劳不是更好吗?这样的话,他的选择就是她的选择,他的意思就是她的意思,他的偏好就成了她的偏好,生活不就少了分歧了吗?行动不就容易统一了吗?他想,如果有一个王国,所有人都是哑巴,只有国王会说话的话,那么这个王国是多么容易统治。于是,为了避免不必要的尴尬,在白苗苗还未赶到的时候,他就发微信征询她的意见,想吃汉堡呢还是鸡翅,想喝可乐呢还是橙汁,以便于事先为她点餐。但是她的回复很简单:不用了,我自己会买的。

还是让他坦白吧,他之所以对这次约会如此积极,除了深受美貌诱惑之外,最重要的还是好奇心。他真的很好奇,和一个聋哑人交往或谈恋爱的话,应该是非常有味道的吧?起码应该是感觉非常平和的吧?比如说,彼此之间不需要说"我喜欢""我爱你"之类的看似热烈实则空洞的表达,尤其他这种用声音伤害过别人也被别人伤害过的人,最渴望的，就是不争吵，就是相安无事，就是默默无语。但是，现实总是复杂的，毕竟这是随时需要拍马、提醒、解释和争论的世界。

七点多的时候，白苗苗终于出现了，她依然是连衣裙，依然是白色的，但是比以前少了一条腰带；以前的裙子拖到地上，这一件仅仅搭到了膝盖下边，露出了雪白的袜子和半截纤细的小腿。她走进快餐店之后，踮起脚尖四处张望着，像一只破壳而出的探头探脑的雏鸡。他先是向她招手，然后忍不住喊叫："喂，白苗苗，我在这里！"但是，他的动作和他的声音像在梦里一样，对睡在身边的现实起不到任何作用。她根本没有发现坐在角落里的他，也丝毫没有听到他的喊叫，还是直接踏上了上楼的旋转扶梯。

他十分着急地站起来，又大声喊叫了几声，所有的人都被吸引住了，奇怪地扭过头看着他，只有她没有任何反应，似乎生活在平行空间里的幽灵，不受干扰地消失在茫茫人流之中。他第一次体会到了隔阂的存在，也为自己的天真感到难过。可以确定，她不是正常人，而是一个美丽得让人惊叹的聋哑人，正是他试图接近的无声的世界。他真想跑过去拉住她，但是晚餐高峰时间的顾客特别多，大家都在盯着他的座位。

他拿起电话，给她发了一条微信，告诉她他在一层，坐在一个角落里，最明显的相貌特征是长着一颗硕大无比的光头，像一个没有剥皮的蒸熟的土豆。但是，这里竟然没有任何信号，微信一遍遍地发送失败。他的无奈感在不停地上升，以至于转化成了焦急不安。直到几分钟之后，他准备起身的时候，她再次在楼梯上出现了。他干脆站在椅子上，朝着她挥舞着双手，才把她的视线吸引了过来。

白苗苗走下扶梯的时候，仍然是缓慢的，仿佛不是走路，而是一个陶醉的舞者，不会因为观众的任何掌声或起哄，而简单或错误地处理自己的每一个动作。事实上，太拥挤了，太嘈杂了，不停地有人不耐烦地叫着"请让一让吧",但是她仍然像神仙下凡一样如入无人之境,又像白天鹅静静地走入一片湖光山色之中。当白苗苗终于站在他面前的时候,他不由自主地说了一声:"你好啊!"

白苗苗并没有回声,只是朝着他点了点头。这时,有一位卷发女人从旁边经过,不小心打翻了托盘上的一杯可乐。可乐没有浇在白苗苗的白裙子上,而是浇在了她的腿上,她的丝袜被那充满泡沫的汁液染成了黑褐色。女人说,你看怎么办吧?他说,还能怎么办?你得帮这位小姐清理一下。女人说,你搞搞清楚,是她碰翻了我的可乐,她应该赔我的可乐才对吧?他说,你怎么不讲道理啊?你不知道小心一点吗?女人说,我一直在提醒她,她又不是聋子。

他真想告诉女人,她应该是个聋子。不过,看着一脸迷茫的白苗苗,他还是希望听到一声"对不起"。女人呵呵一笑:"你问问大家,到底谁应该说对不起啊?我见过这么不讲道理的,还真没有见过素质这么低的!"其实,他的话多,也常常因此失言,但是并不擅长吵架,尤其碰见了泼妇,他真不知道如何应战。整个餐厅里的人都幸灾乐祸地等待着,像等待着一场即将上演的相声晚会。他静静地盯着白苗苗,多么希望在这个关键时刻,她即使不用破口大骂,哪怕只用一句尖叫,来缓和一下他的尴尬,那应该多好啊!但是她像什么也没有发生似的,用湿纸巾把地面上的可乐清理得干干净净,然后平平静静地坐了下来。

女人端着托盘离开的时候,又用上海话嘟哝了一句:"真是两个戆大。"他的血一下子涌上了头顶,他想冲上去拦住对方的时候,却被白苗苗一把给拉住了。

他有些沮丧地坐下来,又问候了一句:"你好呀,认识你真高兴。"她还是朝着他点了点头。他又问她,鸡翅呀,鸡腿呀,套餐呀,喜欢吃什么,我帮你去点吧。也许他的表达有些复杂,她不再点头了,只是朝着他微微地笑了笑。他抬起手比画了几下,指了指自己的嘴巴又指了指前台,她大概明白了他的意思,从包里掏出了一个笔记本,和他拾到的那本一样,也是牛皮纸的。白苗苗翻开小本子,开始在上边写字,然后恭恭敬敬地递给了他。他接过小本子,发现第一页写着一句:它会代替我和你说话。他开心地笑了笑,他忽然发现他的担心其实是多余的——只要他们愿意,在这个世界上除了嘴巴之外,许许多多的东西都会代替他们发声。

白苗苗递给他的第一句话是这里没有信号,不然就可以用微信交流了。他掏出另外一个小本子回复她,他们写字聊天也挺好的。她的第二句话是对不起,刚才那杯可乐是不是她打翻的?他回复她,不是她的问题,是对方不小心。她说她应该赔人家一杯可乐。他说别人应该赔她袜子,她漂亮的丝袜都被弄脏了。她说起码当面道个歉吧。于是朝着四周看了看,然后写下了一句"对不起"。他本来写了一句"我们不需要给这种没有素质的人道歉",但是想了想,还是把它涂抹掉了,重新写了一句"对方知道是自己错了,已经向我们道过歉了"。

白苗苗抬起头看了看他,递给他的最后一句话是"那我就安心了"。白苗苗的这些话对他是一种小小的安慰。在她的世界里,正因为是无声的,所以她才会善意地去解释一切,按照美好的想象理解一切,就像一部无声电影,中间也许充满了争吵、谩骂和诅咒,但是被她重新填词、配音之后,大家欣赏到的剧情却是宽容、谅解和祝福。他彻底明白了,面前这个漂亮的女孩子,她不仅听不见,还说不出话。如果她不是聋子的话,肯定能听到刚才的争吵;如果她不是哑巴的话,也许会回应对方的谩骂。那么她还会如此通达吗?还能像什么也没发生一样吗?

他终于意识到,虽然与她不能直接交流,有话不能随口说出来,不能轻易地让对方听见,但是声音并不代表语言,语言有时候也可以是无声的。关键是他想表达的东西,原来从两片嘴唇之间轻飘飘地就吐出来了,吐出来以后,除非录音,不然立即就消失了,而现在必须经过大脑,经过心脏,经过血管,像血一样绕了一大圈再流出来,而且流出来的是白纸黑字。小鸟可以发出声音,也可以凭着耳朵识别声音,但是小鸟不认识文字,只认识虫子。文字是人类文明的象征,只有靠着人的眼睛来识别。更何况那种书写的过程,节奏是缓慢的,用词是可以修饰的,尤其当自己的话沙沙地落在纸上,那淡淡的微微的美多么像雪花沙沙地落在地上。按照古人的说法,凡焚香、试茶、洗砚、鼓琴、校书、候月、听雨、浇花、高卧、勘方、经行、负暄、钓鱼、对画、漱泉、支杖、礼佛、尝酒、晏坐、翻经、看山、临帖、刻竹、喂鹤,当然也包括书写,都是通灵的时间。

白苗苗笑吟吟地说,今天我请客,你想吃什么?他说,我从来不让女人请客,尤其是漂亮的女人。白苗苗说,你这是性别歧视。当他准备起身的时候,白苗苗制止了他,然后带着小本子朝前台去了。很快,她顺利地端着托盘回来了。她给自己点了一杯热牛奶和一对鸡翅,给他点了一杯可乐、一个汉堡和四个鸡腿。他指了指桌子上的东西,又指了指自己的肚子,抱怨她点得太多了。白苗苗的嘴角动了几下,发出含混不清的"咕咕"声,很像两只小乳鸽的叫声,是从她身体里挤出来的,而不是从喉咙内发出来的。这声音比任何噪声都要沉闷,比任何动物的鸣叫都要模糊,但是凭着她的嘴型,大概明白她的意思是说,饿了吧,赶紧吃吧。

他真有些饿了,于是狼吞虎咽起来,而白苗苗并不着急,她摊开小本子静静地写道,对不起,外面堵车,我是不是来晚了?他还是随口回答了一句"没有关系的"。没有听到任何反应,他愣了一下,赶紧在小本子上写道,认识你很开心,希望我们能够成为朋友。她在小本子上回复了一句：我也一样很开心，你是我认识的第一个健全人。

他很意外，不知道她指的"认识"是什么，是第一次和男性朋友约会呢，还是第一次在一起吃饭？他问她有什么样的朋友，她说她没有什么朋友。他问她平时都和谁在交流，她说都是和自己一样的人。他问她平时都交流什么，她说都交流一些知识。他问她都是怎么交流的。她用手比画了几下，然后写道：我们都是用手语。他想，他如果学会了手语，他们之间的障碍会不会就彻底消失了呢？他笑着说，你收我做学生，教我手语行吗？白苗苗说，谁敢收你这样的学生呀，你学这个有什么用呢？他说，为了以后，以后我们交流起来就方便多了。白苗苗说，我们有以后吗？他说，为什么没有啊？有空的时候一起吃吃饭聊聊天不好吗？

他说这话的时候，真有一点点伤感。在现实中，他似乎是健全人，不缺少语言，也不缺少听力，但是没有一个可以倾诉的朋友。每次遇到任何伤心或快乐的事情，既没有一个人和你分担也没有一个人与你分享。比如你想自杀的话，当你拿着刀子，几乎已经抹脖子了，血已经在慢慢流淌了，在熙熙攘攘的大街上，都没有人来劝解你一句，成为你放弃轻生的借口，甚至还有人在旁边起哄，嘻嘻哈哈地问你，你的血为什么那么多？你如果不快点儿气绝身亡，似乎都有些对不起观众。但是，他和白苗苗呢？那种书写的感觉固然很美，毕竟所有的情绪都是经过过滤的，甚至是被修改过的，每一个字都像一个馒头，你从蒸笼里直接抓出来的话，那是热气腾腾的，如果先把它放在盘子里再端到桌子上，甚至放在第二天再热一遍，感觉就不再那么痛快了。而且，还有那么多异样的眼光在看戏一样，让人根本无法将平常的交往视为一种生活，倒非常像一个很难进入状态的演员……所以，他真的不知道有没有以后，白苗苗也没有回答这个问题，两个人的情绪都有一些失落。

夜色已经深了，顾客慢慢地少了，按说应该更加安静了，但是汽车川流不息的碾轧声显得十分刺耳，就连餐厅里播放着的音乐也变得不怎么协调了。白苗苗开始教他一些简单的手语，比如伸出一个食指和一个大拇指表示"你好"。她看着他那些奇怪而笨拙的动作，非常开心地写，你这学生不好教啊！还是慢慢来吧。他写，我是不是太笨了？请问老师，我喜欢你，怎么说呢？白苗苗使劲地笑了笑，你一点都不笨，不过今天的课就上到这里，下课！

白苗苗的脸红了红，白皙的脸庞像涂上了一层胭脂。

白苗苗没有对自己的身世做过多解释，她仅仅告诉他，她是在孤儿院长大的，从记事时起，她就没有看到过自己的父母，也没有遇见一个亲人，只知道她的聋哑不是先天的而是后天的，十九岁从一家聋哑人学校毕业后，在面包店当过糕点师，在服装厂当过缝纫工，在酒店当过服务员，经常处于半失业的状态，目前正在一家电脑培训班学习工艺设计，业余时间还参加了一个残疾人舞蹈表演艺术团。

他们原可以不食人间烟火，但终究还是谈到了现实。白苗苗说，她想参加电视台的一个舞蹈选秀节目，但是主办方不接受她的报名。他安慰她说，他们真是有眼无珠，像她这种形象，绝对是偶像派，往舞台上一站肯定会迷倒一大片。白苗苗说，她就没有迷倒他。他说，他差不多已经陷入半昏迷状态。白苗苗说，不过，她有个同学参加了一场模特儿大赛，立即就成了明星，经常有记者采访，天天都有人给她写信，还有好多公司要和她签约。他仍然安慰她，再找机会吧，下次有机会，他们再去报名，保证一炮打响。他不知道怎么告诉她，其实现实的残酷远远超出了她的想象，但是他尽量想把积极的一面留在她的心中。她说，其实吧，我也不是想成为明星，我就是想找到一份理想的工作。她一直关心的，其实都是工作，她多么渴望像正常人一样有一份正常的工作。

白苗苗后来竟然写到了"郭美美"三个字。他告诉她，郭美美坐了几年牢，刚刚被放出来了。白苗苗又问，真可惜，那么好的女孩，她为什么要贪钱呢？他真的不知道怎么回答她，在一个以金钱为信仰的时代，对于聋哑人而言，她看重的，不是钱，又是什么呢？他沉默了半天，希望换位一下来思考她的世界。如果他现在听不到任何声音，包括此时播放的音乐，甚至连一个字，包括一个"我"字，也说不出口的时候，他也许会认为世界上最重要的，不是钱不是名不是利，而是通过交流获得一份赖以糊口的工作。

不知不觉，小本子已经写出了十几页。最后，他提议，我们出去转转吧。白苗苗很痛快地指了指对面的校园。上车的时候，看到车里的CD还在重复地播放着，他赶紧关掉了它，他似乎渐渐地有意识地开始了无声的交流，或者尽量地融入她的生活，把笔和小本子装在上衣口袋里，准备随时拿出来写上自己要说的话，然后等待着她的每一句回答。他们一起进入华师大，跨过仍在静静流淌的丽娃河，穿过后门，来到不远处的长风公园。当晚的银锄湖上，也许正在上演一场灯光秀，一道道光柱不停地变幻着，在湖水中组成了一扇扇开开合合的时光之门。在时光之门中漫步，更有一种在天上人间自由穿梭的感觉，他一会儿给白苗苗拍照片，一会儿在小本子上用简洁的词汇描绘着夜晚的美丽和心情的愉悦。当他写出一个"灯"，她就写出"是彩色的"；当他写出一个"湖"，她就写出"好漂亮的倒影"；当他写出一个"门"，她就写出"能通向童话世界"……这个夜晚多么像一首首诗，在他们之间来来回回地传递着。

他们是十点左右分开的，他回家以后发微信告诉她，笔记本忘记还给她了。白苗苗则回复他，他不嫌弃就送给他了。他说，那不是你的"嘴唇"吗？白苗苗说，别胡思乱想，你下次记得带着它，我们继续聊天吧。他说，下次是什么时候？白苗苗说，我有空的时候，我希望了解你们健全人的生活。

看到这句话,再看看斑斓的夜色,他的心头涌上了一丝酸痛。

5

自从和白苗苗见过几面之后,他感觉自己对于这个群体的理解原来是很肤浅的,或者说他对她有了一丝丝说不清道不明的探索欲望。没有交流之前,他的担心仅仅限于两个异性之间,没有语言应该怎么去传情达意;通过正式交流之后,才发现两个人的接触是顺畅的,甚至显得十分美好。把一句话写出来,比从嘴里说出来,漫长了十几倍,时间好像也被拉长了十几倍。他们不用太在意周围的环境,不用顾虑别人都说了什么,都是一个什么样的速度,这让他深深地沉浸其中,好像这个世界没有别人,仅仅只有他们两个人一样,真有种做了神仙的陶醉。神仙与凡人的差别不就在节奏的快慢吗?不就在于一个是无声的一个是有声的吗?

仅仅隔了一天,他就急切地问她,今天晚上干什么。白苗苗说,我还要去网吧,我必须拼命地学习,过几天要去一家设计公司面试。他说,你为什么要去网吧?白苗苗说,因为我穷呀,没有电脑呀。在这个网络爆炸的时代,竟然还有人没有电脑,实在太让人意外了。他说,这样吧,你教我手语,我教你电脑,我们换一个地方上课怎么样?白苗苗说,好呀好呀,我们去哪里呢?他说,野外,据科学家研究,有花花草草相伴,记忆力会大幅度提高。白苗苗说,野外有电脑吗?他说,天空就是大屏幕,星星就是键盘,这个你就放心吧。

他之所以这么快就要求见面,是因为自己的脑海里不停地跳出白苗苗的样子,那白色的连衣裙,那安静得有些凝固的表情,那晶莹通透的皮肤，那芭比娃娃的脸，那微微翘起的嘴唇，一丝一毫都让人心动。另外，早上赶到报社的时候，叶主任安排了一个采访任务，晚上有一场英仙座的流星雨，据说是百年不遇的，好多年轻人尤其是情侣们，已经提前一天就跑到野外安营扎寨，准备浪漫地依偎在一起，观赏这场天文奇观。想到流星雨，他的心怦怦直跳。没有什么能比流星雨更适合带着她去欣赏的了。因为对她来说，眼睛是唯一朝着世界敞开的大门，流星划下的那一瞬间才是天人合一的肢体语言。

太阳还红通通地挂在天边欲落未落的时候，他已经早早地赶到了那条巷子，那是前一天晚上他送她下车的地方，位于普陀区的真如地区，可以清晰地看到真如寺的塔顶。这条破旧的巷子，路面油腻而光亮，弥漫着浓烈的鱼腥气息，因为它曾经是上海最大的水产市场，如今已经被搬迁拆除，成了等待开发的工地，有几只流浪狗流浪猫在残砖碎瓦之间蹿来蹿去。巷子西边正处在拆与不拆的过渡期，临街的门窗已经被封起来了，墙上用红色的油漆刷着刺眼的"拆"字。只有巷子南边，有一个新建起来的高档一点的小区叫金鼎花园。

他把车停靠在金鼎花园的大门口静静地等待着，直到天彻底黑了下来，霓虹灯全部亮了起来，白苗苗才东张西望地出现在巷子里。他没有开口喊叫，也没有按喇叭，而是直接冲了上去，但是不小心脚下一滑，狠狠地摔倒了。两个人坐上车，他问她怎么那么慢啊，她不是住在金鼎花园吗？他几乎是一挥而就，把字写得有些歪歪扭扭。很明显，他生气了。她则回复他，他等错地方了，她不可能住在那么高档的小区，然后十分内疚地写下了一连串的"对不起"。

他的气顿时消了，说你得补偿我。白苗苗说，我怎么补偿你？他说，你自己看着办吧。白苗苗从包里翻出了一支口红，在小本子上认真地画了一幅画，在她的画面里没有别的，只有一个女人小巧的"嘴唇"。她把"画"递给了他,然后把脸红扑扑地转向了窗外。

他发动汽车的时候,白苗苗吃惊地问他,你怎么了?胳膊为什么在流血?他不想告诉她,是刚才追她的时候摔伤的,而是告诉她"蚊子咬的"。白苗苗说,多大的蚊子?你就瞎编吧。她身上是第一次穿着的那条白色连衣裙,裙子很长,也很宽大,所以配有一条束身的腰带。她解下了自己的腰带,像护士一样包扎着他胳膊上的伤口,一圈、两圈、三圈,随着伤口被一层层地包扎起来,疼痛就越来越远了,随之袭遍全身的是一种感动。他感觉她用的不是自己的腰带,而是自己白云一样温顺的目光,她小心翼翼包扎的似乎不是伤口,而是他的小小的心脏。

他的眼睛莫名其妙地湿润了。

白苗苗说,你为什么哭呀?他说,痛啊。白苗苗说,我们买止痛药去吧。他说,你不就是止痛药吗?白苗苗故意抬起手,敲打了一下他的胳膊说,这样是不是就能止痛了?

汽车顺着铜川路拐向曹安路,从外环高速转向沪青平高速,他始终没有告诉白苗苗,他们要去什么地方,她似乎对他充满了信任,也不在乎他将把她带向什么地方。直到晚上十点多的时候,他们远离了闹市,穿过一片寂静的田野,把车开到了佘山脚下。上海是没有大山的,唯有一座小小的佘山,海拔也仅仅九十九米。但是,不要看不起这座小山,山上长满了竹子,经常会有成群的白鹭栖息其中,山顶上除了远东第一大教堂之外,还有一座天文台。这里安静、清幽、空旷,是最适合看星星的,还有一个多小时,百年不遇的流星就会从眼前的这片天空倾泻而下。

他并没有忘记自己身上带着的采访任务,当他看着自己被包扎着的胳膊时,他已经将一切都抛之脑后了。他给叶主任发了一条微信,说自己已经赶到了目的地,但是那里与市区不太一样,属于多云天气,不时地还伴有小雨，估计是看不到流星雨了。在上海，天气是十分善变的，经常会有东边日出西边雨的情况。但是当天晚上，无论市区还是郊区，天空都是瓦蓝瓦蓝的，别说下雨了，连一片白云都没有。相反，在佘山上，由于没有了灯火，没有了车水马龙，天空像一块玻璃，轻薄得用手捅一下就会被打破似的。他发完微信，就关掉了手机，他要全心全意地陪着白苗苗，坐在山上等着那奇妙的一刻。

顺着一条蜿蜒的小径，穿过一片密不透风的竹林，他带着白苗苗终于爬上了山顶。已经有不少人守候在天文台前的观景平台上。他觉得还是太吵闹了，干脆顺着另一条小径来到了天主教堂。教堂已经关闭了，那赭红色的建筑成为一堆阴影，上边无数的耶稣受难的浮雕隐隐约约。周围一片漆黑，竹子们轻轻地摇晃着，鸟儿们不时地扑腾着。在他看来，夜色中的教堂是什么呢？它其实就是一张嘴巴，一张属于神灵的嘴巴，无论面对苍生的何种苦厄，面对人们的多少祈祷，它永远都不会说话，但是并不代表它是沉默的，它总是以一种无所不能的方式，在宽恕着人们，在传递着福音。

也可以这样比喻，白苗苗那微微翘起的嘴巴就是她一个人的教堂，那么肃穆，那么神圣，一辈子不说一句话，但是一切尽在不言中。

他们背靠着教堂的大门坐下来，白苗苗掏出小本子准备写字，但是实在太黑了。这时，有小小的蓝色的光在面前飞舞，那是萤火虫，它们总在追随着黑暗，把夏天的夜晚点缀得浪漫无比。他伸手逮住了三只，放在她的手中。她借着萤火虫的光问他，他带她来这里干什么呢？他说，上课呀。白苗苗说，你要给我上什么课呢？他说，对不起，我竟然忘记了，把电脑忘记在山下的车里了。白苗苗笑着说，我看啊，你是故意的。

白苗苗一扬手，就把几只萤火虫给放飞了。

他又打开了手机，示意白苗苗用微信交流。他说，你不害怕吧？白苗苗说，我为什么要害怕啊？他说，这里可能有鬼呀。白苗苗说，市区没有鬼吗？鬼为什么要跑到这里来呢？他很想告诉她，市区是完全不同的，在市区人多，灯多，声音多，而这里一片安静，鬼就喜欢在安静的地方出没，而他又是一个怕鬼的人。但是他没有这么说，因为她的世界比这里更加安静，也许比这里更加阴森恐怖。

他朝着她靠了靠，然后轻轻地抓住了她的手。这是一个有些炎热的夏天，但是她的手冰凉得像一条蛇，在他的手心游移不定地蠕动着，最后慢慢地挣脱了出去……她低着头问他，为什么要拉她的手呢？他不明白，她是在拒绝自己，还是希望得到他的确认。这一次，他没有用写字的方式，而是张开了嘴巴，大声地告诉她："因为我喜欢你！"

他是仰望着天空说出这句话的，他的这句话她一辈子也听不见。这像处于浩渺的太空一样，因为声音的传播需要空气，在没有空气的太空中，燃烧，爆炸，即使是星星和星星的碰撞，全部都是无声的。所以，他无论说了什么，对她而言都是寂静无声的，只有流星雨在默默地表白着。他猛然发现，随着"我喜欢你"的表白，天空有一道道银黄色的弧线，像一条条银黄色的小鱼儿，相互追逐着从天际划过。这不就是自己追寻的流星雨吗？他赶紧抬起手，指着天空喊道："快看呀，流星雨来了！"

白苗苗分明还不清楚发生了什么，当她疑惑不定地抬起头，把目光从他的身上转移到天上的时候，那小精灵一般的火光已经熄灭了。

他发微信失望地告诉她，今晚有一场百年不遇的流星雨，他是带她来看流星雨的。白苗苗说，天啊，你怎么不早说呢？他说，我想给你一个惊喜，谁知道它们跑得太快了。白苗苗说，我错过了一辈子只有一次的机会对吗？他说，也许还有机会的。白苗苗说，你的意思是不是一百年以后？他说，当然就是现在。白苗苗说，就在今晚？她抬着头，双手合十，静静地注视着天边。但是一直守到十二点，再也没有看到一颗流星。

他说，我们错过了流星雨，那我们就看星星吧。

白苗苗说，谢谢你，我们还是许个愿吧。

在下山的时候，他问她许下了什么心愿？白苗苗说，她也没有什么心愿，就是很想有一台电脑，等学会了工艺设计就可以找工作赚钱了。他说，你赚到了钱，首先想干什么？白苗苗说，原来想给自己买条裙子，现在呀就想请你吃饭。他说，为什么要请我吃饭，而不是让我请你吃饭？白苗苗说，因为认识你这样的健全人，我很荣幸。

上车离开的时候，白苗苗突然问，你看到流星落到什么地方去了？他说，落到天边去了。白苗苗说，如果流星没有燃烧干净的话是不是就成了陨石？他说，你真是太聪明了！我们去捡陨石吧？白苗苗说，我们快点去捡陨石吧！他说，走吧，我们去捡陨石吧！

他非常激动，于是疯狂地开上车，绕着佘山不停地转着圈子。第一圈、第二圈、第三圈、第四圈……转一圈，白苗苗就会问，陨石在哪里呢？他说，应该钻到地下去了吧。转一圈，白苗苗又会问，陨石在哪里呢？他说，应该落到水里去了吧。转一圈，白苗苗还会问，陨石在哪里呢？他，应该挂在树上了吧。他们左一圈、右一圈，不知道转到了第几圈，白苗苗再问一遍，陨石在哪里啊？他说，陨石嘛，我也不知道呀，估计它们躲起来了。白苗苗拍了一下他的肩膀，指了指满天的繁星，最后一次告诉他，哈哈，我们真傻，你抬头看看吧，它们还在天上挂着呢。

他们可以说是尽兴而归，在分开的时候，他把手提电脑递给了白苗苗，然后告诉她，她的愿望已经实现了。但是她拍了一下自己的脑袋，忽然告诉他，哎呀，我忘记了，心愿是不能说破的，说破了就不准了，对不对？

白苗苗郑重地推开了他的电脑，消失在凌晨三点二十六分的上海。

6

他以前的周末都是无所事事的，昏昏沉沉地睡到下午才起床，虽然那时候女朋友还没有分手，但是两个人之间的关系，基本是可有可无的，逢到放假休息的时候，谁也不主动约会对方，多数时候是各自活动的。顶多在活动结束的时候，女朋友让他去接接她，再顺便陪着逛逛街，吃点东西。所以两个人在一起，也仅仅局限于拉拉手，为几个陌生的人吃吃醋，为一些鸡毛蒜皮的小事斗斗嘴。

第二天又是一个周末，上海持续几天的好天气没有了，开始刮起了台风，下起了雷暴雨。他早早地爬起床，把家里那台电脑好好地清理了一番，安装上了各种各样的设计软件，然后扛下楼，装上车，就出门了。从佘山回来之后，他就彻夜失眠了，躺在床上翻来覆去，满脑子都是白苗苗的身影——她双手合十，微微翘起的嘴唇不停地蠕动着，他以为她许下的心愿，起码希望上天保佑她，遇到一个有钱的白马王子。在这个物欲横流的社会，这是任何一个正常的女孩最基本的愿望。当她说出自己的心愿是一台电脑时，他的内心是酸楚的。在上海这么发达的城市，谁家会没有电脑呢？但是偏偏她就没有，在学习设计的时候偏偏还要泡网吧。他无法想象，她的处境是什么原因造成的，和她的残疾有什么必然的联系吗？

他直接把车开到了白苗苗居住的那条巷子，和上次一样，不提前联系，也不着急，安安静静地坐在车上。果然守了不到一个小时，她就撑着一把雨伞出现在巷子里了。雨下得有点大，稀里哗啦的，把油腻的路面淋得更加油腻了。白苗苗发现有人淋雨从身边经过，下意识地把伞倾斜了过来。他趁机钻入伞中，笑嘻嘻地挽住了她的胳膊，然后指了指自己的背后，意思是让她上车。她一上车，立即问他，你怎么来了？他说，想你了呀。她指了指车外的一只流浪狗说，假话，估计你是想它了。

他告诉白苗苗，他给她送电脑来了，自己淘汰下来的旧电脑。白苗苗看了看后座，又看了看他说，还是假话，明明是新的，就淘汰了？他说，我刚刚从旧货市场上淘来的，我也不清楚为什么就被淘汰了。白苗苗说，你别动脑筋了，我不会乱收别人东西的。他说，我是别人吗？白苗苗说，你不是别人，那你是什么人？

他是白苗苗什么人呢？是朋友？是男朋友？他们仅仅才认识几天啊？他对她的了解有多少呢？她对他的了解又有多少呢？仔细回味一下他们的交往，有多少是直入对方心灵的呢？又有多少可以供人生去慢慢回忆的呢？从本质上看，他们彼此之间，吸引力是存在的，也许就像太阳吸引着地球，地球吸引着月亮，那种吸引力并非来自于爱，更多的是来自于好奇——他对于无声世界的好奇，她对于有声世界的好奇，以及避免不了的同情和怜悯。人类已经登上了月亮，已经把探测器驶向了火星，但是距离两个星球彼此相爱还相当遥远。他们不知道月球上有没有水，不知道火星上有没有生命，它们同样也无法识别他们发出的信号，无法听到他们因为呼唤、赞美和诅咒而发出的任何声响。

他与她不也是这样吗？时至今日，他们依然生活在真空中，他还没有听到她亲口说出来的话，她还没有听见他发出的任何声音，他们两个世界之间的那堵墙并没有打通，像他们可以进入别人的梦里，但是他们根本不知道如何从梦里走出来。

白苗苗拉开车门，要下车。他拉住了她，说你别想得太美了，我只是借给你用几天而已。白苗苗说，是你借我的对吗？他说，当然了，这么好的电脑，谁舍得送人啊。白苗苗盯着他笑了半天，然后在小本子上写了一张借条：今借电脑一台，以身家性命担保，保证两月内归还，如有损坏,概不赔偿。他笑着说,你这是耍赖啊!她说,我穷啊,不然应该怎么写呀?他说,应该写以身相许……

白苗苗确实没有住在金鼎花园那样的小区,而是住在巷子西边一个破旧的阁楼里,看上去属于即将拆迁的范围,楼顶上覆盖着一层黑色的牛毛毡。进入阁楼,中间有一条狭窄而阴暗的通道,通道两边被隔成一个个单间,每间里边摆放着两排架子床,有点儿像绿皮火车上的卧铺。房间里住着的多数都是老人,他们无所事事地坐在床上,有的目光呆滞地看着窗外,有的低着头在打盹儿,有的光着膀子……他真不相信自己的眼睛,他无法把这混乱的情景与面前的她联系在一起。

白苗苗并没有意识到他的震惊,也没有发现他的尴尬,仍然一边回头一边朝里走。他硬着头皮,把电脑搬进一间"卧铺",放在一张桌子上,连接上了显示器和鼠标。白苗苗高兴极了,立即插上了电源,坐在电脑前兴致勃勃地打起了字。她打字的速度十分缓慢,那敲打键盘的声音清脆而响亮。她首先打了一连串的"谢谢",然后开始解释,因为社区正在拆迁,他们是被临时安置在这里的,多数都是孤寡老人。她看上去十分平静,他不明白她的平静来自哪里。如果她进入过正常人的家庭,她就会对比发现,无论是空间还是布置,她目前所处的环境都很糟糕。但是她似乎非常满足地告诉他,老人们都非常友善,都非常关心她。正好有一位白发苍苍的老太太凑了过来,她一边说话一边打着手语问白苗苗,你什么时候学会用电脑了呀?白苗苗说,我刚刚学啊,等我熟练了,我来教你吧。老太太看着电脑屏幕呵呵地笑着说,我一把年纪,恐怕学不会了。

外边的雨停了,云并没有彻底散去,太阳光显得有些稀薄。白苗苗把他送回车上的时候,他问她,你就这样让我回去吗?白苗苗说,你是不是肚子饿了?他说,早饭都没有吃呀,还等着你请客呢。白苗苗不好意思地说，你想吃什么，你说吧。他说，还是快餐吧，我们去环球港那边的快餐店怎么样？白苗苗就上了他的车，两个人直奔环球港而去。

他带着白苗苗在快餐店里坐下来，就给店长打了一个电话。店长是一个女的，把他叫到旁边神神秘秘地问，她真的是聋哑人吗？他说，当然是真的，现在装什么都好，有谁愿意装聋哑人呀。店长说，她的情况我们老总已经叮咛过了，我们想知道你与她是什么关系。他说，如果是一般关系会怎么样？店长说，如果是一般的采访关系，你只是想做做善事的话，那劝你还是别管闲事。他说，这怎么是闲事呢？你们企业应该有点儿社会责任感好不好？店长说，我不瞒你，我们招录残疾人，在税收上是有优惠的，但是根据我们的经验，招收残疾人会有风险，他们在店里摔伤了呀，和顾客发生纠纷了呀，或者不能胜任工作想辞退呀，处理起来特别麻烦，有些家属天天来闹，甚至狮子大开口。他说，这个我能理解，那就实话实说吧，她是我的女朋友，最终是要结婚的。

店长怀疑地说，你一个大记者找这样一个女朋友？他说，这样的女朋友有什么问题吗？店长说，我就好奇，你说你爱她，她听得见吗？他说，我为什么要说出来，我难道不可以送花吗？店长说，那两个人亲热的时候，有了快感想叫都叫不出来怎么办？他说，这就不用你操心了。店长说，我看啊，女朋友是假的，恐怕玩玩新鲜而已吧？他有些生气地说，你怎么能这样说话呢？你这是歧视知道吧！他们除了不会说瞎话之外，比我们这些人强多了。店长有些尴尬地说，不说了，一是上边打过招呼，二是她的形象也不错，三是看在你记者的面子上，明天就让她来上班吧。

他与店长说话的时候，白苗苗已经去前台点好了餐，然后坐在旁边静静地看着他们。白苗苗问他，你们认识吗？他说，不认识呀。白苗苗说，不认识怎么交流那么久？他笑着说，这叫搭讪，估计她看到我长得帅吧，所以缠着我多聊了几句，你看看我算不算帅哥？白苗苗也笑着说，真帅，尤其你的光头，帅得可以当路灯了。他说，你吃醋了吗？白苗苗说，我吃哪门子醋呀？只是羡慕你们健全人之间，能够聊得那么投机。他说，你不想知道我们聊的是什么吗？白苗苗说，你们聊什么了？他说，现在不告诉你，先吃饭吧。

白苗苗撇了撇嘴，不再追问了。

吃完饭从环球港出来，他装作若无其事地问她，如果来这里上班她感觉怎么样，白苗苗抬起头，仰视着海市蜃楼一般的双子大厦，那闪闪烁烁的霓虹灯投射在她的脸上，把她装扮得十分魔幻。白苗苗羡慕地说，这不就是天堂吗？在这里上班的人，估计和神仙差不多了。他说，那就这么定了，你明天就来这里上班吧。白苗苗怀疑地盯着他说，你什么意思？！你再说一遍好吗？他说，告诉你一个好消息，你已经被正式录取了。白苗苗说，我被什么地方录取了？他说，被这家餐厅啊，刚刚就是面试。白苗苗说，他们录取我干什么？

他说，当然是来当仙女了。

白苗苗一激动，迅速地搂抱了他一下，像一只从水面滑过的蜻蜓。她有些不好意思地说，人家是不是看在你记者的关系才收我的？他说，哪里呀，我根本就不认识他们，刚才去厕所，遇到了他们店长，我只是随便问了问，人家说你长得漂亮，气质也不错，所以很欢迎你。白苗苗说，我自己也来应聘过，人家为什么不要我呢？他说，估计现在缺人了吧。

当他开着车离开的时候，白苗苗不停地回过头，透过后边的挡风玻璃，看着两根铅笔一样戳入半空的楼顶，她的目光深情而幸福，仿佛不是要来这里上班，而是马上要嫁给这里。

第二天早上一醒来，他就急切地发微信问她，你上班了吗？白苗苗说，没有啊。他说，你不会忘记了吧？白苗苗说，我来早了，现在不到七点，还没有开门呢。

接下来的几天里，这个城市似乎一片太平，但是各种各样的小摩擦挺多的，他便开着他的小破车像消防车和救护车一样，从早到晚忙忙碌碌地转悠着。每隔一段时间，他都会发一个微信问问她的情况，她都会回复他，放心吧，我好着呢。

几天后的一个下午，他在附近采访完一起盗劫案件，就顺便去了一趟环球港，想看看白苗苗到底是怎么工作的。他在第一次坐过的那个拐角坐下来，从远处悄悄地观察着她。她站在餐厅的柜台里，与客人不停地比画着，笑吟吟地点点头，笑吟吟地摇摇头，在其他人的配合下，好像一切都十分顺利。他很满意，也很开心，他本来打算就这样悄悄地看着，等到餐厅打烊之后再去接她回家。但是他的电话响了，是报社叶主任打来的，苏州有一家食品厂发生严重的安全事故，让他立即动身前去采访。他在外地采访的时候，白苗苗给他的回复一如从前，我挺好的呀，你在外出差要注意安全呀，天热记得要多喝水呀。

完成采访任务回到上海，他直接赶到了环球港，依然选择坐在那个角落里，但是并没有看到白苗苗的影子。他有些奇怪，赶紧来到前台问，白苗苗呢？服务员说，你是说那个哑巴吗？他说，她人呢？为什么没有在这里给人点餐啊？服务员说，她呀，连牛奶和可乐都搞不清楚，你说说可笑吧？所以她被调走了，擦地去了。他是在洗手间外边看到白苗苗的，她没有穿那条白色的拖地长裙，也没有穿那条白色的齐膝短裙。她穿着的，是一条牛仔裤和一件白色T恤。她一手提着水桶，一手拿着抹布，蹲在地上用力地擦着地板。他的大脑嗡地一下，这就是白苗苗吗？这就是那个来当仙女的女孩吗？如果不是那白皙的皮肤、芭比娃娃似的脸庞，他怎么也不敢与几天前的她进行对比。

他喊叫了一声"白苗苗"，冲过去拉起了跪在地板上的她。他在小本子上写道，我们不要这份工作了，行吗？白苗苗说，这是为什么呀？

我干得好好的呀。他说,他们太不像话了,怎么能让你擦地呢？白苗苗说,我不扫地还能干什么？你看看我把地板擦得多光,都能照见人影子了。他看了看地板,确实照出了她的影子,那暗淡的影子似乎被压在地板下边,显得十分单薄。他心疼地说,你要擦地,也不应该擦这里！白苗苗说,那我应该擦哪里啊？他正好看到窗外挂着一个月亮,便就气呼呼地说,你应该去擦月亮。白苗苗笑了笑说,能打扫广寒宫那当然好了,嫦娥会发工资给我吗？

他被白苗苗逗笑了,说如果嫦娥拖欠工资啊,他就写文章曝光,帮她维权。白苗苗说,我一个聋哑人,能有一份工作,已经很满足了,你就放心吧。白苗苗又拿着拖把继续拖地板去了,似乎要把自己的影子从地板下边揪出来。

他掏出手机,拨打了店长的电话。店长跑过来说,陈记者呀,你就体谅体谅我们吧,开始觉得她长得漂亮,应该挺招人喜欢的,就安排在柜台点餐,谁知道第一天出了六次差错,有些客人原谅了她,有些难缠的客人偏偏鸡飞狗跳的,搞得我们都没有办法做生意了。店长说,你可能还不知道吧,有个顾客要加冰的可乐,她却给人家点了热牛奶,人家一生气,就拿热牛奶泼她,把她的胳膊都烫伤了,我们要报警,她又不让,我们要带她去医院,她死活不肯,还不停地给人鞠躬……我们看她不容易,就把她调到现在这个岗位上了。店长叹着气说,她擦个地,应该是单纯的了,照样产生不少摩擦,比如顾客碰到她在收拾垃圾,就会招呼她帮忙拿点儿番茄酱或者餐巾纸,如果她没有反应的话,顾客会以为服务态度冷漠,就大声嚷嚷,你是聋子吗？如果她拿错东西的话,顾客会以为服务不用心,就小声嘟哝,简直是白痴嘛。反正,不管谁对谁错,她都怪自己是个聋哑人,只要看到顾客不高兴,她就不停地给人家鞠躬。

店长也觉得,这么漂亮个人,又那么懂事,放在这里拖地板总归是可惜了。这里不需要专门的收银员呀迎宾呀什么的，建议去大酒店或歌舞厅看看，当个司仪呀舞伴呀什么的，应该会非常合适，但是白苗苗本人呢，坚持要留在清洁工这个岗位上。

又过了几天，店长打电话叫他过去，向他通报了与白苗苗有关的一个故事。故事发生在前一天中午，有一对小情侣吃到一半，两个人一起去上厕所，就告诉白苗苗他们马上回来，但是等他们回来的时候，桌子上的东西还是被白苗苗当作垃圾收走了。小情侣非常不爽，骂骂咧咧半天，却听不到白苗苗的一句解释，就更加生气了，非得找店长要说法。店长来了，连连地赔不是，小情侣还不满意，非要让白苗苗本人道歉。店长说，她是哑巴。小情侣说，装什么装？分明不想承认错误。店长说，她不但是哑巴，还是聋子，所以你们要有点儿同情心，我把钱退给你们，或者重新点一份给你们行吗？小情侣说，我们不稀罕，我们就要听到她的道歉。白苗苗一脸茫然地站在旁边，一直没有搞明白发生了什么，看到店长点头哈腰的那个样子，感觉自己肯定做错了事情，所以又像以前一样，盲目地给小情侣鞠躬。但是小情侣仍然揪住不放，几个人在那里一推一搡，就把店长给摔倒了。白苗苗看着大家张张合合的嘴巴和混乱的场面，意识到问题有些严重，连连地鞠了几个躬后，干脆扑通一声跪在了地上……

听完店长的故事，他的心像刀割一样难受。店长说，陈记者，你老实告诉我，你和她到底在不在谈恋爱？他说，感情的事情，我哪能说得清楚啊。店长说，我就是想提醒你，对人家姑娘好一点。他说，奇怪了，我对她不好吗？店长说，我看你挺上心的，所以昨天的事情本来不想告诉你，但是想想她可怜的样子，希望你找机会好好安慰安慰她。他说，我真不知道怎么安慰她好啊。店长说，爱情就是最好的安慰，这个不用我教你吧？他说，你绕这么大弯子，是要辞退她，对吗？店长说，我可没有那个意思。他说，店长你可千万不要为难。店长说，开始的时候，确实看在你的面子上才把她留下来的，但是通过这些天的接触，我们的想法彻底变了，我们这些人受到欺负，还可以张开嘴巴辩解一下，和人家争吵几句，甚至像阿Q一样在背后骂人家几句，但是白苗苗他们这些人怎么办？他们真是太不容易了。你想想啊，人家这么一个大姑娘，如果不是聋哑人的话，怎么可能沦落到我们这里来呢？我估计呀，你这个大记者也得靠边站了。

他们正说着话呢，白苗苗就拎着拖布过来了。他说，你的意思是我不配？店长笑着说，你配吗？你站过去和人家比比，仅凭着个头你就矮人家几分。他说，这倒是真的，谢谢店长关照，如果我们能结婚，我一定请你证婚。店长说，那你就加油吧。

其实，他和白苗苗真的走到一起，不存在配不配的问题，而是有没有障碍的问题。仅仅从两性关系来考虑，无论是朋友还是恋人，哪怕再向前迈一步走进婚姻的殿堂，柴米油盐，生儿育女，已经没有太大的障碍了，相反还有许多温馨和美好的想象；如果从社会关系来考虑，他的态度还是犹豫的，面对无奈而复杂的现实，他可以选择沉默，或者充耳不闻，但是他毕竟不是聋子，也不是真正的哑巴，无法遮蔽所有的声音，关键的话还是要说出来的。白苗苗就完全不同了，她想听，听不到，她想说，说不出，她唯一可以依靠的只有一双眼睛，但是眼睛要把世界看清楚必须绕很大一圈，得到的信息可能还是一种假象，最后引起理解上的误会，即使是美丽的误会。

在回家的路上，白苗苗问他，自己那天是不是惹了大祸。他骗她，和她一毛钱的关系都没有，只是人家在汉堡里吃出了一根头发。白苗苗说，难怪人家那么生气呢，把店长都摔伤了。他说，最后人家看在你的面子上才不予追究。白苗苗说，我有什么面子啊？他说，杀人不过头点地，你那么真诚地道歉，谁还好意思再闹下去呀。白苗苗欣慰地说，我是不是还有点用处？他说，你立下了大大的一功，店长刚刚还表扬你了呢。白苗苗说，是真的吗？那简直太好了。

看到被蒙在鼓里的白苗苗那么高兴，他心酸地劝她，以后不管怎么样，别轻易委屈自己，开心就接着干，不开心就走人，天下这么大，好工作有很多，大不了我养着你。白苗苗却说，我又不是小狗，凭什么要你养着我呢？其实她也没有委屈自己，而且干得挺开心的，想到马上要领工资了，她都兴奋得睡不着觉了，这可是她自己凭力气赚的，一下子赚了那么多，她到底怎么花呢？他更加心酸地问，你想好怎么花了吗？白苗苗说，我要请你好好吃一顿，你看东方明珠上边的旋转餐厅怎么样？他说，那么高，小心把我转晕了，你还是留着给自己买嫁妆吧！

7

白苗苗和他不管是什么关系，对他无形中的影响都挺大的，原来他不管出现在哪里，老远就能听到咋咋呼呼的声音，不管见到什么人他都会主动搭腔，遇到什么事情都想发表一下高见，而且口无遮拦。而现在呢？有人和他打招呼的时候，他第一反应是点点头了事；有人和他说话的时候，他首先去摸身上的纸和笔，或者手机；偶尔说出一句话的时候，他会被自己的声音吓一跳。原来走在大街上，他的注意力无法集中，因为总被声音所吸引，现在目不斜视，甚至忽视一切；原来在开车的时候，他会放一张 CD 或者打开收音机来消磨无聊的时间，现在听到音乐都感觉刺耳，甚至烦躁不安。所以在报社的时候，同事们纷纷说他变了，变得沉默寡言了，变得深沉了，也可以说是高傲了。不管大家问什么，他不否认，也不承认，统统报以呵呵一笑。很快，同事们不再当面与他开玩笑了，而是在背后指指点点，甚至说他因为感情问题，可能患上了精神类疾病，比如忧郁症或强迫症。

有一天中午，有个小区发生了火灾，是他去采访的，火灾不大，很快就被扑灭了，但是清理现场的时候，才发现一位老太太遇难了。小区居民告诉他，老太太平时喜欢坐在阳台上，透透气，晒晒太阳，朝着从楼下经过的邻居点点头，但是老太太患了失语症，估计火灾发生的时候，她根本没有办法呼救。直到晚上下班，大半天都过去了，他依然无法摆脱火灾的阴影，想起老太太就不由自主地联想到白苗苗。如果白苗苗遇到危险，比如火灾，她到底应该怎么办呢？所以，他急切地想见到她，他必须告诉她，她一旦遇到了紧急情况，可以采取的措施很多，最有效的一条就是赶紧拿起什么东西，比如凳子，比如木棍，使劲地敲打，这样就会发出求救的信号。

因为在地球上，不比在太空中，除了嘴巴之外，其他任何两个东西相撞都能发出声音。

他正在无比郁闷的时候，叶主任带着记者过来莫名其妙地问他，今天是几月几号？他随手把台历撕下来，放在他们面前。叶主任，那你知道今天是什么日子吗？他想了想，摇了摇头。叶主任说，今天8月15日，是小日本投降的日子。记者接着说，同时也是你的生日，你是不是把自己的生日给忘记了啊？他翻了一下日历，发微信骂了一句，他奶奶的，今天忙着采访，真把自己的生日忘记了。叶主任说，你得了失语症吗？怎么当面也要用微信啊？我告诉你吧，按照报社的福利，我们专门给你订了一个蛋糕。

正说着呢，快递小哥就把一个大蛋糕送来了。同事们围了过来，嘻嘻哈哈地把蛋糕切了，嘻嘻哈哈地分着吃光了。他怎么也高兴不起来，他一想到火灾就担心白苗苗，即使白苗苗不会碰到火灾，住在那么混乱的环境中，天知道会遇到什么。他们吃完了蛋糕，才忽然想起来，忘记点蜡烛了，也忘记让他许愿了。叶主任说，你赶紧许愿吧。他本来摆了摆手，表示自己没有什么愿望，但是那场火灾又浮现在了眼前，于是在心里默默地念叨了几句。

叶主任问他许了什么愿，他用微信说，我什么愿都没有，我他妈的就想喝酒，或者跑到一个安静的地方像驴一样嚎叫几声。叶主任说，这样啊，喝酒和嚎叫，我今天晚上就可以实现你的全部愿望，我们到KTV去唱歌怎么样？他又摆了摆手，表示算了吧。叶主任说，你有约会了吗？听说你新交了一个女朋友，带出来让我们过目一下吧？

天又黑了，无论是低矮而破旧的石库门，还是现代时尚的高楼大厦，无论是纵横交错的街道，还是川流不息的马路，包括屋顶，包括支柱，包括墙壁，包括窗子，包括地面，包括树木，甚至包括天上和地下，所有建筑的每一个点，每一根线条，每一个平面，每一个空间，都被各种颜色、各种形状的灯光所取代，整个城市似乎不是用钢筋水泥建成的，而是用灯光组合起来的。在灯光中出没的人们，无论多么沧桑多么疲惫，都像被注射了一针兴奋剂，显得无比的精神而虚幻。

他是被他们强行拖去KTV的，他们选择的地方是环球港北座，白苗苗正好在隔壁的南座上班。他本来不想告诉白苗苗的，但是仔细想想，在这个世界上还有谁值得陪自己过生日呢？所以他心有不甘，还是发微信问她，你几点下班呀？白苗苗说，老样子，晚上八点。他说，下班后有空吗？白苗苗说，我要回去学习，我借你的电脑很快就到期了。他说，电脑嘛，我又不急。白苗苗说，我把身家性命都押上了，到期不还，你打算怎么办？他说，当然是以身相许呀。白苗苗说，所以我是不会上当的，请问你有什么事情吗？他说，就想让你接见接见我。白苗苗说，你是哪里来的客人，需要半夜三更接见？他说，我是你的白宫见习生。白苗苗说，我知道了,你叫莱温斯基!那就等到天亮吧。

他放下手机不久,白苗苗突然又来问他,说她看了他的朋友圈,今天会不会是他的生日?他说,今天是小日本投降的日子,当然也算是我的生日。白苗苗说,那确实值得庆祝一下,我们在哪里见面呢?他说,我已经在隔壁这座楼的KTV。白苗苗说,你在KTV干什么啊?他说,在唱歌呀,我也是被逼的,好多同事都来了,他们都想见见你。

白苗苗是九点半的时候出现的。之所以这么晚,恐怕就为了换身衣服,认认真真地化个妆,所以当大家看到她的时候,她身上不再穿着工作时的牛仔裤和T恤衫,又穿上了那件拖地的白色连衣裙,而且描了眉毛,涂了口红。她走进包厢的时候,那袅袅款款的步态,那提着裙边的姿势,那不为所动的表情,真像一位出色的模特儿在展示着经典的时装。几个同事被震住了,他们纷纷站起来鼓掌。叶主任说,难怪你这段时间变成了神经病,原来是深陷情网啊,你老实交代,你是不是骗子?这样的大美女,如果不靠欺骗的话,怎么可能落在你的手上?

他什么也不说,只是点点头,呵呵地笑着。白苗苗随着他也在一旁微微地笑着。

白苗苗还带来了一个蛋糕。她把蜡烛点燃,示意他把它吹灭。他就再一次闭着眼睛,双手合十地许了个愿。叶主任附在他的耳朵边问,这一次你许的愿啊,我看不会是像驴一样嚎叫,应该是像狼一样与人家上床吧?他拿眼睛瞪了一下主任,不过并不生气,因为无论这些人怎么说,对于白苗苗而言都等于放屁。现场的气氛一时十分热烈,当歌声响起来的时候,就有人不停地邀请白苗苗跳舞。白苗苗毕竟是学过舞蹈的,又是舞蹈团的成员,所以被舞伴们拉拉扯扯的时候,仅仅那拖地的长裙旋转起来就令人有几分心醉。

他没有给自己点歌,不时地喝一口啤酒,安静地看着同事们吵闹着。

其实，他什么也没有看，目光紧紧地随着白苗苗一个人的身影。有记者点了一首《心雨》，要拉着白苗苗上台一起唱，叶主任笑着训斥说，你们可以搂着人家的女朋友跳舞，但是不可以拉着人家的女朋友唱这么煽情的歌。叶主任夺过了麦克风，塞到他与她的手中。他还是摆摆手，表示自己不会。叶主任说，你看着办吧，这群兄弟个个如狼似虎，你不上他们就上，我也想上了。

白苗苗应该是第一次进 KTV，哪里见过这种世面。让她一起跳舞，基本可以应付下来，但是对于唱歌，她会歌词吗？她知道旋律吗？她握过麦克风吗？但是，她已经被推到了包厢中间，她手中握着麦克风像握着一条蛇，有一丝丝恐惧，有一丝丝茫然。她把麦克风一会儿换到左边，一会儿换到右边，一会儿放在唇边，一会儿垂至腰间。她一直朝后退，但是刚刚坐下就被推了回去。

白苗苗无所适从地盯着他，投来了祈求的目光。他冲到她的身边，指了指面前的字幕，对着麦克风唱了起来。她照着他的样子，看着字幕"唱"了起来。她的嘴巴一张一合，那微微翘起的嘴唇在微微地颤抖，像一只刚刚破茧的振翅欲飞的蚕蛾。但是从音箱里传出来的只有喷麦的呼吸声，所以本应该男女对唱的一首歌就变成了男声独唱。

叶主任以为麦克风坏了，跑上来调了调、拍了拍，还唱了那么一句，然后又还给了白苗苗。他懒得解释什么，独自一个人唱了下去，在即将结束的时候，她干脆放下了麦克风，依照着屏幕上显示的歌词，开始不停地比画着，像同步进行手语翻译，又像一个笨拙的指挥。他从头播放了《心雨》，然后指了指屏幕，意思是从头再来一遍。第二遍的时候，他用沙哑的嗓音唱得格外的凄切，而她也抑扬顿挫地"翻译"着，她的每一个手势幻化成了一个个音符，又像是一只只小鱼儿带着忧郁的情绪在空气中跳跃。

他唱着唱着，眼泪就忍不住地落了下来。几位记者并没有意识到发生了什么，以为白苗苗是故意不开口，用另外一种方式在演绎着那首情歌，所以使劲地鼓掌，并大声地喝彩。叶主任说，你们这些傻瓜，赶快给我闭嘴，你们没有看出来吗？那女的比画的是手语。几个记者说，明白呀，这多有创意啊！叶主任说，你们明白个屁，那女的其实是哑巴，还是聋子。其中有个记者小吴说，这不太可能呀，聋子怎么可能跳舞呢？人家在秀恩爱，进行双簧表演，不信我们打赌吧。叶主任说，好啊，谁输了今天晚上谁买单。小吴答应了，他抽出茶几上摆着的一枝玫瑰花，悄悄地走到了白苗苗的背后，装作献花的样子突然喊了一声"好呀"。但是白苗苗丝毫不为所动，他又喊了一句"唱得好呀"，白苗苗还是丝毫没有发觉背后的异样。

小吴知道自己输了，恼羞成怒地走到白苗苗的前边，把那枝玫瑰花一边献给她一边嘲笑地说，你一个哑巴凑什么热闹，害得我输掉了，半个星期的稿子白写了。白苗苗接过花，鞠了一个躬，表示感谢。上天啊，他如果装作什么都听不见，那说明他确实是个骗子。他扔下麦克风，拉起白苗苗的手，生气地离开了KTV。在走出KTV的时候，白苗苗坚持要去前台结账，他说，你又不是富婆，我们这么多男人，怎么也轮不到你吧？白苗苗说，过几天工资一发，我就是富婆了，我们提前说好的，我要请你吃饭，如果不让我买单，那就是看不起我，何况今天是你的生日，我必须表示表示。

叶主任追出KTV，把他拉到一边，语重心长地说，你千万不要计较，大家都是同事，就是闹着玩的，而且话说回来了，你一个堂堂的记者，什么女朋友不好找，偏偏要找个聋哑人，图一时刺激可以，如果想结婚过日子，你会有吃不完的苦头的，比如做个爱吧，叫不叫床无所谓，万一给你生出一个哑巴来怎么办？

他一句话没有说,这次不是说不出来,而是和他们无话可说。他带着白苗苗醉醺醺地跑掉了。白苗苗发微信问他,我们这是去哪里?他说,我送你回家呀。白苗苗说,我们好好地说说话,我有很多事情要问你。

风轻轻地吹,丽娃河仍在静静地流淌,柳树上的知了和草丛里的虫子不时地传出三两声尖叫,所以显得异常安静。白苗苗说,今天晚上我给你丢脸了。他说,为什么?白苗苗说,因为我不会唱歌,让你的同事笑话了。他说,怎么可能呢?他们都以为你在表演,你的表演确实太好了。白苗苗说,真的吗?他们真的没有发现我是聋哑人?他说,不然他们怎么会给你献花呢?白苗苗说,别骗我了,那你们为什么吵架?他说,因为我吃醋了呀!白苗苗说,你为什么要吃醋啊?他说,这群家伙,对你又搂又抱的,我没有扇他们耳光已经不错了。白苗苗说,我觉得他们挺好的呀,我如果是正常人的话,做你们的朋友多好啊!

白苗苗如果是正常人的话,当天晚上还会有那么多不愉快吗?还会有一种被羞辱的感觉吗?白苗苗又问他,唱《心雨》的时候为什么要哭?他说,那简直太好听了,不信我再唱给你听听?他认真地唱了一遍又一遍——

> 我的思念是不可触摸的网
> 我的思念不再是决堤的海
> 为什么总在那些飘雨的日子
> 深深地把你想起
> 我的心是六月的情
> 沥沥下着心雨
> 想你想你想你想你
> 最后一次想你

因为明天我将成为别人的新娘

让我最后一次想你

他不知道怎么才能让她听到这首歌的旋律，怎么才能让她理解这首歌中的情绪，所以当他唱到最后几句的时候，泪水又流了下来。白苗苗取出一张纸巾帮他静静地擦着，任由她自己的泪水跟着静静地流淌。他不知道反复唱了多少遍，他的声音已经沙哑，根本不像唱歌，而像在哭泣。上天似乎被他的歌声和绝望打动了，白苗苗突然兴奋地问他，你一直在唱《心雨》对吧？他说，对呀，你怎么知道的？她说，我听见了，你唱得真好听，我也会唱这首歌你信不信？

他以为她在安慰他，但是他的耳边响起了一支曲子，他惊奇地侧过头盯着白苗苗，发现这曲子确实是从白苗苗的嘴里流出来的，虽然曲子有些走调，甚至有些支离破碎，却是另外一种优美。他一下子被震住了，宛如他与她之间的墙壁一下子被打通了，电流、温暖和光线从她的身体传向了他的身体。

这不是他的幻听，也不是他的梦境，更不是她突然会说话了，而是她吹起来的口哨。她问他，你听见口哨了吗？他兴奋地告诉她，听见了！当然听见了！她又问他，调子是不是《心雨》？他说，绝对是《心雨》，你竟然会唱《心雨》！你怎么会唱《心雨》呢？她告诉他，她在成为聋哑人之前，其实是真正地听过《心雨》的，刚刚灵感一动，不会说话是声带问题，吹口哨又不需要声带，所以就想到了口哨。她兴奋地问他，我是不是天才？他说，你是仙女嘛，仙女都是天才！你如果上台表演，可以秒杀所有的大明星。她说，你没有骗我吧？

白苗苗幸福地闭着嘴巴继续吹了起来，也不知道吹了多少遍，把这首歌唱到了结尾。他提议，他们合唱一次，最后他们完美地唱完了这首歌，虽然这已经不是原来的那首歌了，但是它的每一个音符绕过对方的身体、绕过自己的心底，再从自己的嘴巴里飞出来以后，就比任何一首歌都要深情了……他再也忍不住了，趁势把她搂进了怀中。

白苗苗一点儿也没有反抗，反而乖乖地闭上了眼睛，发出急促的呼吸和怦怦的心跳。她已经失去了耳朵和嘴巴，现在又失去了眼睛。如果人的身体上有一扇扇大门的话，那么此时此刻的她，把通向世界的大门都关闭了，唯一留下了一扇窗户给他。所以她安静得像暴风雨之前的树木，在静静地摇晃着，在静静地等待着……他开始去亲吻她，好像那只温润的小嘴巴，之所以不会发声，就是为此而生的；他接着去搜寻她的全身，他突然发现，她的耳朵不在耳朵上，她的嘴巴也不在嘴巴上，她全身上下每一寸肌肤，每一个关节与骨头，甚至每一根毛孔，都是她灵敏的耳朵和灵敏的嘴巴，能够听到任何一种细微的声音，能够说出任何一种复杂的语言。这个闭着眼睛、似乎没有耳朵、没有嘴巴的女孩，她唯一剩下的一个器官那就是鼻子，所以她的呼吸像一片深沉大海，一个浪头接着一个浪头，把他淹没了，把他卷走了。

他们似睡非睡地躺到了早晨，鲜红的太阳升了起来，树木又恢复了既有的轮廓，叽叽喳喳的麻雀又从四面八方冒了出来。

他发微信告诉白苗苗，天亮了。

白苗苗发微信告诉他，是呀，要回家了。

他把白苗苗送回了那条巷子，突然想起什么似的问她，你今天不用上班了吗？白苗苗说，是呀，我请假了。他说，那好好休息一天吧。白苗苗笑了笑，站在巷子里，久久地不愿意离开。他说，你快点回去吧。白苗苗说，我想送送你。他说，又不是永别。这么僵持了好久，白苗苗说了一句"对不起"，终于还是转身了。她一边走一边回头，直到消失在巷子深处。

他怎么也没有想到，她这一转身啊，真的无异于永别。

8

第二天，他这个主跑灾难性报道的记者，终于接到一个十分喜庆的任务，那是关于一对八旬老人的，结婚已经五十多年了，每年的结婚纪念日这天，他们都会赶到福州路上一家叫老正兴的饭馆，在同一个靠窗的位置，点三样百吃不厌的上海菜，开一瓶石库门老酒，安安静静地坐在一起，吃一顿浪漫的午餐。按照叶主任在电话里的说法，这个新闻安排给他，是希望两位老人五十年的风风雨雨，给他好好地洗洗脑子，维持一桩长久的婚姻关系，不仅需要爱情，需要盐米油盐，也离不开山盟海誓，不然等到叫天天不应、叫床床不响的时候，后悔都来不及了。

他在心里骂了一句"放屁"，又朝着路边吐了一口唾沫，就回到家里好好地洗了一把脸，早早地向采访地点赶去了。他的采访十分顺利，也真像叶主任所说的，他的脑子确实更加清醒了，只不过他的想法正好相反，他更加坚定了和白苗苗的关系——两位老人对面而坐，他给她夹一口菜，她给他倒一杯酒；她发现他的下巴上沾了几粒米饭，就拿餐巾纸帮他擦了擦；他发现有一束阳光刺眼地照射在她的脸上，于是侧了侧身子替她挡了挡。他们之间没有摆放鲜花，也没有经过特殊地布置，除了花白而稀疏的头发，他们没有穿上什么节日的盛装，最为关键的是，他们所处的环境没有任何音乐，他们自己也很少有什么语言方面的交流——但是，所有的交流都在他们沧桑的浑浊的甚至有些呆滞的目光中进行，他们并不刻意地抬起头看着对方，也不会只顾着埋头吃饭……

他的采访就是坐在旁边静静地观察着他们的一举一动，其实整个餐厅的顾客都在观察着他们的一举一动，虽然大多数人并不知道他们正在举行一个有关婚姻的仪式,但是所有人都明显地感受到了岁月在他们身上静静地流走而带来的幸福。呵,这就是真正的爱情,这就是真正的婚姻,它不需要彼此告白,也不需要向别人证明,它只是一种自然而然的流露,就像一条潺潺流淌的小河,它不用任何宣誓,也不用任何说明,大家都明白它会流向大海。

采访结束返回报社的时候,他发现这真是一个美好的日子,晴好的天空像用油彩粉刷过一样,夏日的阳光透过车窗落在他的身上,依然是那么的火热而灿烂。他真是太高兴了,宛如白苗苗依然留在身边,和他一起慢慢地接近百年后的岁月。他不停地转过脸,看着旁边的座位幸福地笑着。虽然旁边已经空了,但是她的气息还在,让人感觉是那么充实。他突然发现座位上有一摊血,凝固成一张小小的地图——这只能是她留下的。那么到底是她什么地方留下的呢?他认真回忆着昨天晚上的每一个细节,想到了她那痛苦而又甜蜜的表情……他干脆直接问了她,车上的"地图"到底是怎么回事?

几乎在同一时间,他突然收到了白苗苗的微信:我想说一句谢谢,又想说一句对不起,感谢上天让我认识了你,如果不是认识你,我的世界永远都是残缺的,是你带着我走进了一个健全人的世界,你们的世界太大了,你们的生活太丰富了,我多么向往拥有这样的生活,可是我毕竟是一个残疾人,我不想把你拖进我们这样的群体中来,如果这样简直是太残忍了。昨天晚上唱歌的时候,我终于清醒地认识到了,我们就像两条永远不会交叉的河流……真的对不起,我的离开也许会给你带来一些痛苦,但是相比于一生的痛苦,那只是暂时的,所以我心甘情愿地献出了一个女孩非常珍贵的东西作为告别的礼物,希望为你转化成一份美好的回忆。在此祝福你,能够获得真正的属于你的幸福……

看到这条微信,他再一次泪流满面,他问她到底什么意思,他问她为什么要开这样的玩笑，他问她是不是想和他分手，既然要分手，昨天晚上为什么还要那样对他。但是，无论他怎么问，都没有得到她的回音。他疯狂地开着车，朝着那条巷子扑去。他已经不想再问其他任何问题了，其他任何问题都是多余的。他只想捧着一束玫瑰花，单膝跪在她的面前，郑重地问她，愿不愿意嫁给他。他要向她求婚，求她马上就嫁给他，求她立即为他生养一群孩子，哪怕这些孩子同样都生活在无声的世界。

在进入那条巷子的时候，正好有一家小小的花店，他一下子钻了进去，买了一束大大的玫瑰花。他捧着玫瑰花，推开阁楼的那扇大门，从这一头走到另一头。但是白发苍苍的老太太还在，老太太的咳嗽声还在，却没有看到白苗苗的身影。老太太似乎还认识他，说你找苗苗对吧，她刚刚搬走了，她让我告诉你，你如果来找她的话，请把你的电脑带走……他又疯子一样赶到了环球港，上上下下找遍了那家餐厅，同样没有看到她的影子。服务员说，她呀，不用上班了，她已经辞职了。

他发微信问店长，白苗苗呢？店长说，陈记者啊，我正要找你呢，你那个女朋友刚刚适应了，正准备给她涨工资的时候，她竟然一个微信就把工作给辞掉了。他说，什么时候的事情？店长说，就今天，几个小时之前吧。他说，她辞职的理由是什么？店长说，你是人家的男朋友，她没有事先和你商量吗？

他不知道怎么回复，只能不停地发微信，反反复复地告诉她，昨天晚上唱歌，大家并没有捉弄她，他们交往的这些时间，没有任何人嘲笑她。认识她，他是幸运的，更是无比幸福的，在万物都在发声的世界上，她的无声是多么美妙，他是多么喜欢她的无声，是她的无声让他安静了下来，让许许多多的误解因此而化解，让许许多多的争吵因此而沉默。但是他没有得到一个字的回音，她彻彻底底地消失了。

上海进入九月中旬，虽然依然属于夏天，但是已经有了秋天的迹象，风在一早一晚已经透着凉意，许多梧桐树的叶子已经发黄。这期间，他风雨无阻，每天都要去一次那条巷子，有时候盯着真如寺的塔顶迷茫地守着，有时候爬上阁楼与老太太有一句没一句地聊天，聊白苗苗的故事，聊老太太的故事，聊他自己的故事，也聊与他们毫不相干的故事。他总是守到深夜，甚至是通宵，但是没有等到一丝一毫的消息。

白苗苗消失得了无痕迹，像下凡的仙女回到天上一样，除了留下一个伤感的传说之外，没有人相信她的存在，甚至连他自己都会怀疑，她是不是他美好的想象。于是，他比以前更加沉默了，无论在报社里还是在社会上，与人们交流的时候，他已经习惯于文字。即使面对面说话，他也是要么发微信，要么明白地写在纸上，搞得人家莫名其妙。他还准备了一堆海绵耳塞，把自己的两只耳朵严严实实地塞了起来。他越来越体会到了说不出听不见的美好，这种美好的感觉总会转化成他对她的怀念，让他面对安静下来的沉默下来的慢下来的世界不由自主地开始流泪。

对于其他人而言，不想说话不想听见也没有什么关系，但他偏偏是一个记者，记者不说话怎么采访呢？怎么去倾听别人的报怨、倾诉和辩解呢？好多次，无论是车祸还是火灾，叶主任把他派到现场的时候，他已经打听不到新闻的真相，搞不清楚任何有关的内幕，他只能写下他用一双眼睛看到的一切，而看到的一切毕竟都是肤浅的。叶主任十分恼火地说，你再不好好说话的话，我估计你也快成哑巴了。他依然用文字回复他，哑巴有什么不好的吗？总比你们整天说一堆废话强多了。叶主任说，我们是报社，我们又不是丐帮，你这样影响工作，知道吗？你是不是不想干了？如果还不想辞职，求你不要再这样装聋卖傻了好不好？他用文字回复他，有哪一条法律规定他必须用嘴巴说话，必须听他们说话？叶主任出于几分同情和无奈，干脆把他调到了夜班，当了花边新闻的文字编辑，上班时间为每天下午五点到凌晨两点，基本是看不到太阳升起的，在这个虚拟化的网络时代，这确实是一份不太需要说话的工作，大部分生活都可以用文字的形式完成，比如点餐和出行，比如辩论和争吵，比如友谊和性爱，比如忧伤和快感。

整整一个月之后的某个周末的黄昏，他还在昏沉沉地睡觉，突然接到一条陌生的短信：尊敬的陈先生，给你提供一个线索，今天晚上六点十六分，在环球港白天鹅酒店，有一场特殊的婚礼将会举行，你能来参加吗？他问，你是需要我去采访对吗？请问一下特殊在什么地方？她说，你来了就明白了，我想新娘子应该特别期待着你的祝福。他说，你是谁呀？她说，你别管我是谁……他想，这肯定不是恶作剧，他隐隐地意识到这场婚礼与他苦苦寻找的某个人有关。

天已经黑透了，夜晚的狂欢早就开始了，从四面八方传来遒劲的歌曲，这是广场舞和露天KTV的声音，它们混合搅拌在一起，像一锅不清不白的大米粥。他赶紧起床刷牙，刮胡子，把头剃得光亮，又穿了一件白色的衬衣，打上了红色的领带，才满意地出了门。

他赶到七楼酒店的时候，已经是晚上七点多了。在酒店门口，摆着一张易拉宝，照片上的新娘子果然就是白苗苗，她那微微翘起的嘴唇像是无言的诉说。他走进宴会厅，除了简单的碰杯声和桌子椅子的挪动声，现场是鸦雀无声的。服务员热情地问他，你是来参加婚礼的吧？他点了点头，表示"是的"。服务员说，你应该知道，之所以这么安静，因为新娘新郎都是聋哑人。他又点了点头，表示"是的"。服务员说，你迟到了，仪式已经结束了，你赶紧坐下来喝酒吧。他茫然地朝里走去。服务员无奈地说，原来又是一个聋哑人，突然从哪里一下子冒出这么多的聋哑人啊？

婚礼摆了五桌酒席，大家一边吃菜喝酒一边不停地比画着。白苗苗穿着一件大红的旗袍，乌黑的头发盘在脑后，上边插着两朵玫瑰花。她是朝着大门而坐的，有点儿心不在焉的样子，好像今天的新娘子不是她。她像是不认识自己一样，竟然摘下胸口上别着的胸花，在手中不停地捻动着。新郎是个微胖的男人，他满脸堆着灿烂的笑容，提着一个瓶子在四处敬酒，不明白他腿脚有问题还是已经喝醉了，走路有些摇摆不定。而白苗苗并不随着他，一个人原地坐着，不主动给客人敬酒，也不主动与客人交流，碰到有人来闹酒的时候，她就象征性地抿上一口。

白苗苗终于发现了他，她的目光瞬间燃烧了一下，然后又瞬间地熄灭了，像那天晚上百年不遇的流星雨。她身边的座位正好空着，她把他引过去坐了下来，然后用手语向大家介绍了一番。她是怎么介绍的他并不明白，只明白在她介绍之后，所有人都显得十分激动，轮流着要和他干杯。几杯酒下肚之后，他很快就喝醉了，他提着一个空瓶子，像那个摇摇晃晃的新郎一样，踉踉跄跄地绕着桌子转圈子。他突然想唱歌，就大声地唱起了《心雨》，他不明白自己为什么要唱《心雨》，所有人都不明白他唱的歌曲名字叫什么，但是所有人似乎都知道他在歌唱，并给予了十分热烈的掌声。一圈两圈，一遍两遍，他始终没有等到那优美的口哨声，所以他唱的《心雨》绝对不是合唱。

他的眼睛慢慢地模糊，他眼前的世界在无声地旋转着，每个人都变成三个人，三个人有九个影子。最后，他挥舞着手，显得无比地绝望，感觉自己并没有唱出声来，或者自己唱出声了，悠扬而悦耳，但是没有人能够证明他的声音，或者没有人能够证明他的无声。

在即将倒下去的那一刻，隐隐约约感觉有人扶住了他，并且把他扶出了宴会厅，一直扶到了大街上。他从怀里掏出一个牛皮纸的小本子，醉醉醺醺地写道，你是谁呀？对方回复，你连我都不认识了吗？他写道，你是白苗苗吗？还是她的影子？对方回复，白苗苗到底是谁呀，我怎么不认识白苗苗呀？他写道，那你到底是谁呢？你是不是一棵树？你是不是树叶子？你是不是树叶子上的毛毛虫？对方回复，你才是毛毛虫！你见过会说话的毛毛虫吗？

他像一个疯子，更像一个真正的哑巴和聋子，说不定已经变成了哑巴和聋子，忽然置身事外似的抬起头，傻呵呵地笑着盯着头顶。也许他盯着的是一片湛蓝而脆弱的天空，在那片没有空气的星空里，无论什么样的碰撞都是无声的。

此时夜已经深了，天空中一轮月亮浮了上来，像一个人冰清玉洁的嘴巴。这张嘴巴什么也没有说，似乎把一切都已经说透。

9

时间又过了多久，他已经不记得了。只是冬天谁也挡不住，不仅风大了，梧桐树叶子也纷纷飘落了，他凌晨下班回家的时候，后背心还会透出一股寒气，甚至都有霜了，别提知了了，就连虫子也叫得稀少了。上海比不得他的陕西老家，冬天一旦真的来了，那真是阴冷潮湿得厉害，大家便很少出门了。耐不住寂寞的，真要出门的话，都躲在屋子里，比如酒吧，比如歌厅，比如餐厅，整个城市被这么一捂，从表面上来看，却一下子清静了，甚至是清冷了。

又一天下午，离上班还早，也没有什么事情，他本想着随便出去转转的，但是莫名其妙地绕了一大圈，竟然跑到了静安寺附近。他想，既来之，则安之，干脆进去敬一炷香，顺便再看看法师。法师正在埋头抄写经书，见到他什么都没有说，只是会心一笑，然后提起毛笔，展开一张宣纸，抄录了一张条幅，卷起来塞在他的怀里，就把他打发走了。

静安寺位于南京西路与华山路交叉处的繁华地段，西侧便是百乐门舞厅，当年张学良张少帅是常客，陈香梅和陈纳德是在里边订婚的，连卓别林夫妇访问上海的时候也光顾过一次,红火程度自然不言而喻了。法师写的是隶书,又多是繁体字,认起来非常吃力。他一边辨认一边走出了山门,刚刚绕到百乐门舞厅门口的时候,不经意间抬头一看,猛然发现前边不远,是个背对着他的美女,她穿着一袭拖地的白色长裙,外边套了一件红色的棉背心,个子不高也不矮,那身材真是好极了,那白皙的脖子上的汗毛清晰可见……他的话差不多就要脱口而出了,但是在最为关键的时候,他终于认清了法师的字——

说话前你是话的主人,说话后你就是话的奴仆。

瞬间,他把所有想说的话,包括呼唤,包括委屈,包括埋怨,包括赞美,都吞进了肚子。他的目光再次搜寻的时候,那穿着白色长裙的身影也正好消失在百乐门有些幽暗的门洞里。

原始部落|

1

我天天晚上都要擦枪。

我有时候点着煤油灯,有时候不点煤油灯,坐在黑乎乎的屋子里。我会在一块手帕上滴几点芝麻油,这样天长日久地把枪擦来擦去,那块手帕看上去已经不像丝绸的,而像柔软的充满魔力的可以骑着上天的飞毯。

我们这个地方叫大庙村,在秦岭东部余脉中间,其实并没有供奉各路菩萨的寺庙,也没有什么吃斋念佛的和尚,却有一个不是和尚胜似和尚的光棍,那就是我。因为第二天就是大年三十,腊月二十九的晚上,按照往年的习惯都会炸馃子。那天同时又是我三十八岁生日,我炸完麻花子、高粱圆子和洋芋片子,简单地给自己煮了一碗长寿面,然后就拿出那块手帕,坐下来开始擦枪。我的枪已经被擦得油光发亮,枪管、枪托、枪栓、扳机,甚至是枪膛内部,不仅没有一点点锈迹,而且还像被打磨出来的镜子。在静静地擦枪的时候,我确实能从枪上看到自己的脸,我似乎就生活在这杆枪里,这杆枪似乎才是我真正的家。

我比平时多擦了几遍枪。我通过油光发亮的枪照了照镜子,突然发现自己过完三十八岁的脸上皱纹又添了许多，尤其是脸又黑了许多。我不知道自己为什么会越来越黑，按说年轻的时候皮肤还是白色的，起码是黄色的。我想是不是经历过太多的黑夜，大庙村那无边无际的夜色都流入自己一个人的身体里了。原来人丁兴旺的时候，我也是一个光棍，也有寂寞无聊的黑夜，但是那时候人多，自己就没有越来越黑。

可惜现如今，整个大庙村只留下我一个人了。

我有一种特别的预感，所以我把枪擦得比任何时候都要仔细，甚至从这杆枪里，听到了自己怦怦的心跳声。

我的预感是准确的。随着几下咚咚的敲门声和一阵冷风吹过，竟然糊里糊涂地给我撞进来一个女人。也不好说是女人，人家自己声明，芳龄二十八岁，还没有出嫁，应该算是姑娘。那姑娘名叫白小静，因为属蛇又名白素贞，个子不高也不低，穿着一件白色羽绒服，加上皮肤白白净净的，梳着一根马尾巴辫子，生着一张瓜子脸，眉毛是弯弯的，眼睛眯成一条线，嘴巴也眯成一条线，无论是生气还是高兴，看上去都是笑吟吟的。所以她给我的感觉，也不是女人，也不是蛇妖，而是狐狸精——狐狸精是最迷人的女人。

按照白小静随后的说法，自己是上天送给我的生日礼物，也是送给我的年货，我不要白不要……

2

那是一杆鸟枪，有两米多长，用的是鸡毛信子，装的是黑火药，打的是绿豆大小的散弹，由我的爷爷传给我爹，再由我爹传到了我的手上。这杆枪似乎就是我们的传家宝，但是在爷爷和我爹分头去世之前，除了看见他们打过一次老鸹——有一年春天，老鸹黑压压一片，盘旋在我们家的房顶,凶狠地哇哇叫着,不仅叫得人心慌意乱,连畜生也忍受不了,像疯子似的乱冲乱撞,猪把自己的蹄子啃掉了,牛把别人的屁股顶出一个大窟窿。我的爷爷就叮嘱我爹拿出枪,朝着老鸹开了一枪。老鸹是通风报信来的,它一叫就有不祥的事情发生。我爹不忍心,虽然把枪偏了偏,还是打死了两只。不久大庙村大旱,不仅庄稼颗粒无收,连泉水也断流了,吃水要去几十里开外,爷爷就在那场大灾之中去世了……

之外,这杆枪再也没有打死过别的什么猎物,所以,我不知道这杆枪传下来是什么意思。

直到后来,只剩下我一个人的时候,每到天黑夜静的时候,我取出那杆枪擦着的时候,似乎才明白老祖先留下这杆枪,不是用来打猎守院的。因为老祖先留下这杆枪的同时,还留下一个猜不透的谜语——用一杆比人还长的枪,如何一枪打死自己?

我借着擦枪的机会,不停地琢磨着那个谜语。我有过很多荒唐的想法:比如蹲出一只畜生,端起枪,瞄准自己,然后扣动扳机,但是我没有养猪养狗养猫,何况猫啊狗啊猪啊是不可能端起枪的;比如自己端着枪,朝着石头开,让反弹回来的子弹射向自己,但是反弹回来的子弹力气有限,是不足以打死自己的;比如那杆枪被自己这么擦着擦着,它也许会像一条冬眠的蛇那样,突然醒过来,然后跳起来,对着我的胸口或者脑袋,自动开上一枪……

我觉得有一杆枪,再加上一个始终猜不透的谜语,那无数的有些漫长的夜晚就好过多了。

我对那个谜语充满诱惑,慢慢地又对谜底满不在乎起来。其实我要的就是想,就是一遍遍地围绕那杆枪胡思乱想。我不明白如果有了答案,对自己有什么意义——我虽然是一个光棍,是唯一一个生活在大庙村的人,日子过得十分无聊而寂寞,但是我为什么要一枪打死自己呢?何况我还不想死，也绝对不能死。

我终于擦完了枪，好好地挂在床里边的墙上。那面墙是白色的石灰墙，原来贴着一张女明星挤眉弄眼的年历画，搞得我有一阵子有些烦躁不安，无论白天或者晚上从外边回来，都要急急地跑过去看上一眼，似乎这张年历画就是我的媳妇，只有自己看上一眼才会满足，而且天天晚上都会做梦。后来，我心一硬，干脆把那张乱我心性的年历画给撕掉了，在那面墙上钉了一根钉子，把那杆枪呈四十五度角斜挂在上边。

我吹灭了煤油灯。灯吹灭之后，我反而感觉自己不黑了，在无边的黑夜里慢慢亮了起来，那杆枪也随着亮了起来。除了我和那杆枪，整个大庙村就没有什么更亮的了。而且也没有任何声音，安静得真像一座寺庙或者一座坟墓一样。不像在夏天或者秋天，还有虫子的叫声，还有鸟的叫声，但是冬天的晚上它们都沉默了。

敲门声是在我刚刚躺下来的时候响起的。在其他任何地方，敲门声都是司空见惯的，但是就剩下我一个光棍的大庙村，有人敲门是不寻常的，甚至是惊心动魄的。

在大庙村的晚上，已经几年没有敲门声了。最后一次敲门声，是我叔叔家的母牛生了，叔叔让我起来帮忙，给小牛犊子刮蹄子。小牛犊子生下来的时候，蹄子上有一层白色角质，刮掉之后才能站稳。包括人在内，那是大庙村最后一次出生，只有生命在那里消失，没有生命在那里开始。再往前一次，还是叔叔敲的门，叔叔说自己烟瘾犯了，于是我们两个人黑灯瞎火地坐在一起抽烟。整整抽到了天亮，叔叔扔给我两包烟，说他儿子在新疆克拉玛依，过年过节都不回来，他活着都指望不上他们，死后更指望不上他们了，如今他老了，托我一件事情行不行。我说，有什么大事情，还需要送烟给我吗？叔叔说，在我百年之后，求你给我上上坟，过年的时候烧几张火纸，让人家知道我并没有断子绝孙。我说，放心吧，我是你侄子呢，给你上坟是理所当然的。

从此，大庙村的老人，不管儿女在什么地方，在去世之前都会把我叫到床前，托付我在过年过节的时候帮忙上上坟，如果方便的话，再向坟上送送灯。他们除了扔给我两包烟，还会交代儿女，把几亩庄稼交给我耕种，以此作为对我的补偿。所以，整个大庙村的房子、果树和庄稼地，包括那一座座坟在内，如今都是我一个人的了。

我是高中毕业的，会写一手毛笔字。大庙村每家每户过红白喜事的对联和"天地君亲师位"的香堂，原来是由我爹写的，我爹去世之后自然就落在我的头上了。按照乡亲们的说法，我还算勤快懂事，喝的墨水比我爹多，字比我爹写得好看。关键是有些对联还会自己编，我如果想进城打工，甚至去城里找个女人，应该是没有什么问题的。我之所以不想离开大庙村，开始是不喜欢外边乱哄哄的，比如我随着哥哥去过一次煤矿，当了一阵子挖煤工，目睹了哥哥的去世；比如随着别人去过一次建筑工地，当了半年的搬运工，业余时间帮忙写写标语，但是老板拖欠我们的工资。后来，随着大庙村的老人一个个去世，包括一些在外边去世的人，被拉回来埋在了大庙村，大家纷纷托付我帮忙上坟，照看着家里的那些院子，还要耕种那么多的庄稼地，我不仅仅过年过节走不开，平时就更加走不开了。

听到敲门声，我十分意外，惊慌地披上衣服，摸出打火机点亮了床头的那盏马灯。

大庙村原来是通电的，后来电线老化加上变压器损坏，很长时间都处于一种断电状态。上边派人找到我，说村里就剩下你一个人了，修复通电成本太高了，而且你万一生个病失个火，都没有人知道，还是搬家吧，搬到二十里开外的镇上去。我说，我搬到镇上可以，那些坟怎么办？上边说，路又不远，并不影响你回来上坟。我说，我在镇上没有房子。

上边说，我们给你划一块宅基地，你重新盖几间房子多好。我说，盖房子可以，我哪里有钱啊？上边说，你自己出一半，我们给你补贴一半。我说，给我补贴可以，但是我种庄稼怎么办？那些庄稼地荒掉了，多可惜呀。上边说，我们想办法给你配一辆摩托车吧。我说，摩托车怎么行，有二十里路呢，我每天骑着摩托车去施肥薅草、种洋芋收苞谷吗？上边说，可惜你们那里只通摩托车，不然我们就给你配一辆小汽车，让你开着小汽车牛气哄哄地去种地。我说，那你们给我配一架飞机吧。上边说，你以为你是总统吗？你如果再不搬家，不仅仅是生活问题，可能永远都找不到媳妇了。我说，你们可以不配飞机，给我配个媳妇也行。上边说，你就做梦吧！你在梦里娶十个媳妇我们都是管不着的。

说一千道一万，我就是不愿意离开大庙村，不仅仅是舍不得离开大庙村，还有那么多人的托付，让我不忍心离开大庙村。因为我一旦离开了，大庙村就彻底空了，几十亩庄稼地就彻底荒芜了，那些死人就变成孤魂野鬼了，那些在外打工的人就无法安心了，他们就变成弃宗忘祖的不肖子孙了。

第二天就是大年三十了，大庙村又前不着村后不着店，不会有人串门子，也不会有人借东西。我想有几个可能。一是自己听错了，根本不是敲门声，而是枯枝败叶落下来的声音，也可能是鸟儿飞过来啄门的声音，甚至是松鼠或者野猪前来寻食的声音。二是妖精，在这深山老林里，不仅人慢慢消失了，动物也非常稀少了，既然爷爷、我爹和自己都没有用枪打过它们，它们不是成精了又会跑到哪里去了呢？三是出鬼了，在大庙村，鬼比人多，有一块固定的坟地，我认认真真地数过，不包括那些辨别不出来的，更不包括那些无名无分的，总共有九十多座坟墓，起码有九十多条鬼。在外边打工的有多少人，在外边又生养了多少人，我根本是不清楚的，刻在墓碑上的立碑者总共有多少人，我也是不清楚的。

而如今住在村里的，只有我一个活人，也就是说，我按照别人的叮嘱，在给九十多个人上坟，我和九十多条鬼有亲近的关系。我虽然明白这个世上是没有鬼的，但是魂应该是有的，他们的魂可以附在任何一草一木之中，在年关将近的时候来敲敲门提醒一下我，或者表示一点谢意也是有可能的。四是真有迷路的，大庙村虽然比较偏僻，但是从县城前往北部山区，或者从北部山区前往县城，如果不坐班车，而是步行的话，从大庙村穿过去是一条捷径，有人迷路是很正常的。

那么到底会是谁在敲门呢？

我警觉地从墙上取下刚刚擦好的枪，紧紧地握在手中。如果是树木、妖精或者鬼魂，枪有什么用处呢？如果是人，我端着枪会不会惊吓着人家呢？我把枪挂回原处，又迟疑了一会儿。我要确定到底是不是自己的幻觉。但是随着敲门声，还有一声轻轻的呼叫，很明显那是从一个女人身体里发出来的。我开始还有一些害怕，但是仔细一想，无论是人是鬼还是妖精，毕竟是一个女的，我就不再恐惧了。

我提着马灯，打开了门。有一个黑影，刚刚踏进门槛就一头栽在了地上。我借着灯光，发现那确实是一个女的，因为她梳着一根马尾巴辫子，身上穿着一件白色羽绒服，还是藏不住她美妙的腰身。她没有其他什么行李，只有一只灰白色的拉杆箱落在门槛外边，不过拉杆箱十分巨大，几乎有半人高的样子。

我第一感觉她有点像狐狸。我不认识狐狸，在我很小的时候，听说大庙村有白狐狸出没，但是我仅仅是听说而已。如今几十年过去了，我经常要带着那杆枪上山打猎，说是打猎，不过是东瞄瞄西转转，其实是从来不开枪的，但是我从来没有见过狐狸，其他动物也很少见了，除非一些成不了精的，比如兔子、松鼠、野鸡和野猪。

我赶紧上前摇了摇。她的白色羽绒服产生了静电，像一道闪电把我迅速地抽了一下。也许不是静电，而是我在接触异性的时候产生的一种反应，毕竟我这三十八年来真正触碰女人的机会只有一次，那是还没有过门的临终之前的嫂子。

我从那红通通的脸和从体内辐射出来的热气，判断她发烧了，因而晕倒了。我已经顾不得那么多了，赶紧提起她的两只胳膊，反身把她背了起来。我要尽快赶到二十里之外的镇上去，只有镇上才有诊所，才有医生。我一路小跑，不停地抖动着，手上的马灯也抖动着，后背上的她也抖动着，那种十足的弹性和温暖，绝对不同于羽绒服。我隐隐约约地知道那是她的乳房。我感受到了她的乳房隔着那件羽绒服冲撞着我的后背，像被压迫在我身上的几只兔子。由此，我有一些宽心，从那几只兔子判断，她最多只是病了，并没有什么太大的生命危险。

二十几年前，也有一对乳房冲撞着我，那就是我未过门的嫂子的，当时的那种感受与现在不太一样，当时紧紧地压在背上的，如果真是兔子的话，应该也是死了的兔子，而不是活蹦乱跳的兔子。当年，哥哥带我一起去陕西铜川煤矿挖煤，在塌方发生的那一刻，哥哥不顾一切地把我推了一把，我获救了，但是哥哥被石头砸中了。哥哥在最后一刻，从身上掏出一块手帕塞在我的手里，让我带回去以自己的名义送给嫂子。哥哥说，你是我的弟弟对吧？那我求你一件事情好吗？我说，我是你亲亲的弟弟呀，哥你就尽管吩咐吧。哥哥说，我这次来煤矿，是想赚点钱回家，好和你嫂子结婚的，结婚的日子都商量好了，你嫂子把嫁妆都准备好了，但是哥哥我不行了，你代替我把她娶回来行吗？我说，哥，你是什么意思？哥哥说，我还能有什么意思，就是娶回来给你自己做媳妇呀。我说，她是我的嫂子呀。哥哥说，我还没有碰过她，她还不算你的嫂子，你说心里话，她漂亮不漂亮？我说，当然漂亮了，生得白白净净的，梳着一根马尾巴辫子，眼睛眯成了一条线，嘴巴也眯成了一条线，看上去都是笑吟吟的,像从云后边钻出来的一颗小太阳。哥哥说,她真有那么美吗?我说,人家都说她是狐狸变的。哥哥说,是不是狐狸变的我不知道,你答应我娶她的时候,除了摆几桌酒席之外,还要请一个戏班子,好好地唱几出老戏,她最爱听的是《卷席筒》。我拿出那块真丝的手帕擦去哥哥脸上的血迹说,放心吧,哥!哥哥笑着说,还有一点,人家说她屁股大,是生孩子的料子,你和她多生几个孩子,如果愿意,就过继一个给我续续香火,如果不愿意就念在我们兄弟一场,你自己在过年过节的时候给我上上坟吧。

我哥就成了第一个托付我上坟的人。

当嫂子听说我们从煤矿回来了,高兴地跑到我家一看,竟然看到一副棺材,棺材里装着的正是她日夜牵挂的人。我什么话都还没有开口呢,嫂子眼前一黑就晕过去了。我赶紧背着嫂子,朝着镇上的诊所跑去,当时走的也是这条路,也在不停地抖动着,不同的是,这条路当年走在河滩上,如今是修在半山腰的可以通过摩托车的盘山小道。可惜的是,嫂子并没有醒过来,据说她是因悲伤过度心脏病突发而死的,仅仅从她那眯成一条线的眼睛里静静地流出了几滴眼泪。我掏出那块手帕,替嫂子擦了擦泪水。在嫂子与哥哥一起下葬的时候,我没有把那块手帕作为陪葬,我不知道那块手帕到底属于哥哥的还是属于自己的,所以我把它留下来当成了一块擦枪布。每当我拿起那块手帕擦着那杆长枪的时候,我感觉自己似乎在擦去那杆长枪上的锈迹,又似乎在擦去哥哥脸上的血迹和嫂子脸上的泪水。

我刚刚跑到半路上,背上的女人突然醒了。

她拍了拍我的肩膀说,快把我放下来,我又不是高翠兰,你想把我背到哪里去?我并没有把她放下来,仍然抖动着朝前跑。我说,你不是高翠兰,我也不是猪八戒,只是你晕倒在我家里,我得赶紧背你去医院,不然你的小命就没有了。她说，我什么时候晕倒了，我怎么不知道呀？我说，你自己怎么会知道自己晕倒了呢？她说，但是我现在已经醒了呀，你快点把我放下来吧。

我听她说话的口气，确实是醒过来了，所以把她轻轻地放在路边。

黑咕隆咚地隔着一条路，我们面对面坐在两块石头上。我说，姑娘，你到底是谁呀？她说，我也不知道我是谁，你猜猜我是谁吧。我说，你是狐狸吗？她说，你们这是什么地方？你们这地方有狐狸吗？我说，我们这里可能没有狐狸，但是有果子狸，也可能有狐狸精。她说，那我就是迷人的狐狸精。我说，我看你确实像狐狸精！不过能遇到狐狸精那是我的运气，请问狐狸精，你叫什么名字，是小翠还是青凤？她说，你肯定被狐狸精迷恋过不少次，不过本狐狸精不是《聊斋》里的，所以我不叫小翠，也不叫青凤，而叫白小静，芳龄二十八岁，从未婚嫁，因为属蛇，所以又名白素贞。你呢？你怎么称呼？

我说，我叫陈小元，比你整整大十岁，所以你可以叫我叔叔。白小静说，你想得挺美呀，我看你这样子，我应该叫你爷爷。我说，你现在就叫吧。白小静就"耶——耶——"地叫了两声。我说，白素贞姑娘，不管你是不是人，赶紧跟我去医院吧。白小静说，我去医院干什么？我说，我看你好像有些发烧，是不是感冒了？白小静说，谁说我感冒了？我只是喝醉了而已。我说，你喝醉了？有人办酒席吗？白小静说，我是自己和自己喝的。我说，你一个姑娘家，为什么自己喝酒？白小静说，姑娘家怎么了？喝酒就不是姑娘家了吗？我说，反正挺稀奇的。白小静说，我又冷又累又害怕，所以喝喝酒，暖和暖和、壮壮胆子，这前不着村后不着店的，你会不会是鬼啊？我说，我肯定不是鬼，我如果是鬼的话，早就把你给解决掉了，还费那么大的劲儿，背你去医院干什么？白小静说，鬼只吃活着的人，那叫吸收阳气，你是想把我救活了，再把我的心挖出来吃掉对不对？我说，你现在已经活过来了，今天正好是我的生日，我干脆把你的心挖出来，当成生日蛋糕算了。

白小静说，今天是你的生日呀？那我祝福你吧。

我的手上还提着马灯，那黄色的光亮照射着白小静。我说，说几句正经的，你准备去哪里呢，怎么跑到我们这里来了？白小静说，我在上海那边打工，好几年都没有回家了，突然决定回家一次吧，买不到直达的车票了，好不容易转了几次车，今天下午赶到我们丹凤县城，开往我家的班车已经走了。我走着走着，谁知道怎么就糊里糊涂地跑到你们这里来了，你们这里到处都是黑灯瞎火的，而且手机又打不通，感觉像阴间似的。

我说，不是阴间，应该是桃花源，桃花源也没有手机信号。白小静说，好吧，就算是桃花源吧！我在桃花源里使劲地朝前走，但是背后总有人跟着，我快它就快，我慢它就慢，你看看把我吓得头发都竖起来了。好不容易看到你家亮着灯，谁知道一进门，看到你这么一条黑影，就被你给吓死了。我说，你刚才说是喝醉了。白小静说，一大半是被你吓的。我说，你现在还害怕吗？白小静说，沦落至此，再害怕有什么办法。

我说，你家是哪里的？难道也是我们丹凤县的吗？白小静说，我家是丹凤县三里漫乡的。我说，三里漫乡呀，还要翻两座山，有五六十里路，我那里有一个表叔。白小静说，想问一下，你们这是什么地方？我说，我们这是塔尔坪村，又叫大庙村。白小静说，太巧了吧，这就是塔尔坪啊？我说，你来过塔尔坪吗？白小静说，我没有来过，但是我知道，它不仅是人间的桃花源，差不多还是一个原始部落，我喜欢你们这个原始部落。

白小静在上海也有一个"原始部落"，不过其中的意思是完全相反的，每次想起和看到那个地方的时候，她的心情就会烦躁不安，胸口都有一种刺痛感。

我说，你这是在笑话我们吗？我们这里不通电，没有手机信号，我至今连手机都没有，你会不会以为是武关？我们这里离武关确实不远，河里的水都流到武关那边去了，武关的水都流到丹江里去了，丹江的水都流到汉江里去了。白小静说，武关算哪根葱呀！我说，或者你会不会以为是塔尔寺？人家塔尔寺在青海那边，里边是供着弥勒的，但是我们这座大庙呀，什么神仙都是留不住的。

白小静说，我怎么会弄错呢，你们这里大部分是不是姓陈？我说，即使不姓陈，也是一衣带水的亲戚。白小静说，村子里是不是有个陈百年？我说，有啊，原来有两个陈百年，第一个陈百年家里穷，穷到没有裤子穿，也没有正经的裤带系，只好系着一根麻绳子，二十好几了还找不到媳妇，好不容易等到旁边的白衣寺村出了一个小寡妇，由媒婆子带着去相亲，说大庙和白衣寺，真是天配呀。谁知道媒婆子刚开口，陈百年一紧张就想撒尿，可是麻绳子打了死结，解又解不开，扯又扯不断，只好跑去找剪刀。等小寡妇把剪刀递给他，他还没有把麻绳子剪断呢，憋不住当着人家的面尿湿了裤子。这门亲事自然又泡汤了，他干脆跑到河南当了上门女婿，开的枝散的叶都不姓陈了。

白小静听了，笑得前仰后合，坐在地上捂着肚子问，那另一个陈百年呢？

我说，第二个陈百年也在上海打工，干什么我就不清楚了，按照辈分，他是我兄长。白小静说，我想说的，就是第二个陈百年。我说，怎么了？你和他定亲了吗？他在三里漫乡小时候定过一个娃娃亲，不会就是你吧？白小静说，怎么可能是我呀，我不到三十，他已经四五十了，我也应该叫他叔叔。我说，你认识他吗？白小静说，我见过他的照片，他经常回来探亲吗？我说，原来年年回来，但是现在回来干什么？大庙村已经荒废了，只有我一个人了。

白小静说，那你知道小白吗？我说，小白又是谁啊？是你的什么亲戚，还是陈百年在城里生养的孩子？白小静说，小白就是陈百年，人家如今是作家，小白是陈百年的笔名，他写过一篇文章是关于他爹进城的，说他把他爹接到上海，但是老人不适应，不会用电梯，不会上厕所，整天把尿撒在人家的地板上，洗澡的时候都不敢脱衣服，而且舍不得他种的几亩庄稼地，所以整天吵着闹着要回家，险些都跳楼自杀了。我说，那是我大伯，那次从上海回来，他先坐火车到杭州，从杭州坐火车到县城，再从县城走回来的，回来那天下着大雪。白小静说，和我这次回来的路线是一样的，那你大伯现在在哪里？我说，陈百年有个姐姐在县城，大伯被接到县城好几年了，听说得了心脏病已经卧床不起，糊涂得连儿子都不认识了，就这样还天天惦记着要回大庙村。

大庙村原来确实有一座庙，据说供奉的是送子娘娘，有一个姓陈的书生逃难至此，在庙里住了下来，两三年之后又有一个年轻姑娘，糊里糊涂地跑到庙里，也住了下来。两人共处一庙多不方便，在大家的撮合和起哄下，干脆对着送子娘娘拜了堂成了亲，从此开枝散叶生下四个儿子，依山建起了四个院子。庙早就消失了，但是四个院子经过儿孙们修修补补，如今再怎么荒废，依然还在。每个院子都是坐北朝南，院子东边架着石磨子，西边用石头垒着猪圈，后边搭着厕所。所有房子都是土木结构，墙是用泥巴打起来的墙，柱子都是合抱粗。窗子是格子窗，简单地雕着花纹，没有安装玻璃，用纸糊着，上边贴一些剪纸，剪的无非是花鸟鱼虫，最多的还是喜鹊。大门都是木板的，上边安着门环，不是铜的，是铁的，有些被磨得光亮，有些就生锈了。大门外边没有石狮子，里边也没有照壁，但是门楼子是青砖黑瓦，翘翘的非常漂亮，像一只老鹰在飞。门脸上有的雕着祥云，有的雕着龙凤。四个院子的门楼子上挂着牌匾，分别写着"高山流水""清风明月""福寿满门""祖德流芳"。

据说都是那个书生亲手写的,那些字经过后辈们的几次描摹,如今仍然是清晰可见的。陈氏每隔几年编修一次族谱,记下子孙后代属于哪一房,辈分是什么,长幼次序是什么,什么时候出生,叫什么名字,娶了什么媳妇,什么时候去世的,以及上了什么学,取得了什么功名。大庙村除了枝叶茂盛的陈氏,加上其他几大姓氏,最多的时候有几百号人,吃饭的时候大家在院子外边蹲着,黑压压一片。后来,走的走,迁的迁,死的死,大庙村就慢慢地空了,陈氏族谱编修也荒废掉了,因为活着的人,都流到了天南海北,哪家有了功名,哪家娶了媳妇,哪家添了人口,都是不明不白的。所以族谱有一项内容,从来没有中断过,是由我接着编修的,那就是死亡。

我经常翻翻我们的族谱,轻轻薄薄的几十页,前边很长一段岁月,都是一棵枝繁叶茂的大树,传到我们这一辈,因为没有什么生,只有一个个地死,最后连死人都没有了,所以那棵大树开始风雨飘摇,枝丫枯干了,叶子落光了,不再像一棵树,而像一根草。

最后一根草就是我。

白小静说,小白在杂志上发表了好多文章,说你们大庙村过着原始人一样的生活,除了摩托车之外,没有一台机器,包括洗衣机、电冰箱和电视机,更没有一家工厂,所以没有任何污染。有几个漂亮的院子,什么清风明月,什么高山流水,可惜如今全部荒废掉了。我说,总共有四个院子,我这个院子就叫清风明月。白小静说,其他院子还在吗?是不是倒掉了?我说,只是空掉了。白小静说,有机会你带我去看看吧。

我叹了口气,说,这么好的村子,除了偏僻冷清一些,似乎也不缺少什么,为什么就剩下我一个人了呢?而且我还是一个光棍,哪一天我一死啊,不就彻底完蛋了吗?白小静说,那你加油啊。我说,加油多活几年吗?白小静说,我的意思是加油找个媳妇,给你生儿育女呀。

我心想，自己不仅找不到媳妇，即使是找到了媳妇，谁又耐得住与世隔绝的清净呢？即使是生了儿育了女，谁又愿意留下来呢？说实话，我虽然喜欢山里的清静，但也向往着外边的生活。有一次，我去镇上，看到专门卖手机的老马用手机，和远在西安的孩子视频聊天。我问老马那是什么东西，老马告诉我那是微信，说，你不是没有媳妇么，想找媳妇就在我这里买一部手机，开通一下微信功能，用摇一摇或者是漂流瓶，几秒钟就能泡到一个，说不定还是洋鬼子呢。老马拿出自己的手机让我试用，并且以我的名义注册了一个微信，当场给我试了试漂流瓶，立即联系上了一个陌生人，头像显示是一个貌美如花的少女，信息显示是来自百慕大。老马说，美女在干吗？百慕大说，我在等你啊？老马说，在哪里等我呀？百慕大说，一丝不挂地在床上呢。确实只有十几分钟，双方就像老夫老妻一样聊得十分火热了。

我说，手机能打给自己吗？

老马说，你以为是自摸啊？

我说，手机能打给死人吗？

老马说，你有死人的手机号码吗？

我说，手机能打给神仙吗？

老马说，恐怕漫游费太高了吧？

我拒绝了手机。一是因为自己根本没有需要打电话的人，也没有什么需要和外边联系的事，手机对我而言就是废物；二是因为大庙村没有信号，要打手机必须跑到镇上去，我去镇上的次数相当有限，无非卖一些粮食和药材，买一些油盐酱醋和生活用品，磨一些面粉、糊汤粉和高粱粉，添几件衣服和鞋子。如果专门去镇上找信号打手机，那太没有必要了，还不如待在家里擦枪。

在擦枪的时候，我似乎与自己与死人与神仙是可以交流的。

不久之后,我听到的消息是,老马和百慕大聊着聊着,百慕大就说喜欢上了老马,提出来要和老马见面,让通过微信转几千块钱的路费过去。老马一听,心花怒放,自己不久前死了媳妇,正好可以添个小的,于是痛快地转了三千块。百慕大说,三千块哪里够啊,你可以去网上查查,我从LF韦德机场坐飞机到西安咸阳机场,单程机票是七千多块。老马毕竟是做生意的,有些警惕地说,你自己可以先垫着,见面之后我还给你。百慕大说,你看我汉语这么好,其实我是在国外出生、在国外长大的,我爸妈都是福建人,生意做得非常大,并不差钱,但是他们强烈反对我去见你,说你长得不帅,还是一个老农民,拒绝支付我的路费,而且把我的零花钱全部没收了。我就老实告诉你吧,我现在吃一块冰激凌的钱都没有了,但是谁让我喜欢你呢,我要是像飞机一样有一对大翅膀,今天晚上就飞过去陪你……百慕大说得楚楚可怜,把老马给感动得热血沸腾。老马立即又转了四千块,说是回程的机票到时候再说,我们这里山清水秀,没有雾霾,像世外桃源一样,说不定你来了以后,就不想回去了。不几天,百慕大说,她正在LF韦德机场,马上就要登机飞往西安了,但是她想来想去还是不想走了,怕自己不顾家人反对不远万里跑来见他,他看不上她怎么办?老马说,你那么漂亮。她说,你对我不好怎么办?老马说,我保证把你当仙女一样放在家里敬着。她说,你如果是一个骗子,把我卖掉了怎么办?老马说,我哪里舍得卖呀,而且我们这里卖一部手机都费劲,何况卖一个大美人了。她说,我人生地不熟的,身上又没有钱,回都回不去了,那不就沦为乞丐了吗?百慕大又给老马发来一张登机牌,说,除非你再转两万块钱,权当是你交的一份爱情押金,先放在我这里保存着,等我们两个见面了,我心里踏实了再还给你,如果我真成了你的媳妇,我的不就是你的吗?老马眼看着好事就要泡汤了,加上看到百慕大的登机牌上,确实清清楚楚地写着姓名、起飞机场、登机口和起飞时间。当时离起飞时间只有两个多小时,于是把银行卡上仅剩下的一万八千块全部转给了百慕大。百慕大收了钱,回了一句,我要飞了,你等着我啊。老马按照约定的时间,于两天之后跑到丹凤汽车站接人,但是他发微信人家不回,打电话一直无法接通,以为人家在飞机上关机了,又以为人家手机没有电了,还以为人家没有开通国际长途,甚至想到飞机晚点或者神秘地失踪。总之,他在汽车站整整等了一天一夜,并没有等到那个美女。那个美女像又一个不解之谜,带着老马的两万六千块彻彻底底地失踪了。

老马成了天大的笑话,因为在大庙村方圆几百里的土地上,不管哪朝哪代,民风淳朴至极,从没有人被骗过,也没有出过一个骗子。从此,他不仅不卖手机了,而且和我一样也不用手机了。

我望了一眼白小静,有些凄凉地掏出一根烟,在马灯上点着了。我猛吸了一口烟说,虽然我叫陈小元,他叫陈百年,但是我们辈分一样,按照年龄我要叫他哥呢。他小名叫白娃子,如今竟然出息了,变成了什么小白,这算是大人物吗?白小静说,当然是大人物,起码在我心里,他比村主任要厉害多了。

我们两个人说了一会儿话,似乎因为陈百年这个人,关系一下子亲近了。

白小静爬起身,一边朝回走一边说,早就想来大庙村看看了,没有想到这一迷路,竟然说来就来了。我说,听说陈百年在上海买了房子,结了婚,媳妇会不会就是你呀?如果是你的话,我还得叫你嫂子。白小静说,人家可是大作家,我认识他,他怎么可能认识我,不过他叫陈小白,我叫白小静,似乎挺有缘分的。被你这么一提醒,你有他的电话号码的话,我立即就打电话给他,问问他有没有离婚;如果没有离婚的话,问问他想不想纳妾;如果他愿意纳妾,那我就待在大庙村不走了,争取嫁给他做个二姨太太。

白小静从羽绒服里摸出手机按了按,有些失落地说,关键时候掉链子,手机竟然没有电了。我说,你就是有电也没有信号。白小静说,你把电话号码给我,等我回上海再联系联系他。我说,他给我留过一次电话号码,但是我也没有什么事情找他,所以早就丢掉了。白小静说,你这是成心的,反正这个嫂子我是当定了。

白小静无论走路的姿势,还是说话的语气,以及那种笑吟吟的样子,真是太像自己那个未过门的险些成了自己媳妇的嫂子。

3

我提着马灯紧跟着说,你不回家了吗?从这条路往前走就是你们三里漫。白小静说,这半夜三更的,先到你家住一夜再说吧,而且我的行李还扔在你家门口呢。我说,我倒是把你的行李忘记了。白小静说,如今到了大庙村,不住上几天,谁还愿意回家啊!而且我那个家呀,也回不去了。我说,怎么了,你们村子也破败了吗?

白小静没有回答我,因为她是非常想家的。她回不去不是因为破败了,而是回去之后无法面对自己的父母。如果她见了父母,父母逼着将近三十的她赶紧嫁人还好办,如果问她在上海到底是干什么的,赚的钱到底干净不干净,她应该如何回答呢?她在保健按摩房工作,所以让她受不了的是,乡亲们看她的眼光和私下里的指指点点。她在上海的时候,虽然也会受到歧视,人和人之间的关系在金钱的作用下还算是平等的。但是在自己的村子里,不仅有歧视,还有侮辱,让她的父母亲戚都抬不起头来。有一次,有一位远房的表哥结婚,她爹去吃喜酒,按照常规,这种远房的舅舅,出两百块礼金就够了,但是她爹大方地出了五百块,其他的七大姑八大爷都要跟着水涨船高。有人就不高兴了，说他之所以那么大方，是因为他养的姑娘能赚钱，赚钱就和睡觉一样容易。有人就说，什么容易不容易，人家在上海就是专门睡觉的，睡一次正好就是五百块。

她之所以对上海比较满意，是因为干保健按摩这一行，最容易让人想入非非，如果离家太近或者在小地方的话，遇到老师同学怎么办？遇到在外打工的乡亲又怎么办？她万万没有想到，生活往往是不由自主的，开始那两年工资比较低，她却干得心安理得。但是有一年夏天，弟弟要上重点高中等着用钱，她爹生了心脏病住院也急着用钱，家里隔三岔五地打电话给她，让她赶紧想想办法。其实，在此之前，她仅仅是保健按摩房里一个普普通通的洗头妹而已，但是那一连串的催款电话让她走上了不归之路。很快，她把自己几个月迅速积攒起来的钱，分几次汇了回去，整整汇了九万块。当她爹陆续接到那么多钱，开始是欢喜的，后来就被吓呆了，而且在整个村子里也传开了，大家都在不停地猜测着，她这个高中毕业的孩子，干什么才能赚到那么多的钱呢？有人说她中了彩票，有人说她当了骗子，有人说她在搞传销。最后大家一分析，说她可能当小姐了，只有当小姐不需要成本，也不需要文凭和手艺，只需要长得漂亮就行了。再联系到她天然一副妩媚相，而且上次回家的时候，那种涂脂抹粉的叽叽喳喳的样子，认定她肯定是在烟花柳巷里上班的。

这种猜测很快被那些眼红的乡亲们当成事实传开了。

她爹沉不住气了，打电话问她在哪里工作。她说是在一家美容院。她爹说，美容院是干什么的？她说，美容院是专门给人家化妆的。她爹说，你回来的时候，看你把自己弄得像鬼画符似的，你会化妆吗？她说，那是你们这些农民不懂美。她爹说，即使你在美容院给人化化妆，几个月就能赚那么多钱？她说，你们不知道人家城里人多有钱，尤其是那些大姑娘小媳妇的，开的车动不动就是几十万块，住的房子都是每平方米几万块，而且懂得保养，又喜欢臭美，在美容上边不在乎钱，每个月在美容院花个两三万块，根本就是小菜一碟。你没有听说那些女明星，去韩国拉个眼皮，垫个鼻梁，除个雀斑，去个眼袋和皱纹，动不动就是几十万几百万吗？我们这个美容院还算一般的，所以赚的还是一些小钱而已。她爹说，我还是不相信，反正日子穷点苦点不要紧，哪怕我死了、你弟弟不上学了也不要紧，千万不要干那些偷鸡摸狗的事情。

白小静说，我骗你们干什么，我们这栋大厦叫大自然，有一个金色的楼顶，几乎把天都戳出一个大窟窿，我在二十六层上边上班，上班的时候顺着落地的玻璃窗子朝下看，路上的人都像树叶子一样，你不信我拍张照片给你们看吧。白小静果然拍了一张大厦外部的照片，以微信的形式发回了家。

其实，白小静根本没有进过美容院。记得她刚到上海的时候，寄宿在一个地下室里，满大街地去找工作，她多么向往进入那些高楼大厦，坐在有大堂、有保安、有蓝色玻璃幕墙的地方上班。可是这些地方招人的首要条件就是文凭，起点文凭是本科的，好不容易遇到有些单位降低标准，比如前台、文案和外联，最低要求是大专，但是人家还有另外一条，仅限上海常住户口，或者持有人才引用类居住证。哪怕是这么一张居住证，也不是随便办的，必须要有租房合同，要有劳动合同，要有社会保险缴存证明。

白小静在处处碰壁之后，有一天忽然走到了玉佛寺，看到那里香火十分旺盛，按理说应该进去磕磕头，进进香，求求佛，但是进去需要二十块门票，还要几十块香火钱，不是她心不诚，舍不得几十块钱，而是她带来的盘缠几乎要花光了。于是，她站在安远路上，隔着大门望着法相庄严的释迦牟尼，双手合十地作了三个揖。好在地上没有门槛，她摸出三枚硬币，从寺外滚进了寺内，算是她留下的微薄的功德钱了。

白小静许完愿，顺着安远路继续朝前走，留意着两边的各类橱窗，因为很多的招聘启事，是贴在招聘单位的橱窗里，这样招人来得容易，可以现场考察工作环境，又可以现场进行面试。安远路两边是石库门老弄堂，多是一些陈旧破落阴暗的门面，而且从窗口伸出无数的晾衣竿，上边搭着五颜六色的被褥、衣服、内裤和胸罩，像是亮出的一面面生活的降旗，并没有需要仰望的宽敞明亮的写字楼。

正当白小静有些失望的时候，她被一栋大厦给堵住了，在大厦前边的落地窗上，正好贴着一家美容院的招聘启事，说是高薪招聘美容师若干名，还用箭头标明前去应聘的线路图，就在本大厦的二十六楼。白小静从没有上过二十六层高楼，不明白站在那么高的楼上，从窗口向外看的时候，地上的人、地上的树、地上的草究竟会是什么样子。她本来对应聘美容师是毫无信心的，但是抱着去那么高的地方看看的心态，壮着胆子大大咧咧地走进了大厦。

那栋大厦的名字叫大自然。大厦直入迷雾云霄，有一个金色的尖顶，被太阳一照更是金碧辉煌，有蓝得让人陶醉的玻璃幕墙，那反射出来的光让人眼花缭乱。进去的旋转门是自动的，门里边是一个宽大高挑的大堂，大堂里摆着几圈洋沙发，中间放着几个大理石茶几，上边放着一个细颈花瓶，中间插着三支白色的康乃馨。大堂内外，笔直地站着四个穿着藏蓝色制服的戴着大盖帽的保安，不注意还以为是为人民服务的警察。很久以后，白小静才明白，大自然是一家公司，是一个姓蔡的女人创办的，生产大自然牌的化妆品。从此开始，她就因为这座大厦，无论是口红还是润肤霜，全部选择使用大自然，再没有更换过其他品牌。她觉得，一个女人，用胭脂红粉盖起这么一座大厦，那是非常了不起的，也是值得信赖的。

可惜的是，白小静刚进大堂，就被拦下来进行了初步的面试，面试的结果是她的外部条件非常好，但是并不懂美容技术，如果想当美容师的话，得先去她们的美容学校学习半年。白小静最恨自己念书少，听说可以去念书，立即天真地问，到时候会发毕业证书吗？人家说，是资格证书，学完之后会发资格证书。白小静又问，那是不是免费的？人家说，我们又不是福利院，当然是要收费的，学费是十三万块。白小静开始还想，只要能上学，什么苦她都能吃，但是听到十三万块这个数字，她一下子就蔫巴到无语了。人家说，你长相这么漂亮，天生就是做美容师的，十三万块算什么呀，学完回来直接到我们这里上班，这点学费不过是大半年的工资而已。白小静呵呵一笑，站起来就出门了，哪怕她把自己拿去卖掉，恐怕也找不到门啊。

当她走出旋转门的时候，人家把她送到了门边，不知道是嘲笑还是同情，又对她说，如果你嫌我们这里太贵，可以去地下一层看看，他们那里不需要技术，所以不需要持证上岗，也不需要培训，不过他们不是美容院，而是一家洗头房，名字叫原始部落。

白小静走出旋转门，立即发现了那家叫原始部落的洗头房也在旋转着的招牌，按照招牌上的指示箭头和服务内容显示，人家并不叫洗头房，而叫保健康体中心，位于大自然大厦群房的地下一层，有药水泡脚，有精油推背，有泰式按摩，唯独没有洗头的项目。既然是地下一层，确实与二十六层相差太远，进进出出也不从大厦里边穿过，必须走大厦背后的遮遮掩掩的楼梯。但是毕竟和大厦是连成一片的，所以白小静也顾不得细想，顺着低矮的楼梯走进了洗头房，从此开始了她在地下一层的生活。

美容院对白小静来说，相当于丑小鸭的天鹅梦、灰姑娘的公主梦，她不仅没有资格进美容院工作，也没有机会进去好好地享受享受。她不仅不明白美容院是什么样子，也不知道到底都在干些什么。所以，对于她的说法，父母仍然是半信半疑的，也是无法向乡亲们解释清楚的。就这样，流言越来越多，传得越来越离谱，直接对她的影响不仅仅是侮辱，重要的是根本没有办法找对象，让她成为三里漫乡几十年来唯一一个将近三十还嫁不出去的老姑娘，就连两个哑巴和一个瘸子都早早地结婚生子了。当媒婆子把她介绍给人家的时候，人家就说，这种人，做牛做马可以，怎么可以做媳妇啊。媒婆子说，人家不是那种人，长得又那么漂亮，关键是能赚钱，看在钱的分上，有什么不好的吗？人家说，她是能赚钱，几个月汇回来九万块，但是我们嫌那些钱太脏，买电视吧不敢看，买手机吧不敢用，喝药吧是有毒的。

三年后，白小静的弟弟考上了南京一所大学，在父母的督促下暗暗地找上门了。当弟弟来到大自然大厦下边，开始的心情和姐姐白小静一样，仰头看着那金色的尖顶发出一声轻轻的叹息，那是赞美的叹息，更是吃惊的叹息。如果姐姐真在上边工作的话，这座大厦不就是姐姐光荣的奖杯吗？很快，他的经历又和姐姐白小静如出一辙，当他刚刚通过旋转门走进大堂，不管三七二十一就被人给拦下来进行了一番面试，然后告诉他，他外部条件非常好，只要交十几万块钱，先进她们的学校进行培训，拿到资格证书之后就可以直接来就业了。

弟弟说，我不是来应聘的，我是来找人的，你们这里有没有一个叫白小静的人？人家觉得他是掏不起培训费，故意以找人来逃避尴尬，所以还是告诉他，别说白小静李小静钱小静，在我们这里不干不净的人一个也没有，你如果嫌我们这里条件太高，可以去外边的地下一层看看，他们那里不需要技术。

弟弟推开了原始部落的门。当时白小静正在接待一个光头男，是另一位小姐妹迎接弟弟的。虽然弟弟显得懵懂无知，完全是青涩少年的样子，但是小姐妹以为又来了新顾客，因为在这个不干不净的年代，什么样的顾客都会存在，有八旬老头并不为过，有未成年人也不稀奇，所以她还没有开口，先伸手朝着弟弟的大腿摸了一把，极力推荐弟弟做全套服务。弟弟被摸得打了一个寒战，结巴着说，什么是全套服务？小姐妹说，全就是服务全身，套就是套子，你不会不懂吧？弟弟结巴着说，你是小姐，你以为我不知道。小姐妹说，我是小姐呀，你如果不会，那不要害羞，我来教教你。弟弟说，我才不找小姐，我嫌你脏。小姐妹说，你妈不脏吗？你不找小姐，你他妈的跑这里来干什么？弟弟说，我来找我姐姐！小姐妹以为是回头客，问，你姐姐是几号？弟弟说，什么几号？你以为是犯人吗？小姐妹说，你姐姐叫什么？弟弟说，我姐姐她叫白小静，是不是在这里上班？小姐妹说，我们这种地方，多数都是小姐，哪有什么白小静，你赶紧给我滚吧。

白小静在洗头房里确实不叫白小静。

自从进了洗头房之后，她就改名字了，多数时候她都是代号十八，遇到客人非要问她名字的时候，她就告诉人家她叫白素贞，和蛇妖同名同姓。

弟弟准备退出的时候，白小静端着一盆水，从一间包厢里出来，与他正好撞在一起。弟弟问，姐姐，你在这里上班吗？白小静说，不是啊，我是来泡脚的。弟弟说，你一个女的也来泡脚吗？白小静说，女的泡脚很正常呀，在家里的时候，我们天天都是要泡脚的，今天感觉肚子不舒服，我猜可能是受凉了，就顺便下来泡泡脚。弟弟说，那你在哪里上班？白小静说，我也在这栋大厦上班，我已经告诉过你，是在二十六楼的美容院啊。弟弟说，你就别骗人了，我刚刚去美容院问过了，人家说你根本不在那里。

白小静说，你不好好上学，怎么突然跑来了，为什么不提前打个电话？现在正是吃饭时间，我们出去一边吃饭，一边慢慢给你解释。弟弟说，你现在就解释吧！那个女人说，你们这里都是小姐，你说你是不是小姐？白小静不吱声了，她真的不知道怎么解释，是不是小姐怎么解释得清呢？说自己还是干干净净的，绝对不是小姐吗？说为了赚钱供他上学自己才变成小姐的吗？

弟弟哭了，在冲出门的时候喊道，你竟然是小姐！你怎么会是小姐？

白小静追了出去，她要拉弟弟的手，被弟弟甩开了。弟弟哭着说，我要回家告诉爹妈，告诉我们村子里所有的人，你不在二十六层，而是在地下一层……

腊月二十四那天，白小静本来还是不想回家的，可是偏偏梦见自己回家了，在和她爹一起贴对联，在和她妈一起包饺子，在和弟弟一起放鞭炮。她从梦中醒来之后就决定回家过年，她想自己一旦出现在村子里，肯定会遭到各种各样的议论，从而破坏了她家新年的气氛，所以她打算在大年三十前，回到三里漫乡，远远地躲在门前的那座山上，看看生病的她爹贴对联的样子，看看老迈的她妈坐在窗子里包饺子的样子，看看上大学的弟弟放鞭炮的样子。大家都知道她不会回来的，但是她爹肯定已经杀好了鸡，她妈已经替她铺好了床，弟弟应该也有新年小礼物。他们每个人都会不停地看着门前的那条小路，肯定会希望她突然从那条小路上走来，轻轻地呼唤一声"我回来了"。

她觉得，只要能看一眼他们，自己就等于回家过年了，就会满足地悄悄地离开村子，再回到看似繁华却更加孤独的上海，回到地下一层继续闭着眼睛上班，睁着眼睛睡觉。

4

天漆黑一片，小路曲折徘徊，两边是茂密的杂草和树木，形成一条幽深而无尽的隧道，有些地方还有一点积雪，踩在上边发出咯吱咯吱的声响。顺着小路蜿蜒流动的是一条小河，上边结满了冰，如果不小心一脚踏空，便会滚进下边的冰窟窿。

我提着马灯紧跟着白小静，像一个跟班的仆人，她快我就快，她慢我就慢，尽量让白小静走在我的光圈里。路上，两个人沉默了一会儿，白小静之所以沉默，是我的话引起了她的回忆，她的思绪再次跑到了上海。而我原来就是寡言寡语的，尤其是在村子里只剩下我一个人之后，已经没有可以说话的人了，唯一能和我交流的是那杆百擦不厌的枪。我每次擦枪的时候，似乎擦来擦去的不是一杆枪，而是我的一个亲人，或者是我自己，我不仅自己琢磨那个百思不得其解的谜语，有时候还直接问那杆枪。

有一天晚上，我擦着修长的枪管，忽然有点喜出望外。那个谜语的关键，就是枪比自己高，自己比枪矮，用枪瞄准自己的脑袋或者胸口的时候，自己就够不着扳机了。如果是一杆短枪，或者是一把手枪，那开枪打死自己不就轻而易举了吗？于是，我和枪说话了。我说，你看这样行不行，我把你给锯一截下来吧？枪用黑洞洞的枪口嘲笑似的说，谁让你长得那么矮呀，你不能自己努力努力长高一点吗？你整天吃那么多饭喝那么多水，再长两三尺能有那么难吗？我说，你这个傻瓜，你虽然没有吃什么粮食，但是你也吃过几次黑火药，我们几辈人把你传下来，你长高了吗？而且我已经三四十岁了，早过了生长发育的年龄了。枪似乎有些生气地说，那你不知道找个媳妇生一个比我高一些的儿子吗？我说，我要是能找到媳妇能生儿子，我还求你干什么？何况老祖先立下的规矩，是自己开枪打死自己，而不是别人开枪打死自己，所以我和你商量商量，我把你锯一截下来，像医院里截肢一样，尽量不影响你的威力，我保证像打麻醉一样，把钢锯锉得快一些，尽量让你少受一些痛苦，最多就十几分钟吧。其实要我说吧，人矮了不好看，但是作为一杆枪，越矮会越精神，越短会越受到器重，你看看那些大元帅们，腰上别着的都是手枪，那些勇往直前的战士，手中端着的都是冲锋枪，跟在后边的小兵小将们，只能手握长枪，像你这么长的就叫鸟枪，只能握在我这样的农民手中。

枪似乎被说服了，提醒我说，我可以答应你，把我截成一杆短枪，但是当你把枪口瞄准自己、可以扣动扳机的时候，难道你真的要打死自己吗？

我被它这么一提醒，忽然发现自己到底是在猜谜语呢？还是真正地想亲手把自己杀死？我为什么要把自己杀死呢？如果仅仅是为了破解谜语，那么先人传下来的谜语是"用一杆比人还长的枪"，如果自己把长枪截成了短枪，那么这杆枪还是那杆枪吗？自己得到的答案还是先人想要的答案吗？

我有时候还想和枪说说别的，比如地里的庄稼歉收了呀，比如山上的那棵大树枯死了呀，比如山下的那眼山泉又断流了呀，比如谁在煤矿上被炸死了呀。反正有什么伤心的事情，我都要唠叨半天。不过，无论我和枪说什么，那些话都像弹药一样是闷在心里的。

快到家的时候，我把沉默打破了。我问了一句，你在上海是干什么的？白小静，你猜我像干什么的？我说，你也是作家吗？白小静说，我上高中的时候，作文经常被老师点名表扬，同学们就给我起了一个绰号叫作家，被大家这么一捧一吹，脑子膨胀成了气球，人家都在复习功课，我整天躲在宿舍里，看《飘》，看《双城记》，看《少年维特之烦恼》，以为自己是文曲星下凡，暗暗地发誓要真正地当一个作家，像张爱玲一样，写《小团圆》，写《半生缘》，甚至写《色·戒》。张爱玲的《色·戒》你看过吗？

白小静是在高中的时候看过那篇小说的，当时她非常纠结，如果自己是王佳芝，自己生活在民国时代，会不会为了一腔爱国热情，牺牲自己的纯洁之身，投入到暗杀汉奸易先生的行动。会不会为了那一份爱情，最后又放弃了暗杀行动，在自己的提醒之下，让身临危险之中的易先生得以脱身。白小静在日记里，试图以自己的感受，重新写了一篇《色·戒》，在她的笔下，她这个十七八岁的农村姑娘，并不明白什么是爱国，更不知道什么叫爱情，所以她拒绝充当色诱易先生的角色。她觉得对于一个姑娘而言，纯洁的身体只有一次，她不能轻易地失去它。如果失去了纯洁，那么她永远就不是姑娘了。她希望自己充当一个杀手，为了练得一流的枪法，她必须先有一把枪，当然不是长枪，也不是冲锋枪，而是容易藏在身上的手枪。那时候是一个战乱年代，手枪相当于如今的手机一样普遍，但是想随随便便地捡到一把手枪，或者是去偷一把手枪，还是非常不容易的。为了弄到小巧玲珑的手枪，她必须想办法靠近日本鬼子，那些日本鬼子是无处不在的，但是要把他们的手枪抢过来，必须趁他们一个人的时候，比如上厕所不注意的时候，用石头砸他们的脑袋，或者用刀子捅他们的肚子。除了抢手枪，别忘记弄一些子弹。等她有了手枪和子弹之后，为了练出百发百中的水平，她还必须躲在树林子里，把树叶子当成易先生的眼睛，好好地练习练习射击。等自己练出一身手艺，她就可以把手枪藏在口袋里，埋伏在易先生经常出没的地方。万一埋伏不了，那时候不排除色诱一下，比如抛个媚眼和飞吻，当易先生那个好色之徒，舔着嘴唇准备对自己下手的时候，她可以假装掏口红的样子，趁机掏出手枪，先挑一挑他的嘴唇，再直接顶着他的额头，砰地放上一枪。在自己转身逃跑之前，不要忘记再装一颗子弹，对着他的下身再砰地补上一枪，让他在阴曹地府那边想好色都没有能力。白小静当时写到结尾的时候，她为自己的智慧而沾沾自喜，因为她既保住了自己的纯洁，又达到了为国除害的目的。

白小静对我说，《色·戒》已经被拍成电影了，她觉得那是全世界最伟大的电影。

其实，那是白小静看过的为数不多的电影，也是在上海看过的唯一一部电影，当时《色·戒》已经公演好几年了。当她从客人口中知道有这么一部电影之后，她立即向洗头房的老板娘请假，说自己生病了，也许是不三不四的病，必须去医院检查一下。当她跑到附近的亚新广场和恒隆广场，两家电影院当时公演的电影是《我的个神啊》，是讲外星人跑到地球上，把飞船的遥控器给弄丢了，为了找到遥控器，他到处求神拜佛，最后遇到了失恋的女记者。白小静问售票员，有没有《色·戒》？人家说，你是外星人吗？那是七八年前的电影了。白小静说，你们不放七八年前的电影吗？人家说，我们这是电影院，你以为是造酒厂吗？没有发酵而是发馊的电影放给谁看呀？有一位大姐指点她说，网上什么都有，你去网上看看吧。白小静从电影院出来，正好遇到一家网吧，她钻进去泡了三个小时，果然看到了那部电影。

看完那部电影，天已经黑透了，上海已经火树银花，白小静走在南京路上，心情一下子轻松了许多。这部电影引起了她的共鸣，她明白自己当年改写的《色·戒》是多么天真幼稚，如果她就是王佳芝，也是别无选择的，也会采取相同的方法，因为她们最大的资本不是一把手枪，而是长相，而是女儿身。而且，在很多时候，人是不自由的，是被迫无奈的。白小静由王佳芝联系到自己，她如今的不纯洁，甚至是堕落，虽然不是为了爱国，也不是为了爱情，但是为了亲人，为了家，为了爱。爱国是一种爱，爱情是一种爱，爱家是一种爱，对亲人之爱更应该是毫无保留的，所以她与王佳芝一样，她们的付出是无私的，是值得尊敬的，甚至是伟大的。

白小静第一次从工作中获得了自尊，甚至有一点崇高感。

于是，她又在外边溜达了半天，喝了一杯珍珠奶茶，去正正经经的理发店剪了一次头发，还在一家服装店买了一条白色连衣裙。她从小就喜欢白裙子，但是她上班的时候，从来没有穿过白裙子，因为在那种环境中，她不适宜穿裙子，也不适合白色。但是那天，她是穿着白色连衣裙高高兴兴地回到洗头房的，按照老板娘的说法，白小静出去半天时间，从一只老母鸡一下子变成了白天鹅。

　　我说，大庙村原来人多而且有电，是放过电影《天仙配》和《南泥湾》的，如今没有人也没有电，别说看什么《色·戒》了，连猪八戒也看不到了。不过也不瞒你，我在高中的时候喜欢过一阵子张爱玲，但是让我猜呀，你不像作家。白小静说，从高中一毕业，我的梦就碎了，你看看我，到底像干什么的？我说，你像是在政府部门上班的。白小静说，我在政府部门是干什么的？我说，像叽叽喳喳的妇联主任，我们镇上的妇联主任上次来大庙村，也和你一样，喜欢笑眯眯的。白小静说，你又不是妇女，妇联主任来找你，是来慰问你吗？我说，她是来劝我搬家的，她说如果我搬到镇上去，她就给我做媒，把在镇政府做饭的一个女人介绍给我。白小静说，那多好啊，你可以白吃白喝了。我说，那是一个寡妇，老公在外边打工，出车祸死掉了。白小静说，你刚刚说的，那个尿裤子的，不会就是你吧？我说，当然不是我，那个寡妇在白衣寺，不到三十岁，和你年龄差不多，而这个寡妇在镇上，都五十多岁了。白小静说，千万别和我比！你为什么不答应？我说，五十多岁了，生不出孩子，我要她有什么用啊？白小静说，可以和她睡觉呀。

　　我说，没有女人，我照样睡觉，而且还睡得挺香的。

　　白小静说，你自己和自己睡觉吗？

　　我说，我一个光棍，还能和别人睡觉吗？

　　白小静突然反身，瞪着眼睛笑眯眯地问，你老实交代，你有没有睡过别人？我也嘿嘿地笑着说，报告妇联主任，我是一个好人，绝对是干净的，不但没有睡过人，也没有睡过畜生，不过我睡过……白小静说，你睡过什么？我说，它长得比我高，比我苗条，平时很少说话，一旦说起话来，就会要了人的命。白小静说，你说的样子，不会是狐狸精，应该是蛇妖吧？难道是蛇妖白素贞吗？

　　白小静想到自己是属蛇的，在洗头房里的别名就叫白素贞，于是又回过头，继续暗淡地朝前走。返回我家的时候，看到自己的那只灰白色的拉杆箱仍然蹲在门前，白小静稀奇地说，还是农村风气好，在外边放这么久，它竟然还在，在城里的话，不被偷走才怪呢。我说，在这里，如果它不在了，肯定不是被偷走了，因为连小偷也不愿意来了，但是有一种情况除外。白小静说，什么情况？我说，除非它自己长腿跑掉了。白小静更加稀奇地说，你平时出门也不锁门吗？我说，我敞开大门都没有人来，锁它干什么呀？白小静说，没有小偷就算了，如果遇到了大灰狼怎么办？

　　我原来是锁门的，但是前两年把钥匙丢掉了。那是我身上唯一的一把钥匙，于是我干脆把锁子给砸掉了，从此出门无论远近再不锁门了。在晚上睡觉的时候把门闩起来，不然会被风刮开的；白天的时候把门虚掩着，那种虚掩着的感觉非常好，表示主人就在附近并未远行。之所以懒得锁门，是家里除了几把粮食、几斤药材和几件家具，并没有什么容易拿走的太值钱的东西。关键是大庙村如今没有小偷，村子在荒废之前，最多的时候有几百号人，生活得热热闹闹的，所以原来是有小偷的。小偷多数不是大庙村的，而是从外边流窜过来的，有偷钱的，有偷金银首饰的。比如有几家，藏在墙缝里的袁大头，摆在香案上的烛台，喝酒时用的铜酒壶，还有一些滴水瓦，被人当成文物偷走了。后来，没有什么比较好偷的，就把大肥猪哼哼叽叽地给偷走了。自从村子荒废掉了，完全回归到原始社会，别说小偷不来了，客人也非常稀少了。

我真希望有人来大庙村，哪怕来的真是小偷，把我虚掩的门一推，发出吱呀一声响，那响声十分好听，我也愿意等着他们，用好酒好菜招待他们。

刚才走得急，门都没有虚掩。我提着拉杆箱，在前边引路，把白小静引进中堂。我说，你箱子里装的是什么？怎么是轻飘飘的。白小静说，装的当然是钱呀。我说，你就吹吧，如果整箱子都是钱，应该有一百万吧？你打开让我看看，我们穷人还没有见过这么多钱呢。白小静说，你是不是真的不认识钱啊？如果整箱子都是钱的话，估计有一千多万，哪里是你提得动的呀！

白小静在洗头房的时候，曾经接待过一个戴着茶色眼镜的老男人。他只是洗个脚，却不停地去撩白小静的衣服，白小静忍无可忍地掐了他几下，还打了几巴掌。万般无奈，他又动起了歪脑筋，说我在银行工作，每个星期摸到的钱估计有一千万，你知道一千万到底有多重吗？我给你五次机会你猜猜，每猜错一次，你就脱掉一件衣服，五次之内如果你猜对了，我就奖你五百块钱。白小静并没有上钩，知道这是他设的圈套，因为当时正是夏天，自己外衣内衣加起来总共不过五件，五次猜不对岂不是把她给剥光了？何况她这辈子见过的最多的一笔钱，是一次汇给家里的四万块，装在身上，轻得一点印象都没有。

后来，据一个小眼睛的小姐妹告诉白小静，茶色眼镜又来过两次，在她面前故伎重演，结果自然是小姐妹输了，被他一丝不挂地给扒光了。小姐妹说，我被脱光之后，茶色眼镜还不告诉我结果，如果想知道结果他还有要求，我非常好奇就答应他了。白小静从小姐妹嘴中终于明白，一千万如果是百元新钞的话，不过零点一立方米、两百三十斤左右，如果全是硬币的话有六十多吨，如果换成黄金的话大概是八十斤，大小也就一大瓶子可口可乐。

白小静把拉杆箱一打开,像打开了潘多拉魔盒似的,立即有一股复杂的香味弥漫开来,既有香皂的味道,又有奶乳的味道。白小静从里边摸着摸着,先摸出一包大白兔奶糖拆开,自己留下一粒放在嘴里,剩下的就全部扔给了我。然后,她又摸出一双粉红色的袜子,在路上她把袜子打湿了,估计她要换袜子了。她问我,你肯定认识袜子,但是你不认识女人的袜子对不对?

我不敢朝箱子里边看。我把马灯放在中堂的香案上,把左右两间卧室和一间厨房的三盏煤油灯全部点亮了。三盏都是安着玻璃罩子的煤油灯,除非过年过节的时候,平时只点一盏就够了,这并非我舍不得煤油,而是觉得没有必要。几盏灯全部点起来,整个家里一下子就亮堂了,尤其是那盏马灯,点得时间比较长,已经生出灯花,像火焰结出的小小的果实。

我搬来一把椅子让她坐,但是白小静并不急着换袜子,而是咋咋呼呼地打量着四周。最先吸引她的,自然是煤油灯。她毕竟年轻,没有见过煤油灯,也没有真正地用过煤油灯,只是从父母口中了解一些。原以为煤油灯是昏暗的,是冒着黑烟的,是经不起风吹的,事实似乎是相反的。那些光,被呵护着,被净化着,透过玻璃罩子照射出来,让她感觉没有电光那么冷漠,没有太阳光那么刺眼和毒辣,似乎它的光是被放在某个地方,经过几百年发酵出来的,显得十分温暖、十分柔和、十分醇厚,沐浴在其间,像是浸润在浓浓的液体中,似乎所有的时间都返回了远古时代,而又缓慢、萌动了起来。

我家是一进一出的老式宅院,正房共有三间,十分宽大,靠西一间隔成了两间卧室,靠东一间隔成了厨房和杂物间。中间的香堂贴着"天地君亲师位",下边靠墙摆着一张香案,香案上放着烛台和香炉,香炉里插着没有烧完的香头。香案下边摆着一张方桌，方桌两边各放着一把太师椅，都是红褐色的，发出年月久远的光泽。除了几件古香古色的旧家具，斧头扔在门背后，镰刀插在门缝里，锄头挂在墙上，旁边还摆着一副寿木，上边用席子蒙着。

白小静也是认识寿木的，但是不知道这副寿木是谁的，毕竟我还十分年轻。

白小静问，你们家过去是不是大地主？我说，你从哪里看出来的？白小静说，就凭着几盏煤油灯、几件红木家具，说明不仅是大地主，老祖先应该也是读书的，普通人家哪里会有这些东西呀？我说，你的眯眯眼果然没有白长，我们的老先人确实是一介书生，有说是从南方逃难而来的，有说是到这里隐居的，开枝散叶就形成了陈氏一族。一直到解放前，方圆几十里，哪怕地上的一根草，天上的一只麻雀，也都是跟着我们姓陈的。白小静说，如果不是穷人翻身闹革命，你现在就是地主家的大少爷，对吗？我说，是不是大少爷不清楚，起码能够多读一些书。白小静说，岂止是读书啊，应该还有丫鬟服侍着吧？我说，当然有丫鬟了，而且不止一个，有的给洗脚，有的给更衣，有的给掌灯。白小静说，还有花袭人似的，可以陪着贾公子初试云雨。

我笑了笑说，那时候我在四处云游，还没有投胎呢。你想想看，其实和几十年前也没有什么差别，现在方圆十几里，差不多也都是我一个人的了。

白小静说，你还没有告诉我，你把人家谁给睡了？

我又嘿嘿一笑，说我睡过一杆枪。

我指了指左边一间房子，那是我自己的卧室。白小静撩开门帘子走进卧室，看见有一张红褐色的床也是古香古色的，床里边那面雪白雪白的墙上醒目地挂着一杆枪。

白小静说，小白老师在文章里写过一杆枪，是一个老光棍自己制造的，里边用的是黑火药、滚珠和钢条，我看那个老光棍应该就是你，你拿着这杆枪叱喝大家上山去打野猪，大家死活不相信你的枪，说野猪厉害得很，如果到时候枪不响，反而被野猪给吃掉了。于是你端着枪对着自己家的大肥猪，砰地放了一枪，就把大肥猪给放翻了。我说，他真是胡说八道，我什么时候制造过枪？这杆枪是我爷爷传下来的，我们几代人仅仅打死过两只老鸹，根本没有打死过其他动物，更别说打死自己养的猪了。

白小静说，那它是玩具吧？能打得响吗？

我说，怎么打不响？

白小静说，能打得响为什么不打猎？不打猎要枪干什么？白小静说着，就要去取枪，被我给拦住了。我说，我已经说了，让它陪我睡觉呀。白小静说，我看啊，你把它擦得那么光亮，不是你睡了它，是它把你给睡了还差不多。中堂里还有一副寿木，不会也是你的吧？你看看你这么一把年纪，还没有睡过女人，应该死不瞑目吧？

我苦笑着说，你别耍贫嘴了，赶了一天的路，是不是饿坏了？想吃什么我给你做去。白小静说，你不说我都忘记了，还是中午在火车上吃了一包方便面，后来又吃了半包饼干，喝了一瓶子酒。你既然是小白的弟弟，我疑似是你未来的嫂子，也算是半个亲戚，我就不见外了，我最想吃洋芋糊汤。我说，你确定你想吃洋芋糊汤？这个是最简单的了。白小静说，不瞒你，我想吃这东西，就像想吃白粉一样，按说在上海什么都有卖的，糊汤粉人家叫玉米粉，也有卖的，但是我买到糊汤粉却买不到碱面子，买到碱面子又买不到我们这里的铁锅，用铝锅勉强煮了几顿，但是味道完全不一样了。

我的卧室里安着一个铁炉子，像一个四方形的火柴盒一样，有一根排烟管直接通向屋顶，它烧的是柴火，却没有烟熏，既干净卫生，又像暖气一样。我往炉子里添了两根柴火，上边坐着一壶开水，立即冒起了腾腾的热气。我拿来一个木制的洗脚盆，从壶里倒出一些热水，说你先泡泡脚吧。然后就去厨房做饭去了。

我准备了半锅洋芋糊汤、一盘香菇炒腊肉、一盘黄豆芽炒豆腐，又捞了一盘腌菜，烧了一个西红柿鸡蛋汤。白小静拿起筷子，各自夹着尝了一口，就大呼小叫地说，样样都是我最爱吃的，怎么像过年一样。我说，你看看几点了，本来就是过年嘛。

白小静说，已经凌晨两点了，应该算是大年三十了。

我说，这才四菜一汤，而且都是家常便饭，你如果在我这里过年的话，我保证给你做八个菜两个汤，而且还要贴对联、挂灯笼、放鞭炮，初一早上给你包饺子。白小静说，你这是在引诱我吗？你说话算数吗？我说，怎么不算数？而且还要给你发一个大红包，专门给你扎一只兔子灯。白小静说，我是你未来的嫂子，又不是你女儿。我说，即使你不在我这里过年，这些东西照样是少不了的。白小静说，我真佩服你一个人生活，还有心情准备这些好东西，尤其你这个腌菜，比韩国泡菜好吃十倍。我每次生病的时候就想吃腌菜，有一次感冒，烧到四十度，我打电话告诉我妈，说自己想吃腌菜了。我妈说她给我寄一些，但是腌菜你是知道的，寄到上海早就烂掉了……吃到你这个腌菜呀，我一下子就想我妈了。

白小静说着说着就哭了。我无法理解在外边的不容易，但是我理解白小静此时此刻的心情，人在过年的时候、生病有难的时候，都是会想家的。我之所以对过年不敢有丝毫的马虎，就是因为我看上去是一个人，其实是在陪整个大庙村的人过年。我的日子过得好不好，我的年过得顺不顺，代表着那些在外漂泊的人日思夜想的家好不好，平不平安。

我岔开话题问，说说上海吧，你还没有说你在上海干什么呢。

白小静没有说自己在美容院，也没有说自己在洗头房，因为在农村没有美容院和洗头房，甚至也没有理发店，大家都是自己给自己理发。美容院还好解释一些，可以说成化妆，也可以说成整容，但是洗头房根本没有办法解释，因为洗头房里洗的根本不是头。在农村洗头多容易啊，冬天的时候烧一盆水，夏天的时候连水都不用烧，直接跳进小河里，讲究的要用自制的香皂，不讲究的用一点洗衣粉，搓几把揉一揉就行了，谁花那个冤枉钱啊。所以大家不理解美容院是干什么的，更无法想象洗头房是干什么的，有些人会把这些无法想象的地方说成是青楼。说成青楼其实也是挺合适的，如今有正规的美容院，但是很少有正规的洗头房，好多洗头房打着幌子在干着别的。即使洗头房是正正经经的，但是洗头妹们有些是被生活所逼，有些是经不起金钱的诱惑，有些是长在水边走哪能不湿鞋，私下里就慢慢地出台接单了。

白小静觉得，自己没有必要骗我，也没有必要向我说出实情。她怕自己说出实情的话，我理解不理解不重要，重要的是对于这么一个还没有碰过女人的男人，那将是多么大的伤害，就像把污水泼在雪地里，会立即把雪融化掉的。

白小静模棱两可地说，我啊，在上海，基本就是睡觉。

5

白小静吃完饭，我收拾完碗筷，说，时间不早了，明天还要过年，你还是赶紧休息吧。

另一间卧室，原是父母住的，自父母去世之后，长期无人居住了。但是我还是洒扫得干干净净，同样配了一盏带有玻璃罩子的煤油灯，里边也有一张老式的红褐色的架子床，铺着一套经常拿到太阳下晒得绵乎乎的新被褥。前几天，在磨豆腐的时候，我趁机把床单与床罩拆下来，放在挤豆腐的浆水里又洗了一遍。每年我都会洗几遍，被放在浆水里反复搓洗过的被褥不仅柔软，还有一股豆浆天然的淡淡的香味。在褥子下边铺着一层草席，在床头放着两个绣花枕头，这是未过门的嫂子在世时绣的，是一枝梅花和两只喜鹊。梅花点点红，似乎能闻出香味；喜鹊栩栩如生，有种喳喳叫的感觉。墙上挂着一个相框，里边夹着乡亲们的照片，这些照片都是那些在外打工的人，父母还在大庙村的时候，回来探亲的时候顺便拍的，然后从天南海北寄回来留作纪念的。

我明白自己不可能有客人。每年夏天和秋天偶尔会有收药材的贩子穿过大庙村，但是他们最多进门讨口水喝，要碗饭吃，不可能在这里过夜。但是已经几年了，每到春节来临的时候，我都是如此精心准备的，因为在外边打工的人，在大庙村已经没有亲人了，也就是没有家了，突然回来万一不想走，要住一晚上怎么办？有一年，大庙村还不是我一个人的时候，在成都铁路局工作的远房的堂哥，带着在城里娶的媳妇和孩子回来过年，因为他的父母刚刚去世，已经空了大半年的家里，到处都是老鼠屎和蜘蛛网，不仅无法开火做饭，被子褥子也都发霉了。他们在我家无奈地寄宿了三天，又吵又闹地等到大年初二就走了，从此再没有回来过。

当时我还不太懂得过日子，没有什么像样的酒水饭菜，也没有添置像样的被褥，这让我一直心存内疚，认为堂哥一家再没有回来是自己招待不周的原因。我曾经四处打听过这个堂哥，希望他们一家再回来住住，上上坟认认祖归归宗，但是他们从此杳无音信了，像大庙村从来没有这户人家一样。

我把马灯上的灯花挑了挑，然后拿着衣服准备去另一间卧室休息。

白小静说，你去哪里？我说，我去另一间客房，那边没有生火，长期没有人住,恐怕有些阴冷。白小静说,你又不是客人。我说,我的卧室今天归你,你就当一回主人,我就当一回客人。我刚刚去了另一间卧室,还没有来得及熄灯,就听到白小静大叫一声,那叫声十分尖锐,像一把锋利的刀子,划破了大庙村的夜空。

我吃惊地跑过去一看,发现有两只老鼠,在房子中间目中无人地溜达着。它们一会儿围着火炉子转圈子,一会儿去咬一咬椅子,甚至还凑上前闻了闻白小静的运动鞋。它们不像在寻找食物,而像在梦游,或者像在跳舞,也可能在谈情说爱。我说,不就两只老鼠么,你到底怕什么呀?白小静说,我不怕老虎,也不怕猫,就怕老鼠。我说,好戏还刚刚开始呢,我每天晚上睡着之后,它们要么爬到天花板上走钢丝,要么跳下来在我的床前跳交谊舞,尤其喜欢钻进被窝咬我的脚趾头,所以你不用太担心,它们吃你三根脚趾头,恐怕就撑死了,何况它们还嫌你的脚臭呢,你看看墙角那么多粮食,都是我专门喂给它们的,难道不比你的脚趾头香吗?

别人委托我耕种的地有几十亩,我想种多少就种多少,想种什么就种什么,每年收获的苞谷、麦子、洋芋、黄豆、芝麻,加起来有成千上万斤,一部分自己吃,一部分卖掉,还有一部分,尤其是苞谷,寄给几个爱吃糊汤的地主,我知道他们像白小静一样,在外边肯定特别想吃老家的糊汤。为了把不一样的糊汤粉寄给他们,我在种苞谷的时候,不用新式种子,不用农药,也不用化肥,保证是环保无污染的。当秋天收完苞谷,我把那些苞谷棒子挂在房檐下,晾晒到冬天,然后背到镇上,进行脱皮粉碎,再装进塑料袋子,通过邮局寄出去。

正说着,两只老鼠跳到墙角。墙角有一只盆子,里边装着半盆子苞谷。那是我专门给它们预备的,这些粮食是一些边角料,或者是陈年发霉的。我觉得,要好好招待老鼠,于是把像给自己炒苞谷花一样,那些粮食放在锅里炒一炒,香喷喷地装在盆子里,供它们随时来享用。这些老鼠十分聪明，似乎知道我的好意，慢慢就不咬桌子了，也不咬装粮食的柜子了，而是饿了就跑到墙角去吃，吃完就四处走一走，不再像原来那样偷偷摸摸的急急吼吼的，而是把生活过得光明正大、悠闲自在起来。

所以，我说的都是实话，自己躺在床上的时候，确实有老鼠不停地从天花板上，像坐滑梯一样溜到地上，那似乎是一场杂技表演，是专门演给我一个人欣赏的；确实有老鼠在半夜三更跳到我的床上，咬咬我的衣服，碰碰我的手，嗅嗅我的呼吸。那些老鼠无论是表演还是贪玩，我都心存着几分感激和乐趣，躺在床上一动不动地欣赏着它们，生怕自己一动弹就吓着了它们，打扰了它们。我对老鼠的大度让我非常容易入睡，很少有过失眠的时候。

白小静说，这些老鼠难道是你养的宠物？既然是你养的宠物，还上过你的床，如今来了一个大美女，它们吃醋了怎么办？我说，这两只也是公的，自然也喜欢美女，你没有看见吗？它们又蹦又跳的，是在给你举行欢迎晚会。白小静说，拉倒吧，还欢迎晚会呢，明显是游行示威，反正我一个人是不敢睡的。

我说，看你这话说的，你不一个人睡，又不要它们陪着你睡，难道让我和你一起睡吗？白小静笑眯眯地看着我说，我们一起睡，你又不吃亏，何况你可以不睡，我批准你坐在床边上。我说，这么说话不知道害臊？

白小静原来说话还是羞涩的，自从进了洗头房之后，乌七八糟的人见多了，各种各样的话听多了，如今随意地说起话来，真真假假的，没有什么正经不正经的了。但是她自己心里还是有数的，尤其遇到一些低俗的客人，讲比较露骨的黄段子，她尽量充耳不闻，甚至还会翻脸。或者遇到有男人加了微信，说一些骚情的话，发一些黄色卡通图片，她都会立即把对方拉黑。在她看来，她所做的这些事情，都是被逼无奈的，都是为了生存下去，而不是为了纵情享乐，所以她的心灵与她的身子，在干那些事情的时候都是分开的。

这么多年,她像用一把小刀子一下一下地把她的那颗心完整地疼痛无比地剥离下来,严严实实地包裹起来,藏在这个世界最偏僻的角落,就像放在大庙村这么一个原始的与世隔绝的地方一样,让任何人任何风雨无论怎么样都找不到,都摸不着,都无法入侵。

白小静说,看你美的,你还当真了呀!我确实是非常害怕,但是也在试探试探你。你想想我们两个刚刚认识,只知道你是我的偶像小白老师的弟弟,其他什么情况我都不了解,何况你长得黑乎乎的,恐怕比夜晚还黑一些,别说在我的床边上坐着,哪怕就是在三尺之外站着,肯定比老鼠危险多了,我还能安安心心地睡觉吗?

我说,要我看,危险的不是老鼠,也不是我这样的男人,而是你这样的女人。你万一是流窜作案的江洋大盗,趁机把大庙村的东西卷走了怎么办?白小静又盯着我说,你说说,在你们村里,除你,除你家里的几把镰刀斧头、几盏煤油灯和几件旧家具令我心动之外,有什么值得我靠美色做诱饵来偷盗的吗?

白小静说,反正我不睡觉,你今天晚上也别想睡觉,我们两个像过年守岁一样,瞎聊一个通宵算了。我说,我不睡觉问题不大,你不睡觉不累吗?你如果真害怕的话,墙上还有一杆枪。白小静说,拿枪打你还是打老鼠?我说,当然不能打老鼠,也不能打我,我们家的这杆枪从来没有打过人,除非你能用这杆枪打死自己,我爷爷留下这杆枪的时候,同时也留下一个谜语,那就是如何用这杆枪打死自己。

白小静说,打死自己还不容易吗?把枪口对准自己,扣动扳机不就行了?我说,你要搞搞清楚,这杆枪比人长多了,当你把枪口对准自己的时候,你是够不着扳机的。白小静说,你有答案了吗?我说,没有。白小静说,这个问题等我慢慢琢磨吧,你先告诉我这杆枪里边,到底有没有弹药？我说，你猜猜吧。

白小静说，我懒得猜！而且我还怕黑。

白小静确实怕黑。她怕的不是外边的黑，外边再黑她也是不怕的，因为外边再怎么黑都是有出口的，挣扎着还有逃跑的可能。她害怕的是装在房子里的黑，尤其是没有窗户的房子。她所在的洗头房的每间房子都是没有窗户的，无论白天或者是晚上，如果把灯拉掉都是黑乎乎的，而且在那黑乎乎的环境中，她根本不知道什么时候就会突然伸出一只肮脏的手。她的第一次，就是在黑乎乎的房子里，被一只伸出来的手给结束的。当时，她突然反悔了，她觉得没有钱可以再赚，她爹治病和弟弟上学拖一拖也许还有别的办法，但是自己身上的有些东西失去了就永远找不回来了，像她轻而易举就能把雪花融化成水，但是很难把水变成雪花。于是她想开灯，但是找不到开关；她想逃出去，但是摸不到门。她像一只皮球，无论向哪边逃跑，要么撞在别人的手中，要么撞在墙上……从此之后，她就特别地怕黑，她怕的是那些狭小的包厢，包厢里边挂着一台小电视，摆着一张沙发和一个茶几，放着一张看似干净的白色的按摩床，除此之外的所有空间都留给了黑暗，包括为了给趴下的客人透气，而在按摩床上留着的一个人头大小的窟窿。因此她与其他人不同——除非遇到真正按摩和洗脚的客人，其他人一进包厢就喜欢把灯拉掉，她一进包厢就喜欢把灯打开。其实，她也不喜欢那昏暗的粉红色的灯光，所以整个过程她总是紧紧地闭上眼睛，以此拒绝借着灯光看到她不愿意看到的魔鬼似的扭曲的嘴脸。她总是自我安慰地想，这个世界是不是存在，并非控制在那个开关上，而真正地控制在她的眼睛里。在开灯的情况下，她一旦闭上眼睛，全世界都消失了；她一旦睁开眼睛，全世界都回来了，那个可以逃跑的方向就回来了。

她们下班之后，都是直接睡在洗头房里的。还是那些没有窗户的包厢，还是那张带着窟窿的按摩床，有一天有几个小姐妹告诉她，她睡觉的时候一直睁着眼睛。为了让她相信她们，她们还偷偷地拍了几张照片。她在那张照片上，眼睛无神地睁着，只有眼白，没有瞳仁，也不再笑眯眯的了，留下的是几分狰狞。她这才知道自己干那种事情的时候与真正睡觉的时候，正好是相反的。这一闭一睁，是一种区别，是一种剥离，也是一种习惯。她为自己无意中养成了两种相反的习惯而高兴，再次证明她的心灵与她的身体不是一伙的。

白小静告诉小姐妹们，说那是一种眼保健操，所以她的眼睛才能笑吟吟地眯成一条线。有一个小姐妹相信是真的，觉得自己的瓜子脸和水蛇腰都挺好看的，唯一的缺点是长着一双斗鸡眼。斗鸡眼又叫作对眼，她明明是抛媚眼呢，客人却以为她在瞪着人家，所以不仅回头客很少，还常常遭到投诉。于是，她每次睡觉就学白小静的样子睁着眼睛，可是她再怎么努力，睡着之前是睁着的，睡着之后立马就闭起来了。斗鸡眼央求白小静教她几招，白小静说，你陪人的时候是不是睁着眼睛的？斗鸡眼说，是呀，那些王八蛋张牙舞爪的，我得盯着他们一点。白小静说，在陪人的时候，你试着闭上眼睛，等你可以闭上眼睛干坏事了，自然就可以睁着眼睛睡觉了。斗鸡眼照着试了一段时间，没有想到她也可以睁着眼睛睡觉了，而且她总是照着镜子咋咋呼呼地说，哎哟妈呀，我也可以抛媚眼了，起码是温柔多了。

我说，你怕黑还有灯，把灯一直点着吧。

我在出门的时候，被门槛轻轻绊了一下，我的腰就突然直不起来了。

白小静发现意外，上前要扶我，被我躲开了。我说，你离我远一点，你身上有静电，你知道吗？我其实躲的不仅仅是静电，还有白小静身上隐隐约约流露出来的让人不安的一股气息。白小静说，我身上有静电，你怎么知道的？我说，你晕倒的时候我去扶你，被你狠狠地电了一下。

白小静说，我倒要再电你几下试试了。白小静又要扶我，我又挡了挡说，你的好意我领了，男女还是授受不亲的好。

我双手撑着腰，自己龇牙咧嘴地站起来，顺势坐在旁边的椅子上。白小静继续回去铺床，说，别人想亲还亲不着呢！你哪里是土农民呀，分明是假正经的伪君子，刚才你背着我像猪八戒背媳妇似的，乐得屁颠屁颠的，你以为我不知道？

白小静说得不错，她在洗头房那么多年，极少碰到真正的君子，她以为君子都灭绝了，其实真正的君子谁会去这种乌烟瘴气的地方呢？她在洗头房里遇到的，有些是做正规按摩或者泡脚的客人，也千方百计地揩她的油，有的趁机搂着她的腰，有的趁机摸她的屁股，有的趁机蹭她的胸，还有更可恶的，直接抓起她的手按在他的敏感部位。偶尔也会遇到绅士，上海话叫老克勒，穿着唐装西装，梳着油光发亮的大背头，看上去很儒雅很有教养的样子，不过多数是装出来的。他们可能真有文化，但是最怕流氓有文化，他们第一次第二次来，装出一副怜香惜玉的样子，抓住一切机会露露自己的优越感。比如自己移民了呀，比如自己是土生土长的上海人呀，比如自己是小有名气的某某大师的弟子呀，比如自己躺在床上就能看到东方明珠金茂大厦呀。这是上海人精明的体现，他们这是在做无本投资，不想在金钱上付出太多，还想达到发泄欲望的目的。几个回合下来，如果你还不投怀送抱的话，他们忍不过第三次就原形毕露了，就像强盗一样直接动手动脚了。

我说，白小静姑娘，你真没有良心！我刚才是怕你死在半路上，你万一死在半路上怎么办？你是我们大庙村来之不易的稀客，我不能趁机占你任何便宜对吧？别以为我不是男人，我是怕自己忍不住，干出什么不要脸的事情，那丢的不是我的人，丢的是你的偶像、我的堂哥陈百年的人，也丢的是我们整个大庙村的人。

白小静说，这样说，不是君子，起码还是实话，你哪里不舒服吗？我说，你沉得像一块铁疙瘩，而且像烧红的铁疙瘩，刚刚背你去医院的时候，背上像烙锅盔一样，搂松了背不住，搂紧了烙得人心慌，于是一急一颠，把我的腰扭伤了。

　　白小静听了，就哈哈大笑，那没心没肝的笑声，穿过寂静的夜空形成了回声。

6

　　说白小静像铁疙瘩确实不假，因为在洗头房工作久了，整天都是捶捶打打的，又是揉揉捏捏的，别人以为很轻松的事情，其实比种庄稼辛苦多了，因为捶打重了人家嫌痛，揉捏轻了人家不过瘾，最费力气的是把握分寸。白小静在农村帮父母种过几年庄稼，手都没有生茧子，如今满手的茧子都是在洗头房里磨出来的。

　　白小静铺好了被子，指着床说，你躺到床上来吧。我说，我才不敢呢。白小静说，你以为让你睡觉吗？我说，躺到床上不睡觉还能干什么？白小静说，我让你躺到床上来，是想治治你的腰，你不是问我在上海干什么吗？我就老实告诉你，我在上海是给人治病的。我说，那么你是医生？白小静说，我是医生他姐！我其实是做按摩的，按摩可以治疗腰痛，如此漫漫长夜，我们闲着也是闲着，我来给你做按摩吧。

　　我说，什么叫按摩？我当然听说过按摩，但是并不知道按摩的真实内容。

　　白小静第一次走进地下一层的洗头房的时候，那暗淡的光线，那脂粉味的气息，那七拐八拐的走廊，那没有窗户的隔间，那遮遮掩掩的眼神，让她意识到自己走错了地方。但是，当她还没有来得及退步的时候，老板娘把她从头到脚打量了一遍，然后就冲着她说，你是来找工作的吗？那就直接去上钟吧，有一个泡脚的在三号包厢。白小静当时问了一句，什么叫泡脚？老板娘似乎不想解释什么叫泡脚，或者说她并不在乎白小静懂不懂泡脚，又补充了一句，你还发什么呆？客人都等半天了。有一个小姐妹提着一只木桶要去打水，从白小静旁边经过的时候，悄悄地告诉白小静，你是新来的吧？其实泡脚嘛，就是洗脚，给客人洗脚，和给自己洗脚是一样的，不一样的地方是在泡脚的时候，再帮客人捶捶背揉揉肩膀捏捏大腿。我的客人也在三号包厢，也是泡脚的，你就跟着我，我干什么，你干什么，就行了。白小静在什么都不懂的情况下，就糊里糊涂地进入了那一行，而且一干就是好多年，不仅学会了洗脚、踩背，还学会了各种各样的按摩。

她开始还是比较积极的，心想自己只要好好努力，就有机会成为姓蔡的那样的女人，就有可能从地下一层，一步步爬上二十六层。于是她买来几本有关按摩常识的书认真地学习，还把一张人体穴位示意图贴在墙上，掌握各个穴位的具体位置以及强五脏通六腑的保健功能。比如遇到中年男人，她就重点按摩位于手腕侧面的列缺穴，说那是补肺肾之虚的；比如遇到老年人，她就重点按摩位于手腕里边的内关穴，说那是宁心安神的；比如遇到脸色蜡黄的，她就重点按摩膝盖内侧的血海穴，说那是补血养肝的；遇到腰腿不好的，她就重点按摩膝关节后侧的委中穴，说那是治疗腰痛的。白小静慢慢发现，客人来洗头房很少是为了保健的，有的是为了舒缓压力，有的是为了消磨时间，有的是为了寻找刺激，甚至是为了发泄欲望。

不管抱着什么目的而来，他们同样也不知道什么叫按摩，根本不在乎你是不是按摩，更不在乎你有没有找准他的穴位。当白小静告诉他们，可能肾不好胃不好心脏不好，他们不但不感激她，反而经常嘲笑她。小姐妹就说，你真是太傻了，你那么认真干什么啊？确实如此，白小静辛辛苦苦按摩半天，累得满头大汗，往往是直不起腰来，还不如小姐妹们小小的一次放纵，或者是小小的一次挑逗。但是她宁愿辛苦，宁愿流汗，哪怕是流血，她也不想偷偷地流泪。

在她无奈地干完那件事情之后，她总是躲在洗浴间里一边流泪一边洗澡。她洗澡的时候，把洗浴间反锁起来，把水放到最大，把温度调得非常高，几乎要把人烫伤的程度。她站在水注下边，闭着眼睛，先打一遍沐浴液，再打一遍香皂，然后使劲地搓了又搓，不放过任何一寸皮肤，也不放过任何一个阴暗的角落，甚至想把自己的五脏六腑都翻出来放在水里浸泡浸泡，似乎有太多的污垢已经化入了自己的身体。即使如此，她并不放心，还特别准备了许多酒精棉球，用清水冲洗之后，对一些特殊部位进行细致的消毒。整个沐浴净身的过程，她像准备前往寺庙烧香的信徒一样十分虔诚，而且会不由自主地流泪，她的泪水是从另一个水龙头里喷涌出来的，专门用来清洗她的心和她的魂。

所以，每当她从洗浴间出来，满身都会红彤彤的，内心也稍稍有了一些安慰。按照小姐妹们的说法，她像被剥了一层皮的柚子，或者像刚刚被孵化出来的小鸡。

白小静说，按摩的重点是找穴位，治腰痛的穴位有两个，一个叫长强穴，一个叫委中穴，据我判断，给你按摩这两个穴位之前，还需要进行热敷。我说，我还是不懂。白小静，你试试就懂了。我说，我累了，我要睡觉了。我回到另一间卧室，白小静就跟过来说，你家有酒吧？我说，你还想喝酒啊？白小静眯着眼睛说，我姓白，又不是李白，喝那么多酒干什么？我说，在厨房里，有个暗红色的坛子，是我自己酿的苞谷酒，埋在外边的椿树下好几年了，我前天挖出来预备着大年三十晚上喝的，你自己去舀一碗吧。

白小静提着马灯，去厨房里打酒去了，不一会儿就听到她大呼小叫地说，好香啊，像液体的玉，又像凝固的水，原来这就是琼浆玉液啊！她一边走一边抿了两口，随着白小静走进门，一阵醇香扑面而来。白小静说，我越来越发现，大庙村好东西还挺多的。我已经躺下了，说我算不算好东西？白小静说，你哪里是东西，你简直就是神仙，我真想不明白，城里到底比农村好在哪里？放着这么好的世外桃源不要，非得一窝蜂地跑到城里去干什么？我说，你不也在城里吗？白小静说，我是被逼无奈的，不然我早就回到农村，帮忙种种地，闲了绣绣花，给老公暖暖脚，生几个孩子放放羊，清清静静地过一辈子。我说，你只是嘴上功夫，如今老大不小了，老公在哪里？孩子在哪里？还不是看不起农村，千方百计地想留在城里？像你条件这么好，如果想找个农村的，估计找十个八个都绰绰有余。

　　白小静不免有些伤感。我的话让她想起了她在老家的名声，想到了始终抬不起头的父母，如果她弟弟不用上学，她爹没有得心脏病，如今她早就洗手不干了。虽然她爹和弟弟都不愿意花她挣得不明不白的钱，但是她隔三岔五地还得把钱寄回去。她心里的计划是这样的，等弟弟从大学毕业了，家里负担轻点了，那时候即使不回农村，绝对要从地下一层走出来，不然她一辈子真就毁掉了。在秋天的时候，眼看着马上就要熬到头了，弟弟又弱弱地打电话给她，说他对不起姐姐，这些年为了供他上学，姐姐肯定吃了不少苦，但是他不懂事，不明白挣钱的难处，竟然说出那么多忘恩负义的话。弟弟和白小静商量，说自己再过大半年就要毕业了，如果本科毕业的话，找个好工作也挺难的，所以他想报考研究生。白小静听到弟弟的歉意，当时就哭了，一半是感动，一半是委屈。她哭着告诉弟弟，钱的事情不用担心，只要他能考上，硕士博士就一直读下去，哪怕是出国留学，她也愿意供他。弟弟说，出国留学每年需要几十万啊。白小静说，几十万不是小数目，但是姐姐会有办法的。

白小静扇了一下我的腰，说，我懒得理你！赶紧给我趴下吧。

我说，我怎么趴下？我为什么要趴下？

白小静说，我事先申明，按摩是很正经的，你不要把它给想歪了。如果你真的受不了，要么喝些酒，要么老老实实地趴着，差不多是四十不惑的人了，别再给我扭扭捏捏的。我说，不是扭捏，我是真的不懂。

我有一半是扭捏，有一半确实是不懂，在大庙村的历史上，没有出现过一家理发店，倒是出现过一名理发师，不过是在县城上班的。我没有见过他，他就去世了，如今埋在哪里都不清楚，反正在我上坟的名单中，是没有这名理发师的。整个村子的女人是不剪头发的，顶多在出嫁的时候或者过年过节的时候，从火塘里弄一把细腻的火灰扑在脸上，用线绞绞两鬓和脸上的汗毛；男人要剪头发刮胡子，大部分是对着镜子，拿一把剪子自己给自己剪，为了省事所以喜欢剃光头，关系好的男人之间，有时候会相互剪剪头发，但是哪怕再恩爱的两口子，在背地里怎么骚情都可以，在明地里是不会给自己男人剪头发的。形成这种风俗的原因：一是在大庙村，男人的头是最高贵的，是容不得别人乱摸的，更别说被女人抱在怀里了，据说被女人乱摸之后，或者从女人身子下边经过，都是要倒大霉的；二是大家非常在乎清清白白的名声，别说是勾肩搭背揽腰了，在大庙村还没有看到过牵手的，即使是那些年轻的后辈们带着女朋友男朋友回来，也不能黏黏糊糊的，不然会被人笑话的。

白小静说，你应该见过鳖吧？小白老师的文章里写的，你们这里的小河里不仅有娃娃鱼还有鳖，你像老鳖一样趴下就行了。我说，他又在胡说了，我们这里有鱼是真的，哪里有鳖呀？鳖在武关那边，武关河里的水确实是从大庙村流过去的。

我像打了麻醉一样，安安静静地趴在床上，很快发出了均匀的呼噜声。白小静明白，我的呼噜是装的，以此达到掩耳盗铃的目的。白小静想揭开我的衣服，却被我紧紧地压在身子下边。白小静有些生气地说，你再怎么假正经，总得把外边的棉袄脱掉吧？白小静又使劲地在我的腰上扇了两巴掌，趁着我翻身的时候，把我的棉袄给扒下去了。

白小静从地上拾起一只布鞋，在底子上洒上酒，在火炉子上烤热，隔着一层灰色的线衣，反复焐在我的腰上。这么热敷了十几次，她把碗里的酒点燃了。不愧是陈年的好酒，燃出的火苗是蓝色的，那蓝色的火苗似有似无。她伸手蘸着酒，也可以说是蘸着火苗，在我的腰间游来游去。白小静说，是不是这里痛？我不吱声。白小静说，火候怎么样？我不吱声。白小静说，我力度大小合适吗？我还是不吱声。

虽然隔着一层衣服，但是每当白小静的手接触到我的腰，我的肌肉都会出现轻微的抽搐。这是控制的结果，如果不控制自己的话，恐怕就不会是抽搐，也许就是火山喷发。在大地的深处，岩浆是无处不在的，那些意志薄弱的地方，才会有失去理智的火焰。正因为有了控制，才有堆在珠穆朗玛峰上的终年不化的积雪，虽然依然那么脆弱，但是显得不同凡响，甚至有那么一种高贵。正是这种高贵让白小静有些感动，对按摩有了某种意义上的成就感。

我像面对那些老鼠一样一动不动地趴着，静静地体会着那团火，透过我的线衣，在我的皮肤上或轻或重地游动。我生怕自己过激的反应会吓着那团火，打扰了那团火，所以我尽量把那团火控制在皮肤上，不让它们入侵到我身体的深处，即使我的心里已经满是火苗，我也不能让它们喷发出来。于是我在心里，把现场的情境，想象成两只调皮的老鼠在表演杂技——它们从天花板滑下来，爬到我的背上吐出一条火龙，那条火龙一会儿咬咬我的腰，一会儿舔舔我的腰。我腰上的伤痛就慢慢地变轻了。

最后，白小静又隔着衣服，把重点放在我的双腿上，因为委中穴和血海穴就在那里。自从初步掌握了这两个穴位之后，除了在自己身上试过几次之外，她还没有在别人身上认真地运用过。有几次，她想利用这个方法，给那些腰腿不好的人治疗治疗，但是每次把手伸向他们的双腿时，都会遭到他们的误解，以为她在做某些方面的暗示，甚至有人干脆恬不知耻地说，你没有按摩到位呀，你再向上一些吧。

也许能控制自己的人才真正配得上保健两个字，所以白小静不免有一点点兴奋。她想让我把裤子卷起来，或者干脆把裤子脱掉，只有这样她才能尽情地施展。但是这样的要求也许会让我无法容忍，也许会把我吓死，所以她站在床下，像技术熟练的厨师，把我的双腿当成砧板，把自己的双手合在一起，当成一把迟钝的菜刀，在上边来来回回地切着。我感觉她在自己的双腿上，一会儿切的是洋芋丝，因为要切出均匀的洋芋丝，刀必须把握好应有的分寸和节奏；一会儿剁的是饺子馅，因为要剁出细腻的饺子馅，刀必须来来回回地移动。这两样，都是我的拿手好戏，我切出来的洋芋丝粗细均匀，而且可以细如发丝；我剁出来的饺子馅，菜和肉融在一起，像稀泥一样柔软。

白小静说，你呼噜这么大，看来你睡得挺香啊，你说说你做梦了吗？如果让你做梦娶媳妇的话，你知道媳妇是怎么娶的吗？

我想起了自己的梦。常话说，日有所思，夜有所梦。让我非常奇怪的是，在哥哥与嫂子去世之后，我最想的就是哥哥与嫂子，尤其想我未过门的嫂子，但是在梦里却从来没有梦见过嫂子，无非像嫂子最后一刻那样，从梦中静静地流出几滴眼泪。我总在反复地假设，如果嫂子没有去世，到底会不会听从哥哥的安排嫁给自己。第一种可能是嫂子不愿意嫁给自己，如今我会不会依然打着光棍呢？虽然自己打光棍并不是为了嫂子，但是确实受到了嫂子的影响，因为我理想的媳妇是以嫂子为标准的。有一次相亲泡汤的原因,是我觉得人家眼睛不是笑眯眯的;有一次相亲泡汤的原因,是我认为人家不应该梳着两根大辫子,而应该留着一根马尾巴;有一次相亲泡汤的原因,我嫌弃人家屁股太小了,说巴掌大的屁股怎么能生孩子?生不出孩子,我和哥哥都要断香火了,那娶媳妇有什么意义呢?我的婚事就这样一拖再拖,拖得方圆再没有年轻的姑娘了,拖得自己变成了一个老光棍。第二种可能是嫂子真的嫁给了自己,如今我膝下有几儿几女呢?我为了赚钱养家,也为了让家人过上繁华热闹的生活,会不会同样进城打工也不回来了呢?那么大庙村是不是就没有人留守了呢?如果没有人留守,白小静姑娘迷路之后,是不是就没有任何地方投宿了呢?

我想,这就是天意,也就是命。

我的命就是打光棍,在不是寺庙胜似寺庙的大庙村,过着不是和尚胜似和尚的日子。

我如此想念着嫂子,嫂子并没有出现在我的梦里。我想,嫂子去另一个世界之后,恐怕照样嫁给了哥哥,既然嫁给了哥哥,那她还是我的嫂子,她既不合适出现在我的梦里,也没有时间出现在我的梦里。那段时间,反复出现在梦里的,是贴在墙上的那张年历画,和上边的那个陌生的女人。那张年历画已经发黄了,根据上边的年份可以判断,是在我十几岁的时候贴上去的,但是到底是谁贴上去的,我已经不清楚了,我只知道那张年历画贴上去的时候,是哥哥和嫂子准备结婚的那一年。上边的女明星的名字被涂掉了,改成了嫂子的名字,而且在某个日期上打着钩,那正好是哥哥与嫂子没有等到的黄道吉日。自从把那张年历画撕掉,在相同的位置钉了一根钉子,把自己反复擦拭的那杆枪挂上去,我果然很少做梦了,如果真的有梦,梦里出现的,就成了那杆枪。我梦见那杆枪握在自己手中的时候,它确实是一杆比自己还长的长枪,无论如何我都无法把枪口对准自己的同时扣动扳机；一旦握在别人的手中，它就变成了一条蛇，不仅可以弯曲，还可以伸缩，吐着芯子在背后追我，每次把我追到绝路的时候，它会恢复成一杆枪，对着我放上一枪。

我在梦里并不害怕，因为我清楚地知道，我家的这杆枪并不会打死任何猎物。所以，当枪响的时候，枪已经不是枪了，我已经不是我了，我一下子就变成了枪，枪一下子就变成了我，我和枪是合二为一的。

白小静说，你不会娶媳妇的话，我来教教你吧。

我说，你凭什么教我？你自己不是也没有结婚吗？白小静说，我就知道你的呼噜是假装的，我老实告诉你吧，我虽然没有结婚，但是我什么都懂，不像你是个傻瓜，什么都不懂。白小静说着，像终于切完菜一样，用菜刀在砧板上刮了几下，就偏离了我的穴位，坦坦荡荡地向上伸去……我挣扎着爬了起来，我不知道白小静的目的，反正再不起来的话，火山就要喷发了。我轻描淡写地说，你这一招真不错，我的腰已经不痛了。白小静说，你的腰真的不痛了？我说，你看看，我可以自己坐起来了。

白小静说，我帮你治好了腰，现在你也得帮帮我，老实说我掌握了不少穴位，其实还没有真正地检验过，你就安安静静地躺着享受享受，让我在你身上好好地试一试。我说，难怪你那么殷勤，原来是把我当成了实验品，但是我又没有其他病，你再有天大的功夫，也是检验不出来的。白小静说，怎么检验不出来？有一个列缺穴，在手腕侧面，属八脉交汇，有通经活络、益肺强肾的作用，按摩按摩是可以治疗肾虚的，你对女人麻木不仁的样子，说得好听一点是正人君子，说得不好听是肾虚。我说，什么肾不肾的，肾和女人有什么关系？现在最重要的是赶紧休息，再不休息天就亮了，天亮了我还要准备过年。我看你要么是喝醉了还没有醒，要么是不敢一个人睡觉，所以故意缠着我，让我陪你熬夜。

白小静眼睛眯成一条细缝，说，我真不是狐狸也不是妖精，我缠着你其实就是觉得,上天在过年的时候,有意把我带到大庙村,不就是送给你的年货吗?我说,有不要钱的年货吗?我去镇上准备年货的时候,不仅要钱而且全都涨价了,鞭炮两千响涨了五块,红纸一张涨了一块,火纸一斤涨了两块。如今这世道,样样都在涨价,好在粮食是我自己种出来的,喝的水是从山里流出来的,火是自己烧出来的,还有什么是免费的吗?白小静说,看来你是心疼钱,现在已经是大年三十了,我这个漂亮的年货呀,是对你免费开放的,你不要白不要啊。

  白小静曾经给一个人免过费,那也是陕西人,三十多岁的样子,是一家装修公司的油漆工。有一年刮台风,洗头房里渗水,把一间包厢的墙壁给泡坏了,装修公司就派他来刷油漆。之前,他从来没有进过洗头房,更别说进过包厢了。那间包厢是白小静平时睡觉的,有一个柜子里边放着白小静的日常生活用品。在刷完油漆离开的那天黄昏,正好碰到白小静回包厢取衣服,油漆工一边犹犹豫豫地收拾工具,一边吞吞吐吐地问了一句,按摩到底是干什么呀?白小静说,其实和你刷墙差不多,你是尽量把黑墙刷白,我们是尽量把白墙抹黑。

  油漆工说,这么说,你们是专门坑人的对吗?白小静说,我们是专门被人坑的,你难道没有按摩过吗?油漆工说,我哪有这个福气。白小静说,这算什么福气,我看你活已经干完了,趁机躺下来坑坑我们吧。油漆工说,按摩一次多少钱?白小静说,纯粹的按摩是八十块。油漆工说,那都有什么内容?白小静看他是真的不懂,干脆明白告诉他,你想问特殊服务对吧?有一百八十块的,有五百块的,你帮我们刷这间包厢能赚五百块吧?油漆工说,你们付给公司多少我不知道,但是扣掉生活费,真正到手的,能有八十块已经不错。白小静说,那刚好做一次按摩。油漆工笑了笑说,我只是好奇,随便问问而已。白小静说,听你的口音,你应该是陕西人吧?

他掏出一支烟,蹲在墙角猛烈地吸着,说我是渭南那边的。白小静说,我们是老乡,我是商洛那边的。油漆工说,你们那地方出药材,茯苓、天麻、苍术、柴胡什么都有,我去你们那里采过五灵脂,听人说五灵脂可以治白血病,我有两个女儿都得了白血病。他说完这句话,突然抹起了眼泪。

白小静明白他和自己一样都有苦衷,于是说,你帮我办点事行吗?你看看我装东西的柜子,它是黄色的,我讨厌黄色的,你用剩下来的油漆,帮我染成白色的吧。

白小静装东西的黄色小柜子镶嵌在新刷的白色的墙里,看上去尤其不协调。油漆工拿出工具,打开半桶油漆,开始给白小静刷柜子。二十几分钟,柜子就刷完了,白小静讨厌的黄色消失了,被她想要的白色给取代了。那间白小静闭着眼睛做按摩、睁着眼睛睡觉的包厢,从此变成了一个色调。

白小静欣赏着自己的柜子说,这样就舒服多了,不然我总觉得柜子里边装着的不是我的东西,而是瞪着我的眼睛。油漆工说,如果想更漂亮一点,等油漆干了以后我给你再刷一遍。白小静说,我可没有钱给你啊。油漆工说,我这是顺手的,何况我们是陕西老乡,我是不会收钱的。白小静说,不收钱可以,你躺到床上来,趁我没有客人,给你做一次按摩吧。油漆工说,还是算了。白小静说,你免费,我也免费,这叫礼尚往来,所以就别啰唆了。

油漆工猛烈地吸了一口烟,把烟头狠狠地掐灭,穿着衣服趴在按摩床上,把头深深地埋进了那个窟窿。

白小静说,我不相信你没有按摩过,如果是第一次按摩,你怎么知道要把头埋在窟窿里边?油漆工说,开始我还奇怪,在床上挖个大窟窿干什么,但是我刚刚一趴下,发现没有窟窿的话,就把人给憋死了。油漆工穿着的工作服,原本是天蓝色的,因为沾满了油漆,被染得花花绿绿的。白小静说，把你的花衣服脱掉。油漆工说，要脱光吗？白小静说，你想得美。白小静笑着扔给他一件雪白雪白的睡袍。油漆工说，你们的衣服太白了，我穿上多别扭啊。白小静说，我也觉得别扭，不换就不换吧。

对于第一次的油漆工来说，白小静不想省略任何环节，于是她把精油倒在手心，然后伸进他的衣服里。当白小静的双手贴着他的身体，缓缓地匍匐前进的时候，他不由自主地开始抽搐。他想到了那隔着千山万水的媳妇，美好的经验最终让他没有忍住，把火焰喷发了出来。发现火山喷发之后，他真想从那个窟窿里钻过去。他像一个耻辱的孩子嘤嘤地哭着，说自己已经三年没有回家了，已经三年没有碰过女人了。他想回家，但是他舍不得路费；他想碰碰女人，但是他舍不得钱。他要把钱一分一文都积攒着，寄回家给自己的女儿看病。他有两个五岁的双胞胎女儿，一个名字叫大大，一个名字叫小小，几年前查出了白血病，因为没有筹到看病的钱，只能把其中一个送进医院，把另外一个留在家里慢慢地等死。

白小静明白，这个没有忍住的男人，与其他男人不同，他的苦难是真的苦难，并非在博取她的同情。这让她又想起了生病的她爹和需要上学的弟弟，所以在普通的按摩结束之后，她把手又静静地伸向了他的衣服……油漆工在离开的时候，掏出一百一十块钱，说我身上就这么多了。白小静说，你自己留着寄回家吧。油漆工掏出一部诺基亚手机说，我把手机送给你吧。白小静说，你这手机都上不了微信，简直就是废品，我要它干什么？油漆工说，那我给你刷油漆吧，你还有什么要刷的吗？白小静说，你要能刷的话，把我的心给刷刷吧。

我几次挣扎着要起床，都被白小静给按下去了。我说，真是上了贼船。白小静打着呵欠说，你以为我愿意啊，我是可怜你而已。我说，可怜我什么？白小静说，可怜这么好的村子，如今只剩下你这么一个光棍，你一旦死了，大庙村也就死了，所以你愿意的话，我就当一次救苦救难的英雄，给你生个儿子，这样大庙村就有救了。

说完，白小静哈哈大笑起来，说你平时想了怎么办？我说，想什么？白小静说，男人还能想什么？我说，男人除了种庄稼，真的没有什么好想的。白小静说，你真的不是装的？你真的不想媳妇？我说，你说的是媳妇啊！如果想了，那就打一枪。

我终于爬起来回到了自己的卧室，从墙上取下那杆枪对着窗外瞄了瞄。我发现窗外已经亮了，窗户纸像一捅就破的墙，把稀薄的光挡在外边，朦胧地透着去年贴着的喜鹊。白小静顺着我的枪，也发现天已经亮了，于是重重地拍了一下我的肩膀说，这下你可以出去了，我要开始睡觉了。我说，你不想和我一起睡了吗？白小静说，那是晚上，现在天亮了。

我退出卧室的时候，想把那盏煤油灯熄掉，但是发现它结出了两颗灯花，那灯花又大又圆，而且红彤彤的。按照大庙村的说法，这是喜事来临的兆头。我不仅没有熄灯，还向里边添了一些煤油。除了马上过年之外，自己是没有什么喜事可言的，但是那灯花十分稀奇，我想看看它继续长下去，到底会长成什么样子。

7

其实天并没有大亮，而是突然下起了大雪，是大雪把外边给照亮的。我这才明白，为什么没有听到麻雀的叫声，如果天真亮了，麻雀是会叽叽喳喳地叫个不停。大雪已经铺天盖地地下了两个时辰，把整个大庙村以及周边的山山水水都覆盖了起来。被大雪覆盖以后，那些长满青苔的屋顶，年久失修的院子，被抛弃的石磨，衰败的荒草，以及一座座坟墓，都突然消失不见了，大庙村一下子不再荒凉了，白白胖胖的，反而有几分发福的感觉。

  我并没有去睡觉。已经是大年三十了，我要准备的东西太多了。原来过年的时候，仅仅自己一家，都够我忙活半天的，如今整个村子都要由我一个人来布置，糊灯笼，挂灯笼，写对联，贴对联，打印阴阳票子，准备上坟和送灯。这些事情，除了上坟送灯是人家托付给我的，其他都是我自愿的。我想让大庙村的年，在表面上和原来一样，是红红火火的，起码是亮亮堂堂的。

  我最先要准备的是大红灯笼，这样的灯笼总共有四对，在大年三十的时候，要分别挂在"高山流水""清风明月""福寿满门""祖德流芳"四个院子的门楼子上，过完正月十五之后，再把它们取下来，收在自己家的阁楼上，等到第二年过年接着再用。我爬上自己家的阁楼，把四对灯笼取了下来，果然不出自己所料，上边蒙着的一层红绸子不仅落满了灰尘，而且有些已经破裂了，这样的灯笼是点不了多久就会被风吹灭的。于是，我把这些破裂的红绸子揭下来，把灯笼上的灰尘仔仔细细地擦了一遍，取出提前准备的几匹红绸子重新蒙上去，再搭着梯子一家一家地挂起来，最后在里边分别放入一根蜡烛。今年在镇上没有买到红绸子，我是托人从县城捎回来的，比往年贵了一些，但是颜色更红一些，蜡烛还没有点着呢，已经感觉像燃烧起来了一样。

  我想，等天黑了，把蜡烛点着了，这么高高地照耀着，整个大庙村肯定会显得十分喜庆，十分精神。

  当我准备完大红灯笼，天是真的大亮了，大雪还在纷纷地下着，把大庙村堆积得越来越厚，照耀得越来越耀眼了。我趁着天亮，开始准备对联，对联比灯笼要多一点，只要是朝外的大门，不管是不是我们陈氏的，我都想替他们贴上一副。反正红纸也不贵，自己又能写，关键是写什么内容，所以我准备了一本皇历，上边有各种各样的对联可以供自己选择。

我把一瓶墨水全部倒进碗里，把毛笔拿出来用水泡了泡，把红纸叠起来裁了裁，然后铺在中堂的方桌子上，开始一副副地写对联。我一口气写下了十几副，无非是"天增岁月人增寿，春满乾坤福满门"，都是一些滚瓜烂熟的老对联。最后写到自己家的"清风明月"的时候，我干脆编了一副：

明月千里共婵娟
清风万里忽如归

我每一年的重头戏，是要准备九十多盏煤油灯。制作煤油灯最关键的是找墨水瓶子，从腊月初开始，我就去镇上，挨家挨户地找墨水瓶子，比如镇政府，比如中心小学，比如百货商店。如今很少有人用墨水，所以就没有墨水瓶子。无意之中，我发现人人都爱喝酒，到处都是空酒瓶子，刚好老马不卖手机，而是开始卖酒了，我请他帮忙收集到了九十多个酒瓶子。但是酒瓶子太长，是无法直接做煤油灯的。我就用麻绳子蘸上煤油，绑在瓶子上，点火一烧，迅速地浸入水中，这样一冷一热，就把瓶子从中间截断了。这些程序，几天前就完成了，我现在要做的，是用萝卜切成片当作盖子，用棉花搓成灯芯子，再向瓶子里添加煤油。

最后，我拿出一枚银圆——我们家原来有不少银圆埋在地下，在斗地主的时候被人挖走了一些，又被小偷偷走了一些，剩下的这枚银圆是专门用来打印火纸的，也就是制作阴阳票子的，类似于银行的印钞模版。如果不用银圆打印的话，火纸烧给死人之后，据说在阴曹地府是无法流通的。这枚银圆是阴阳两通的，所以才幸运地留了下来。我把打印好的火纸分成九十多沓，放在每盏煤油灯的旁边，这样上坟的时候就方便了。

看到煤油灯和火纸浩浩荡荡地摆放在屋檐下，我的情绪十分复杂，既有几分宽慰，又有几分悲凉。

我准备好一切的时候，已经到了早饭时间。我并不急着做早饭，因为按照大庙村的习惯，大年三十的早饭，简单对付一下就行了，而且白小静还在休息。我不时地去卧室门口，隔着帘子看上一眼，不知道什么时候，那盏煤油灯被白小静给吹灭了，不过上边的灯花还在，已经变成黑色的了。白小静睡得十分香甜，发出了均匀的呼吸声，偶尔还说几句梦话。

大雪已经停了，太阳从云层里钻出来，把大庙村照射得更亮了。我拿起扫帚，开始扫雪，我要把各家各户门前的雪全部扫掉，包括通往镇上的那条路也要尽量扫出一段。我知道没有人从这里通过，但是如果有过年走亲戚的，或者像白小静这样的迷路者，我想让人家明白，大庙村是有人的。

我扫完了雪，仍然没有白小静的动静，于是拿起已经晾干的对联，开始一家一家地贴了起来。当我贴完自己家的对联时，白小静终于起床了，她梳洗了一番，还认真地化了个妆。她的那根马尾巴辫子被梳得油光发亮，高高地翘在头顶上，随着她的走动而摇晃着，像大公鸡随时准备引吭高歌。她的脸粉扑扑的，她的眉毛弯弯的，眼睛和嘴巴都眯成一条缝，像两条游离在外的光线。身上依然穿着那件白色的羽绒服，脖子上多了一条围巾，是大红色的，上边印着玉兰花。

白小静从大门走出来的时候，手中妩媚地端着那杆枪。

她瞄着我说，请把你的双手举起来。

我说，赶紧把枪放下。白小静说，赶紧投降，不然我就开枪了。我说，别开玩笑了，你小心走火。白小静说，你的枪里是没有子弹的。我说，你以为它真是玩具啊！它里边不仅装着黑火药，还有比子弹厉害一百倍的滚珠和钢条，如果走火了威力有多大，你是无法想象的。白小静说，真的一枪能放倒一头大肥猪？我说，那还有假吗？白小静说，你不是说只打死过两只老鸹，从来没有打死过其他动物吗？我说，它没有打死过其他动物，难道没有打过别的东西吗？白小静说，它打过什么？我说，我们用它打过树，滚珠可以把树打穿。白小静说，你骗人的。我说，不信你过来看看，院子外边的这棵椿树，身上有没有几个窟窿？

白小静走下台阶，跑到那棵盆子粗的椿树下一看，果然看到有几个窟窿穿透了整个树。白小静说，我还是不怕，没有拉枪栓，它就是安全的。我说，你太天真了，我把它挂在墙上之前，都会拉上枪栓的，你只要轻轻一碰扳机，那枪就会走火的，这么粗的树都被打穿了，如果打在我身上，我的脑袋就要开花了。

白小静说，哎哟妈呀，那还是我投降吧。

她恭恭敬敬地把枪递给我。我把枪又拿回去，恭恭敬敬地挂在墙上。

我每天晚上擦完枪，确实是要拉上枪栓的。而且枪膛里确实装着黑火药、滚珠和钢条，连鸡毛信子都是插好的。我还害怕黑火药回潮，过一段时间就倒出来，放在太阳底下晒一晒，再装回去。我之所以要准备得如此周到，只等着轻轻一扣扳机就可以开枪，原因是我相信它是安全的：一是整个村子只有自己，自己不扣动扳机的话，它是不可能打响的；二是我还没有破解用这杆长枪如何打死自己的这条谜语，所以即使自己不小心扣动了扳机，它也不可能伤害到自己；三是只有装着弹药、拉着枪栓的时候，它才是活着的、清醒的，是紧张的、充实的，才是有力气的，是与自己有关系的，甚至是可以开口和自己说话的。

枪和人活着的状态是一样的。

白小静说，你答应要带我去打猎的。我说，我什么时候答应你的？白小静说，昨天晚上答应的，你不要耍赖啊，我记得你告诉过我，下雪之后是打猎的最佳时机。我说,你是不是做梦啊?白小静想了想说,天啊,还真是做梦了,你在梦里说的话,不会不算数吧?我说,你还梦见什么了?白小静说,还梦见下大雪了,大雪都把我给埋起来了。我说,如果你能把梦里的雪花掏出来给我,我在你梦里说过的话就是算数的。

白小静从地上抓起一把雪扔在我的身上,说,你看看这是不是雪?其实这漫山遍野的雪都是从我的梦里飘过来的,没有我的梦,你们大庙村是不可能下雪的。

白小静之所以有打猎的想法,其实是从陈百年也就是小白的文章里看到的,说是下雪之后,循着动物的脚印子,可以轻而易举地找到动物的下落,而且动物在雪地上待久了容易头晕,头晕就会转圈子,猎人只要端着枪,趁机顶着它们的头砰地放上一枪,它们就死翘翘了。不过,白小静确实做梦了,梦见下雪了,那雪似乎一直跟着她,她走到哪里就下到哪里,从老家三里漫下起,一路下到了南阳,下到了合肥,下到了南京,下到了上海,下在玉佛寺附近,下在大自然大厦那一片,最后一直下到了她所在的地下一层。似乎外边都没有下雪,雪仅仅下在洗头房里边,而且那雪下得非常非常大,每一片雪花就是一只手。雪很快就把那家叫原始部落保健康体中心的所有房间都给装满了。当时,她还在房间里给一个梳着大背头的客人按摩,这突如其来的大雪把她给埋了起来,像埋在一座坟墓里一样。当她睁开眼睛,看到被大雪覆盖的原始部落一样的大庙村,她真的以为是雪追着她,从她的梦里下过来的。

我说,你真的不回家了吗?白小静说,我离家五六十里,又下了这么深的雪,如果我回去的话,万一从山上一脚滑下去,说不定真像做梦一样,被雪给埋掉了。我说,我还要贴对联呢。白小静,我们可以把对联贴好了再去。我说,我们早饭还没有吃呀。白小静说,看把你跩的!如果你带我打猎,我就委屈一下自己,当你一天的小媳妇,今天的早饭还有年夜饭都由我来做,你说吧,早饭你想吃什么?

我嘿嘿一笑,说,按照习惯,下挂面,再炒两个菜就行了。

吃完饭,白小静又催着继续去贴对联。我朝大门上贴对联的时候,白小静就站在远处叽叽喳喳地喊叫,一会儿让上联朝左一点,一会儿让下联再高一点,一会儿问上下联是不是搞错了。我很乐于接受她的指挥,因为过去几年的对联都是自己一个人贴的,贴完了才发现有些对联贴偏了,有些上下联贴反了。有一次,直到八月十五的时候才发现,竟然让秦琼敬德两位门神脚朝上头朝下倒立了半年。一个人贴对联,和自己给自己理发一样,是显得十分孤单而又无奈的。

当贴到最西边的时候,白小静看了看门头上的"高山流水"四个大字,又看了看院子前边的一棵核桃树,大呼小叫地说,天啊!我竟然来过你们大庙村。

我说,恐怕又是在梦中吧?白小静瞪着我说,做梦多累呀!你要累死我吗?你说说"高山流水"这个院子里边,是不是曾经住着一个聋子?我说,他长着一对大耳朵,却偏偏是一个聋子。白小静说,正因为是聋子,他是不是没有娶到媳妇,和你一样断子绝孙了?我说,什么叫断子绝孙呀?人家虽然打了光棍,但是过继过一个儿子,也在新疆克拉玛依那边做生意,据说儿子又生了两个儿子。白小静说,不是自己亲生的有什么用?他是不是准备在我们三里漫娶一个媳妇?我说,好像是的。白小静说,那个媳妇就是我小姨,他们来定亲的时候带着我,我当时只有五岁半,后来亲事泡汤了,就因为他是聋子。我说,这事情我是知道的,有一天晚上两个人坐在月光地里,你小姨想和他亲热一下,说你抱抱我吧。他没有听清楚,以为你小姨想吃烧苞谷,赶紧跑到地里掰了两个苞谷棒子烧了烧。你小姨吃完了烧苞谷还是想亲热一下,说你摸摸我吧。他依然没有听清楚,以为你小姨还想吃馍馍,当时家里穷,哪有馒头吃啊。

为了讨好即将进门的新媳妇,他跑到隔壁人家偷馒头的时候,被人家养着的一条狗给抓住了。第二天,你小姨一生气,就跑掉了,这门亲事就泡汤了。

白小静前仰后合地笑着说,不管这些是不是你们瞎编的,反正我人生中的第一张照片就是在这棵核桃树下照的,如今还在我家的镜框里夹着,刚刚看到这棵歪脖子树觉得十分眼熟,再看看门楼子上的几个大字才恍然大悟,原来我早就来过大庙村了。我说,陈百年原来也住在这个院子里,聋子就是他叔叔。白小静笑吟吟地盯着我说,你没有骗我吧?那太有缘分了,你赶紧给我拍几张照片,我发朋友圈。

当她掏出手机的时候,才意识到是没有电的。白小静问哪里有插头啊?我嘿嘿地笑着说,我身上就有好几个。白小静说,我说的是电插头。我说,我的嘴巴耳朵鼻子不都是电插头吗?白小静这才回过神,大庙村是不通电的,不免有些失落。

白小静想推门进去,发现大门上挂着一把已经锈迹斑斑的锁。她顺着门缝,看到院子里荒草连天,有几簇枯干的艾蒿和野菊花,有一棵枯死的果树,有一副扔在地上的石磨子,虽然下了那么大的雪,仍然没有办法把这一切完全覆盖起来。白小静还看到一副黑漆漆的棺材摆在走廊,下边用凳子支着,上边用席子罩着,四周布满了蜘蛛网。我说,你看到棺材了吧?那是陈百年他爹的。白小静说,你不是说大伯在县城吗?还留着棺材干什么?我说,终究都是要回来的。

如果不是贴上了红红的对联,不是挂上了大红的灯笼,不是那浩浩荡荡的即将点燃的煤油灯,没有白小静的入侵和大呼小叫的说话声,人家真以为大庙村已经绝迹了。

我背起那杆枪,带着白小静,顺着一条羊肠小道,穿过一片白桦林,一步三滑地爬上了大庙村背后的山头。这座山头上长着一棵橡树,据说已经活了几百年,大家把它当成神一样看待,有灾有难的时候就会前来磕头烧香。它茂密的枝丫上边,顶着一个大大的喜鹊窝。大庙村人丁兴旺的时候,天晴了,月亮出来了,放电影了,唱戏了,谁家办酒席了,喜鹊都会飞下来,站在屋顶上喳喳地叫。但是随着人烟稀少了,它们也慢慢地稀少了,最后竟然就消失了。我觉得非常奇怪,村里的人稀少了,是因为大家都进城了,分散到天南海北去了,但是这些喜鹊消失了,到底都跑到哪里去了呢?

我指着喜鹊窝问白小静,树上挂着的,你认识吗?白小静说,我怎么不认识?这么大个喜鹊窝,怎么没有看见喜鹊,它们是不是还在睡懒觉呀?我说,它们怕你,所以都躲起来了。白小静说,它们为什么怕我?我说,你是狐狸精,怕你骗它们的肉吃。白小静说,本狐狸精只骗乌鸦,喜鹊是好鸟,我是从来不骗的。白小静折下一根树枝,捅了捅喜鹊窝,真像狐狸似的说,亲爱的喜鹊,你的孩子好吗?亲爱的喜鹊,你的羽毛真漂亮,你的嗓子真好,你就唱几句吧。我说,你别费心了,它们早就进城了,你在城里见过喜鹊吗?白小静说,城里哪有喜鹊呀!只有成群的小麻雀。

我与白小静坐在大树下,一会儿抬头看看天空,一会儿俯视着脚下的大地,整个世界似乎只有两种色调——天空是蓝色的,蓝得有些虚假;大地是白色的,白得有些刺眼。被蓝天与白色笼罩着的大庙村,像一只绵羊,安静地伏在下边。

白小静说,我们继续爬山吧。我说,我们已经爬到山顶了。白小静说,山顶上有猎物吗?我说,怎么会没有,你看看到处都是猎物。白小静说,骗人,猎物在哪里?我说,你是猎物,我也是猎物。白小静说,我这个猎物都送到你嘴边上了,你还不赶紧开枪啊?

我笑了笑说,你看看天上的那朵白云像什么?白小静说,像一头猪。

我对着一朵白云瞄了瞄，嘴里砰砰地叫了两声。我说，你看看对面的那团影子像什么？白小静说，像一只猫。我对着一团树阴瞄了瞄，嘴里砰砰地叫了两声。我说，你看看天边飞过来的是什么？白小静说，是飞机！你们大庙村真了不起，竟然还有飞机！

白小静站起来，解开脖子上的红围巾，一边挥舞一边喊叫着说，快点停下来把我们带走吧！无论她怎么挥舞，那架巴掌大的飞机还是目中无人地从她的头顶飞过去了。白小静说，你坐过飞机吗？我说，我们土农民，坐飞机干什么呀？你坐过不少飞机吧？白小静说，我也没有坐过飞机，不过我打过不少飞机，你会打飞机吗？

其实穿过大庙村的飞机是十分罕见的，我曾经端着枪瞄着这个世界，在内心里打过白云，打过阴影，打过黑暗，打过树枝，但是从来没有打过飞机。

我端起枪，第一次对着飞机留下来的那道白雾瞄了瞄。

当我还在发呆的时候，白小静突然叫了起来，你快看呀！那边是不是野猪？我转过身，顺着她指的方向望过去，在不远处的山坳里，确实有一群野猪像集体出游一样，目中无人地穿过一块雪地，其中有两头野猪走着走着，还躺在雪地上打起了滚。白小静说，你赶紧开枪啊！我和以前一样，依然漫不经心地瞄了瞄，嘴里发出砰砰的两声。白小静说，你太善良了，让我试试行吗？

白小静说着，就把枪夺了过去，然后迅速地扣动了扳机。

枪并没有响。但是随着一声清脆的撞击声，那群撒欢的野猪还是受到惊吓，突然像疯子一样奔跑起来，迅速隐没在树林子中间。

白小静说，你是大骗子，你这不是玩具是什么？我也有些意外，我没有想到自己的枪是打不响的。即使这杆枪并非为了打响而生存的，我还是装着黑火药、滚珠和钢条，为了防止回潮还经常倒出来放在太阳下边晒了一次又一次；为了防止生锈还在无数个夜晚，用哥哥遗留给嫂子的那块真丝手帕擦了一遍又一遍。虽然这么多年来，我都没有真正地开过枪，但是我亲耳听到我爹用这杆枪打死过两只老鸹，亲眼看见我爹朝着院子外边的那棵椿树开过一枪，我不知道我爹朝着椿树开枪的目的到底是想试试这杆枪的威力，还是太无聊了。

如今这杆枪没有打响，是不是意味着它是死的，它说过的那些话都是我的幻想呢？当我抱着我的枪有些迷茫的时候，白小静又叫了起来，你这杆枪是不是安装着消音器呀？我没有听到响声，但是你快看呀，那边有一只猎物好像已经被打中了。

我再次顺着她的手望过去，在刚才的那块雪地上，确实有一只猎物在原地转着圈子，最后撞在一棵松树上。我没有见过狐狸，但是我见过果子狸。我看到那只雪白雪白的猎物徘徊在雪地上，猜它即使不是狐狸，也应该是果子狸。叔叔活着的时候，经常缠着我爹要借那杆枪去打果子狸。我爹说，我的枪是不准打猎的，何况果子狸又不坏。叔叔说，它偷吃你们家的柿子还不坏吗？我爹说，你有时候也摘我们家的柿子吃，我难道也要拿枪打死你吗？叔叔在没有枪的情况下，凭着一只狗、一只手电筒和几个大雷子炮，偶尔也能把果子狸给活捉回来。因为果子狸特别怕光，又特别胆小，等它晚上爬上柿子树偷吃柿子的时候，叔叔就用手电筒明晃晃地照着它的眼睛，再点燃大雷子炮扔上去。果子狸被光一照，再被炮声一吓，就会从树上摔下来，正好被埋伏在下边的狗给抓住。

白小静跑过去，把跌跌撞撞的它抱在怀里，问，这是什么动物？我说，它就是狐狸，你们是一类的。白小静说，难道我就是由它变过来的？我说，你看看它笑眯眯的眼睛，看看它拖着的马尾巴辫子，再看看它穿着的白衣服，你们是不是一样的？白小静说，按照你的意思，它就是我的前世，我就是它的今生？

我说，差不多吧，你知道它最怕什么吗？白小静说，它如果真是我，应该最怕黑，又最怕光。我说，它其实不是被你开枪打中的，一是被那群发疯的野猪给吓的，二是被大雪照花了眼睛，所以迷迷糊糊地撞在树上，把自己一头给撞晕了。白小静说，我的妈呀，它果然被撞伤了，头上都流血了，而且和我一样，血还是红色的，我要给它包扎一下。

我从枪托上解下那块用来擦枪的手帕递给了白小静。

白小静像温柔的护士，一边用手帕小心翼翼地包扎着，一边念念叨叨地说，你痛不痛呀？你的眼睛白长了呀？你知道自己怕光，为什么不向我学习，关键时候把眼睛闭上呀？你还认识不认识我呀？我们上辈子是一样的，恐怕我没有好好积德吧，所以托生成了不干不净的女人。如果下辈子让我选择的话，我还是愿意做一只狐狸，绝对不愿意做一只让人指指点点的狐狸精。白小静说着说着，竟然哭了起来。她从脖子上取下自己的红围巾，绑在它的脖子上，然后亲了亲它，把它放在了地上。它似乎缓过了神，迅速地蹿进了白桦林。

我端着枪对着它的背影瞄了瞄说，把我的手帕还给我，不然我以后拿什么擦枪？白小静说，你那破枪又打不响，有什么好擦的！我在帮你明白吗？我拿你的手帕给它包扎伤口，它下辈子变成大美女，为了报答你，一定会嫁给你，你就不会打光棍了。你之所以打光棍，是因为上辈子没有救过一只白狐狸。

我想到了嫂子，如果嫂子上辈子也是一只狐狸，那么会不会就因为我和哥哥都没有给她包扎伤口，所以她才离我们而去的呢？

8

从山上下来,白小静非常开心。她一会儿趁我不注意,把雪疙瘩放进我的脖子,冻得我直打哆嗦。一会儿说自己头上都有白头发了,让我拔下两根白头发放在地上用雪埋起来,说这就是自己的坟,叮咛我过年的时候也要给她上上坟,而且要像给其他人上坟一样,得送灯,得烧纸,还得下跪磕头。我说,让我给你下跪磕头,你能经受得起吗?

白小静说,逝者为大,何况我还是你未来的嫂子呢。

正好经过大庙村连成一片的坟地,白小静就拐了进去,认认真真地念着坟头上的碑。原来,这些坟都是没有立碑的,近几年都被我立上了碑,一是为了方便辨认,二是大家的家已经空了,从某种程度上说,能代表家的就是这些坟了。所以我在每一座坟头上都重新立起了一块碑,多数碑是我从小河里捡来的石头,少数碑是我竖起来的木板,在碑上要么写着父母某某某,要么写着爷爷奶奶某某某,要么写着哥哥嫂子某某某,以及子孙后代们的姓名。除此之外,其他内容都是空着的,因为有很多人的生卒年月是搞不清楚的,而且埋在那里的都是农民,农民并不是什么身份职务,何况农民在任何时候,庄稼种得再好,畜生养得再多,也算不上什么功名。

白小静突然问,你什么时候上坟送灯?我说,要等到天黑的时候。在白小静的提议下,我第一次把上坟的时间提前到了白天。我用托盘,把九十多盏煤油灯和九十多份火纸陆续带到了坟地,再由远及近一一开始上坟。当我烧纸的时候,白小静就帮忙递纸;当我送灯的时候,白小静就帮忙点火;当我下跪磕头的时候,白小静就三鞠躬。最后,我们还噼里啪啦地放了几串鞭炮。

白小静看着这星罗棋布的场面,感慨地说,好热闹啊,这才是过年的样子。

我们顺着村子回到家里,已经过了午饭时间。我正准备淘米煮肉预备年夜饭的时候,远远地看见有一辆三轮摩托车开了过来。骑着摩托车的是一个穿着警服戴着大盖帽的年轻警察。我说,大年三十的,你们还有案子要办吗?警察说,是啊,原来可以坐班车,但是今天下大雪,班车都停开了。我说,你是哪里的警察,要去哪里办案呀?警察说,我是县公安局的,我去三里漫乡。白小静说,我家就是三里漫乡的。警察说,那是你娘家吧?你父母叫什么名字?白小静说,你肯定不认识。白小静心想,因为自己的那些流言蜚语,警察可能不认识自己,怎么可能不认识她的父母呢?

警察说,有水吗?我是来喝口水的。我倒了一杯水,又递了一根烟说,你能帮我一个忙吗?警察说,你要捎东西吗?我说,是捎人,请你帮忙把她给捎回去行吗?你骑的是三轮摩托车,估计天黑就到家了。白小静说,谁说我要回去了?警察说,就是的,今天大年三十,回娘家起码要等到正月初二,你们小两口吵架了吧?白小静听了,明白警察把我们误会成了夫妻,就站在背后哈哈大笑。我也不想解释,说我们把年已经过完了。警察说,那等我抽完这根烟吧。

我把白小静的拉杆箱取出来放上了摩托车。白小静不情不愿地离开的时候,悄悄地告诉我,她已经知道谜底是什么了。我说,你什么时候知道的?白小静说,就现在,当你一脚把我踢开的时候。我说,我哪里用脚了啊?白小静说,是啊,你为什么不用脚呢?我说,你的答案是什么?白小静坐上摩托车说,我不告诉你,我如果把答案告诉你,你开枪把自己打死了怎么办?我说,在山上的时候你已经试过了,我的枪是打不响的。白小静说,你要相信自己,你的枪是打得响的,是我把鸡毛信子提前抽掉了,刚刚又偷偷地插进去了。

警察启动了摩托车，迅速地消失在白茫茫的雪地里。大庙村又剩下我一个人了，我回到房间取下那杆枪，发现和往常一样，枪栓是拉上的，鸡毛信子好好地插在上边。我又有了擦枪的欲望，但是那块手帕没有了，让我有些茫然不知所措。我把枪竖着撑在地上，和自己比了比，不知道是自己忽然变高了，还是那杆枪忽然变矮了，反正自己离枪口越来越近了。

天慢慢地安静而又暗淡下来，在大红灯笼即将亮起来的时刻，突然砰地响了一声。

那也许是开枪的声音。

反季生长 |

1

在经历两个十八年之后,陈小元那段富有优越感的婚姻终究还是离掉了。

离婚不久,陈小元抱着静一静的心态,也抱着多年的内疚和负罪感,在中秋节那天,去乘坐那趟长途大巴。那趟从上海唯一直达老家的班车,他第一次乘坐,之前暗暗地查过几次地图,对那条线路早就了然于胸了,上海、苏州、合肥、六安、叶集、潢川、信阳、南阳、镇平、西峡,然后进入陕西省商洛市境内,在抵达老家丹凤县之前,要穿过最后一个县城,它叫商南县,在县城西边几公里的地方有一个叫试马的小镇,小镇再往西十几公里就是"关门不锁寒溪水,一夜潺湲送客愁"的武关镇了。陈小元惦记着的,不是武关镇,而是试马镇,镇上有座石拱桥,离石拱桥不远,有一棵樱桃树……唉,它像一盏微弱的不规则的小灯,悬挂在他内心的深处,无论他过得洋洋得意还是黯然神伤,那盏小灯都会闪烁不定地照射一下他,也可以说是刺激一下他,让他就有了穿过商南县城去试马镇看看那棵樱桃树、远远地问候一声那棵樱桃树的冲动。

十八年一别,那棵樱桃树还好吗?那些樱桃花还在开吗?那股从下边刮起来的有些寒意的风熄灭了吗?

这趟班车并没有停在正规的汽车站,而是停在南郊的一个大杂院里。院子四周布满了拆除到一半的民宅,外边少有人迹,里边长满了蒿草,深的地方有半人之高。中午十二点略过,陈小元寻至这个院子外边的时候,十分巧合地遇到了两只白色的兔子,其中一只趴在另一只身上,随着几声吱吱的尖叫,激情四射的寻欢接近尾声,然后就从大门背后溜走了。陈小元自言自语地叫了一声,这里有兔子呀。但是没有人呼应他,也许人家看见的是两只猫,也许是他的幻觉而已。这让他再次想到十八年前,想到县城西边的那个小镇,想到那个春天的中午,想到那棵被自己伤害过的樱桃树,自然会想到两只兔子,两只白色的兔子……

在院子门口,蹲着一个中年妇女,她面前摆着一只提篮,当陈小元从她身边经过的时候,她对着陈小元轻轻地说,樱桃要不要?陈小元被吸引住了,怀疑地问,这是樱桃吗?中年妇女说,是呀,是樱桃。陈小元说,这都几月了,怎么还有樱桃呢?中年妇女从提篮里抓了一把,你尝尝吧,是新鲜的樱桃,就剩这么一点了,便宜处理给你吧。陈小元是喜欢吃樱桃的,也是熟悉樱桃的,它在什么季节开花,在什么季节结果,他都是忘记不了的。尤其它的味道,开始吃的时候有点甜,但是吃多了慢慢地就是酸的。虽然樱桃是五六月份成熟的,但如今采取大棚温室种植,采取冷库存储保鲜,反季生长销售也并不意外。

陈小元称了两斤樱桃,深深地叹了口气。

2

中秋节前一天晚上,陈小元独自一人坐在大街上,提着一瓶啤酒借酒浇愁,自己向自己诉说一些离婚后的新愁旧恨,就接到姐姐从老家那边打来的电话，说外甥女忽然要磕头了。

磕头就是结婚。结婚时间不前不后，偏偏定在中秋节后一天。陈小元抱怨说，这般火烧火燎的，是不是奉子成婚啊？姐姐说，咿呀，我们农村孩子哪有那些花头呀，真正的原因是本来不准备待客的，但是两个孩子早上起来突然嚷嚷着要依照我们这里的风俗，不仅要办酒席，还要拜堂呢。

姐姐又无缘无故地补了一句，你都三十六岁了，怎么说离就离了，到底是什么原因呀？

陈小元沉默了。离婚的原因，自己也解释不清，说是感情破裂吗？说是生活习惯不同吗？反正一个月前的那天晚上，夫妻两个人都睡不着，陈小元睡不着是想家了，而妻子是土生土长的上海人，从没有离开过上海，根本不理解想家的滋味是什么，所以她睡不着是大姨妈来了……她大姨妈一来，就会出现腹痛、恶心、呕吐，然后失眠。陈小元必须用自己的方式，搓着双手给她按摩，来治疗她的腹痛。但是随着他的手反复按在她的腹部，她的腹痛就会转化成一种欲望，而提出更进一步的要求。按说夫妻之间，那些要求也属常情，但是每次在她热烈的引导下，当他的手从她的腹部向上或者向下移动的时候，他似乎接近和深入的不是现在，而是穿越了十几年，在一步步地接近那个春天，接近那棵樱桃树……他总是心有余悸，怕自己再一次把樱桃花的美好摧毁，于是他的手就会因为恐惧而停止、退缩甚至还会痉挛……

这一次，他不仅再一次让她扫兴，而且连基本的按摩也不愿意继续了。他麻木地瞪着天花板说，中秋节连着国庆节有八天长假，你随我回陕西怎么样？她失望地蜷缩在一边，说你们老家有什么好玩的，要旅游起码得去日本，正好是秋天看红叶的季节。陈小元很想说，不是旅游，而是回家，而且老家的红叶满山遍野，肯定不会比日本的差。但是他说也白说，对于上海人，对于城里人，回家有什么意义呢？

于是在简短的沉默之后，陈小元突然冒出一句，我们离婚吧。

她干脆地回答，好啊。

于是他们就真的离婚了。

他原以为不谈风花雪月，不谈爱与不爱，自己将就得来的这场城乡之间的联姻，起码能够让他像浮萍一样漂来漂去的日子稳定下来，在城里把根扎下来。但是他发现自己是错的，自己似乎更加飘摇不定了，像风筝一样，有一根绳子被别人拉着，但是他想往西的时候，那根绳子却在向东牵引，有一股力量总是和他相反的。

姐姐说，咿呀，我们得办二十桌子酒席。陈小元说，你们这一下子来得及吗？姐姐说，嫁妆提前预备好的，来不及有什么办法？孩子们已经下了喜帖。陈小元说，你们办喜酒可以，我如何是好呢？明天就是国庆长假，从空中飞肯定不行了，火车也无票可订了吧？陈小元按下姐姐的电话，急急地开始订票，火车票果然没有了，机票又都是全价的，来回好几千块呢。他对姐姐说，恐怕回不来了。姐姐说，咿呀，你们有出息的人总是事儿多，回不来就回不来吧。姐姐明显是生气了，过了一会儿又打电话说，还有一趟大巴，是走312国道那条线的，从上海直接开到丹凤，比火车与飞机都方便，不用绕道西安了。

陈小元暗暗地查过的线路就是312国道。听说312国道这条线路终于通班车了，陈小元心中的那盏小灯亮了一下。陈小元说，是卧铺吗？姐姐说，哪呀，是硬座的，但是大部分都走高速路，眯瞪一晚上就到了，你趁机回来散散心吧。姐姐又补了一句，这趟大巴呀，会经过商南县的，这么多年过去了，你还记得我们东边的商南县吗？姐姐明白，在他的心底，那不是一个人，不是一个县城，也不是一个小镇，早就化成别的什么了，比如樱花，比如樱桃，比如一棵樱桃树一般的风风雨雨的往事，比如在那棵樱桃树下发生的点点滴滴，以及由此而转弯的一个人的青春。

那个人的青春就是在一棵樱桃树下被劝退的。

大巴奔驰着，像一条大舌头，一会儿疯狂地舔着，一会儿又停下来，把那条线路的山山水水和一个个乘客一点点地卷入嘴中咬得粉碎，这之间必然会有一些摩擦，会产生一些火花。关键是，像逆水行舟，也像反季生长，慢慢地向前再向前，快速地靠近再靠近，抵达十八年前的痛点……第二天，也就是中秋节当天，从搭上那辆大巴开始，陈小元就是有幻想的，那盏小灯就明明灭灭地亮着。呼吸，咳嗽，打瞌睡，做一个梦，一千多公里，从天黑到天亮，男男女女像煮饺子似的，窝在一间房子那么狭小的时空里……陈小元想，能坐这趟车的人，多数应该都是陕西商洛人，多数应该都在上海打工，或多或少都有自己一样的伤感，如果能够借机认识一个漂泊在外的老乡，那将让他多么欣慰……在上海生活了那么多年，他没有遇见一个老乡，尤其是女老乡。他期待着认识一个女老乡，在想家的时候带着她去吃一顿糊涂面，哼几句土不拉叽的花鼓戏，过年过节的时候约好了一起回家……如果贪心一点，这个女老乡正好在丹凤县隔壁，是商南县试马镇的人；如果再贪心一点，她也长着一张苹果脸，在她家周围也有一棵樱桃树，甚至正好了解他和那棵樱桃树有关的过去以及现在……他内疚并怀念那棵樱桃树的过去，但是他最担心的还是那棵樱桃树受影响的现在……

陈小元搭上车之后，轻轻地嘀咕了一声，这是班车吗？

司机说，你以为是什么？

陈小元说，我以为是拉土豆的。

大家形容陈小元的时候，说他是刚从泥巴里扒出来的土豆。其实他们商洛地区，312国道沿线，从东往西数，商南县、丹凤县、商州区，甚至翻过秦岭，到了蓝田县，无论是人还是畜生，都像是从泥巴里长出来的,尤其像形态各异的土豆,起码是有着土豆一样的气息。他猜测,恐怕大家从小到大,就种土豆,又吃土豆,与土豆相依为命,天长日久就遗传了土豆的某些基因,有些外表像土豆,有些气质像土豆。那些生有异相的,即使长得像红薯、南瓜和山药,里边的颜色也像土豆,吃起来的感觉也像土豆。

阳光在慢慢地后退,梧桐树带着几片叶子也在后退。陈小元坐在大巴上,望着中秋节的这个下午,起初是有点失落的,因为大巴已经启动了,他的身边还是空着的。他这个有些伤感的逆流而行的人,多么希望在身边出现一个土豆——这个土豆会呼吸,会四处走动,在寂寞的旅途中,会把自己切成片,让自己与自己繁衍。这次离婚之后,他似乎想明白了一个道理,那种城乡杂交式的婚姻,其实就像在一块地里套种的土豆和玉米,土豆是通过根茎无性繁殖的,玉米是通过扬花授粉有性繁殖的,它们天生就不在一条路上,之间永远是得不到杂交优势的。所以,如果再让自己重新经历一次,他也许不会选择和玉米种在一起,而是和土豆种在一起,那样他就不会以离婚收场,就不会把自己和别人的伤感延续下去。

陈小元调整了一下自己的心态,然后暗暗地得意起来——两个座位顶得上一张小床,他正好可以躺在上边睡觉。

大巴还没有驶远,一阵尖厉的刹车声,把陈小元从迷糊中惊醒。大巴的门开了,又捡上来一个人。他偏过头,漫不经心地瞄了一眼,发现被捡到的并不是土豆,她竟然是一个小苹果。据他的目测,应该是这趟车上最漂亮的……她虽然不是土豆,但是她像土豆里混进来的一个小苹果……十八岁之后,他十分喜欢吃樱桃,十八岁之前,他十分喜欢吃苹果,所以他那时候常常把摘下来的苹果偷偷地藏在土豆中间……她长着一张苹果脸,小巧而玲珑的身材,在向车后移动的时候,马尾巴辫子在身后晃荡着，不时地扫到别人的脸。她穿着一套运动服，上衣是灰白色的，后边带着一顶帽子，下身带着淡蓝色的条纹，除此之外在她的身上，再没有任何闪光的线条和修饰，哪怕一条围巾一只手镯也没有，那条绑着头发的橡皮筋似乎都是一根原汁原味的绳子。

她的衣服上也没有一颗纽扣。

关键是，她与那棵樱桃树长得十分相像……

陈小元内心的那盏小灯一闪。凭着那股久违了的气息，他在心里迅速地运算着，她也是一个女学生吗？她也喜欢樱桃花吗？她也喜欢吃樱桃吗？他有些怀疑，在她的身上为什么没有灯红酒绿的影子，为什么没有霓虹闪烁的痕迹？不管如何，他可以判断，她肯定是在上海打工的老乡，凭着那隐隐约约的类似于泥土的感觉，她哪怕是高高在上的苹果，归根结底还是从泥土里生长出来的，她的老家也许就是自己想要穿过的那个县城，她回家的时候甚至会从那个小镇的那棵樱桃树下消失……

她还未站稳，司机就催着说，你赶紧买票吧。大家都抬起头，静静地注视着她，生怕她再次溜下车。溜下车似乎不仅仅是司机的损失，也是一车人的损失。似乎有她坐在车上，就不再那么难熬，像一杯咖啡中加入一块方糖，喝起来就不再那么苦了。

在她的后边，帮她提着行李的，是一个高大而迟钝的男孩，与她的娇小与利落形成了对比，像公主带着的一个奴仆——陈小元判断，他肯定是上海男人，上海男人只要与女人在一起，就不敢超前一步，也不敢多言多语，总是随时听命的一副奴仆的样子。他还是一个胖子，她确实也是这么称呼他的。她回过头对他说，胖子，我们那里秋天很美，满山都是野果子，到处都是喇叭花，还有火红火红的红叶，而且我们那里的月亮像个水盆子，上海的月亮顶多像个小盘子，你要不一起走吧？

胖子像一个水萝卜，掺杂在一车土豆之中并不那么协调。所以一车人都担心地望着他，希望他的回答是"不"。陈小元没有看到胖子是什么表情，反正听到她的那句话，他的心滑动了一下。但是胖子没有心动，放下行李还是匆匆地下了车。胖子双手插在口袋里，站在外边隔着玻璃说，票我已经买了，你别重复了。

大巴再次启动，土豆们开始骚动起来，有人放心地舒了口气，有人莫名其妙地笑了一下。小苹果弹性十足，感觉像一个网球，在过道里跳来跳去，寻找地方安放自己的行李。她的行李不多，有一箱子水果，箱子上清楚地写着是车厘子，来自美国……车厘子长得十分像樱桃，陈小元很长时间都以为它是樱桃，直到前妻有一次买了几斤车厘子回家，问他好吃吧。陈小元说，样子挺好看的，只是味道一般，吃起来没有肉感，像用橡皮加工出来的，而且甜中并不带酸，比我们老家差远了。前妻说，和你们老家怎么比？你认识它吗？陈小元说，我怎么不认识它！它不就是樱桃吗？前妻说，我就说嘛，你们乡下有樱桃，怎么会有车厘子呢？陈小元被嘲笑之后，从此不再明目张胆地吃樱桃了，如果想吃樱桃的时候就称一点，偷偷地躲在外边吃完了再回家。

小苹果踮起脚尖，把车厘子使劲地向上举着。她的肚皮惊心动魄地露着，白得像刚刚落地的春雪，不小心看上一眼，就会化掉一般。

小苹果还有一个黑色双肩背包，塞得像一个充气的皮球。行李架实在太满了，她走了大半条过道，依然没有放上去。她一不小心，把垃圾桶踢翻了，铁皮垃圾桶在滚动中发出欢快的声响。她被什么绊了一下，险些摔了一跤，像一颗石子扔进一片湖水，所有人的眼睛里都扑通一下，随之荡起了一片涟漪。

按照陈小元的经验，在众目睽睽之下，对待女人的态度要冷，这样不会暴露自己的目标。大巴一阵颠簸，她荡来荡去，再次弹回他的眼前。于是他不紧不慢地站起来，先在过道里装模作样地伸了伸懒腰，然后才顺着她的摇晃，接过了她手中的车厘子，举起来，挤了挤，放在最后的行李架上，再从过道上提起那个双肩背包使劲地塞着。

隔着过道的左前方，坐着一个中年男子，他留着八字须，精瘦精瘦的，仅从体形上看不像土豆，倒像一根棍子山药。棍子山药抬起头说，你别把我的东西弄坏了。他的行李无非是几袋子面包和一点水果。陈小元笑了笑说，怎么会呢？棍子山药说，怎么不会？再挤下去就成果汁了，你们应该把行李放在你们自己的座位上边，不能放在我们上边。陈小元说，大家都在一个车上，应该都是老乡吧？别分那么清楚好不好？

陈小元不能太过卖力，不能显得太过殷勤，加上双肩背包太圆，他始终没有放上行李架。小苹果笑了笑，接过了背包，从里边取出一件外套……在随后的旅途中，那件外套在合适的时候搭在他和她的身上，成了十分有效的掩体……如果当年，在那棵樱桃树下，在光天化日之下，也有一件这样的外套，帮忙遮掩一下那该多好，但是那是春天，是温暖的季节，根本不需要外套……小苹果踮起脚尖，把瞬间瘪下去的背包塞了上去。

棍子山药得意地说，还是这女子厉害。棍子山药身边也是空的，他朝里挪了挪身子，希望她顺势坐在他的身边。但是她视而不见，还是向后边走来，冲着陈小元的身说，窗子边上的位子有人吗？陈小元让了让双腿，不好意思地解释说，这个位子恐怕坏了。陈小元是说给其他人听的，许多人曾经期待过这个靠窗的不前不后的座位，他都没有把它空出来。

她似乎并不想弄明白这个座位到底哪里坏了，或者说她已经看穿了陈小元的心思，没有丝毫的犹豫就坐了下来。她坐下来后，似乎在配合陈小元，把座位弄得吱吱地响，然后自言自语地说，嗯，靠背果然放不下去。

大巴又陆陆续续地捡上来几个人就驶上了高速。不明白什么时候,天阴沉了下来,而且起了迷蒙的大雾,她望着灰蒙蒙的窗外——窗外的树木、房子和田野,已经被迅速地糅合在一起,模糊得像是已经调好的水彩一般。

她朝着司机叫了一声,发票呢?撕一张发票吧。售票员传过来一张小纸片。她说,你这是收据,我要的是发票,你不会没有发票吧?售票员说,你要发票干什么?她说,我报销行吗?售票员说,你一个学生,找谁报销?学校会给你报销吗?她说,你什么眼神,我怎么会是学生?我是学生他姐,明白吗?

好多人跟着起哄,纷纷索要发票。司机说,收据不是一样吗?你们这些商洛人,真是太麻烦了。小苹果说,你跑这条线路,难道不是商洛人?司机说,你帮帮忙好吧,我怎么会是商洛人呢?小苹果说,你以为你变个腔调,我就听不出来了?你顶多是个河南梆子,你以为你把车开到上海转一圈就是人家上海人了?有本事你咋还挂着个河南牌子?

司机被戗着了,翻了翻白眼,不再出声了。他从后视镜里,朝着后边看了看。棍子山药囔囔着说,我们都是农民,农民就不能要发票了吗?我回家找老婆报销不可以吗?还有一个光头小青年嘀咕着说,我还要向女朋友报销呢。

小苹果侧过身,朝着陈小元笑了笑,解释说,我都上车了又飞不掉,还没有站稳他就急吼吼地催着买票,我这是在报复他。陈小元说,这不是好事吗?给你省钱了。她一愣,说二百二十块,不少一分一文,省什么了?陈小元说,他不催你的话,胖子会给你买票吗?她说,这个啊,我才不稀罕呢,他长得那么胖,像水萝卜似的,我讨厌他的胖,他如果再这么胖下去,我就不要他了。

陈小元笑了,她和他一样,把胖子形容成水萝卜。这种一致,让陈小元的怀疑更加强烈,或者说是一种引导。陈小元说,水萝卜是你男朋友?她说,是呀。陈小元说,你们在一起吗?她说,在一起是什么意思?陈小元说,在一起就是在一起,还有其他意思吗?陈小元其实是想刺探一下她的底细,比如他们是不是在一个地方上班,比如他们交往的深入程度是多少。但是她意识到这个话题似乎有一点敏感,或者有一些无礼,就不再吱声了。

陈小元说,男人体胖,心宽福厚,女人体胖,命好旺夫,我就挺喜欢刚才那个胖子。小苹果说,那我把他让给你吧。陈小元说,让给我当弟弟吗?她说,当干儿子都行!

过道的左边坐着一个女人,她长得有点像陈小元的姐姐,说话的语气也一模一样,喜欢用"咿呀"开头。她穿着一条黑色的超短裙,短得让人提心吊胆。上身配着超短裙的是带着蕾丝的白线衣,猛然看上去像一棵大白菜。

大白菜侧着脸说,咿呀,你们去哪里呀?小苹果说,我到商南县。陈小元的心又闪了一下,随着那亮光一闪,他几乎有一些颤抖,因为果然被他猜中了,她确实是商南县的,甚至就是试马镇的,她回家的时候真的要经过那棵樱桃树……陈小元把上车前买的两斤樱桃,拿出来绑在前边的靠背上……他突然想吃樱桃,似乎像吸毒上瘾的人,看到毒品就想抽一口。他晓得这些反季的樱桃没有洗过,上边会有农药残留,但是他不在乎这些。

他一边吃着樱桃一边说,我到下一站,是丹凤县的。小苹果说,你是丹凤县的?陈小元说,是呀,怎么,你去过吗?小苹果说,商南离丹凤四十多公里,我从来没有去过,但是我姐在那边上过学。陈小元真想问问,她们姐妹是否长得很像,她姐叫什么名字,年龄多大了,在哪所学校上的学,是什么时候上的学,在上学的路上有没有一棵樱桃树,最后有没有因为樱桃树被除名……但是他感觉这样问的话，有些不着边际，或者太过唐突，就不再吱声了。

大白菜说，商南县票价多少？小苹果说，是二百二十块。大白菜说，咿呀，你们没有讨价还价吗，怎么和我们商州是一样的？小苹果说，回家就这一趟直达车，我打电话的时候，他们牛气冲天，说是随便你坐不坐。大白菜说，咿呀，原来还有一辆大巴，也跑这条线路，人家大巴不但是新的，态度也特别好，售票员是个姑娘，说话一直笑眯眯的，不过现在停开了。小苹果说，不像这辆车，太差劲了，我昨天打电话咨询，问什么时候发车，他们说，过中秋呢，你早点吧，我说早点是几点，是中午还是下午？他们说，不一定，或许是清早，或许是晚上，坐满了就走。我地址还没有问清，电话就被挂掉了，再打过去就不三不四的，说你们咋这么多事儿，不就是坐趟车吗？又不是大姑娘出嫁。大白菜说，那辆新车不一样，人家准时两点发车，不让你在车上乱吃东西，我把橘子水洒在地上，他们都会拿着拖把来清理一遍。小苹果说，那挺好的，哪像这辆车，乱得像个鸡窝。

大白菜像一只老鼠，一直在嗑着瓜子，瓜子壳随手扔在旁边的过道上。陈小元吃樱桃的时候，没有把樱桃核扔在过道上，也没有扔在铁皮垃圾桶里……他吃樱桃的时候习惯是不吐核的，他把整颗樱桃包括核在内一起吞下去了。

3

黄昏的时候，大巴驶入一片杨树林，淡黄色的叶子已经落满一地。杨树林在一片田野之中，前不着村后不着店，四周是已经收割了的稻田。小苹果说，停在这里干什么呢？不会把我们都卖掉了吧？陈小元说，你年轻,又是女的,是可以卖点钱的,我这样的油腻大叔一文不值。小苹果说,不是啊,你看看,这里像不像一家肉包子店?他们恐怕都是论斤收购的。

他们两个说笑着,拖在最后下了车。下车才明白,到了晚餐时分。晚餐是免费的,每人发一张餐券,可以吃到一菜一汤,其实就半勺子鸡丁炒土豆、一勺子米饭和一勺子清汤,像在电视剧里看到的犯人排队吃饭的情景。小苹果回头一笑,说你看看我们像什么?陈小元说,像犯人。小苹果说,大叔啊,你太善良了吧?陈小元说,像奴隶。小苹果说,他们是把我们当猪啊,我姐喂猪也不会这样清汤寡水的,起码里边还会加几勺子麸子皮。

两个人挑僻静的地方坐下来。小苹果吃了两口,便朝陈小元一推说,麻烦大叔帮我解决掉吧,不然就浪费掉了。陈小元说,你不饿吗?这是最后一顿了,吃完就上刑场了。小苹果笑了笑,回到车上拿出一盒方便面泡了泡。她一边吃面一边说,城里真不是人待的。陈小元说,为什么呀?小苹果说,我泡一包方便面,他们竟然也要收钱,方便面才三块钱,开水也要三块钱,如果再去添水,还得再收一次,这不是黑心,简直是烂心。在咱们商洛老家,别说一碗开水,就是两碗腊肉,怕也不会收钱的。陈小元说,外边都是稻田,都在荒郊野外了,已经不是城里了。

小苹果抬起头说,大叔,你到上海多少年了?陈小元说,十几年了。小苹果说,我就说嘛,你也是城里人,所以你在替他们说话。这里看上去是农村,离上海十万八千里,但是谁在这里经营?肯定是城里人,说不定就是上海人。我泡方便面的时候,那人侬呀伊呀的,肯定是城里人,城里人才会这么没有良心。陈小元还想再说点什么,米饭里竟然不争气地吃出一颗大沙子。小苹果抬起头,捂着嘴笑着说,大米都是没有淘洗过的,我们乡下人能干得出来吗?

重新上车之前,陈小元去了一次洗手间。他去洗手间的目的,主要不是为了方便,而是为了漱漱口、洗洗脸和擦擦腋窝。因为下车之前,小苹果已经戴上了口罩。他问她是不是感冒了,她摇摇头。他问她为什么戴口罩,她也摇摇头。他是有口臭与狐臭的人,本来就对这次悲伤的旅途存有幻想,何况又遇到了和那棵樱桃树十分相像的小苹果,不由得他不臭美起来。他怕自己身上散发出的气味,破坏了两者之间的气氛和美好的气场,而且小苹果如果与那棵樱桃树有什么联系的话,他不想给她留下十八年之间他的日子并不好过的信息。

当陈小元从洗手间出来的时候,小苹果已经不在饭桌上。饭桌上除了他孤单的水杯子,已是空空荡荡的了。他的心情有一点点忧郁,远远地望过去,发现她站在院子里……天暂时没有黑,院子里还有昏暗的余光。她踢着院子里的落叶,在漫不经心地和一个年轻的家伙聊天。这个年轻人把鬓角和后脑勺的头发剃得很高,加上细长的脖子和瘦长的身子,尤其像一个带把的大鸭梨。不能说大鸭梨有多帅,起码他们站在一起是协调的,不会像自己与她站在一起那样,像一棵黑不溜秋的老刺槐与一棵小白杨,他往往会被人误会成一位农民爸爸或者包养小三的大款。

他们在深入地交谈。陈小元分明听到他们提到了上海,提到了××区,提到了××工厂,大鸭梨似乎就在××区工作。他们还提到了老家,说×××仍然守着几亩庄稼,说×××已经生了三个女儿,说×××在城里打工的时候出事故去世了,他们提到的那么几个人似乎与他们彼此相识。陈小元穿过院子想回车上去,当他从她身边经过的时候,她似乎不认识他了,他也似乎不认识她了……那可能是陌生男女之间的矜持,也可能是出于某种防范。

陈小元透过车窗玻璃,看到旁边的草丛中,又出现了两只兔子,不过不是白色的,而是深灰色的。这一次,他没有怀疑是别的什么动物,也不是自己的幻觉和某种回忆,而是真真切切的两只兔子,一只骑在另一只身上,目中无人地撕咬着,肆无忌惮地吱吱地叫着……他指了指,想让别人猜猜那两只兔子到底是恩爱的恋人还是偷欢的情人……他自己认为,它们是恋人,它们目前所做的一切,与自己当年在那棵樱桃树下遇到它们的时候想做的一切,都是值得赞美的,都是值得祝福的。

但是,唉……陈小元又长长地叹了一口气。

小苹果是最后一个上车的,手中捻着一片叶子。叶子是杨树的,是心形的,是淡黄色的,像油纸一样。她坐下来,淡淡地解释,也像是淡淡地自语,说年轻人是他们一个村子的,在上海打工。陈小元说,你们看上去很熟悉。小苹果说,从小在一起长大的。陈小元说,是青梅竹马呀。小苹果说,谈不上吧。陈小元说,他似乎喜欢你,会不会想娶你?她呵呵地一笑,说差一点点吧。陈小元说,差一点点是什么意思?小苹果说,就差两米,大概一张床的样子。陈小元说,你是小苹果,他像大鸭梨,放在一张床上,还是蛮般配的。

小苹果瞪着眼睛说,什么小苹果?!什么大鸭梨?!小苹果与大鸭梨为什么要放在床上?这是哪跟哪呀!今年正月,他请媒人提着彩礼,正式到我家提亲,但是我已经有了胖子。陈小元说,就是刚送你上车的那个胖子?如果让我重新选择,我会毫不犹豫地选择老乡,何况还是青梅竹马,这多不容易呀。

陈小元的眼睛湿润了。在眼睛湿润的时候,他的思绪会顺着那棵樱桃树继续朝前延伸下去,直到触及那张朦胧的苹果一样的脸庞……

陈小元掏出一串樱桃让小苹果吃,被小苹果轻轻一挡竟然掉在了地上……小苹果说,他听说我有了胖子,不甘心地放下东西走了。陈小元说,真是太可惜了。小苹果说,有什么好可惜的。

他们说的,似乎不是一桩姻缘,而是掉在地上的樱桃。

大鸭梨坐在大巴的前边，回过头朝后边看了看。

大巴再次启动，天已经黑透了。天空一点也不争气，丝毫没有晴朗的迹象。陈小元不停地侧过头，越过小苹果的脸，朝着窗外看着，心想多好的中秋节，如果窗外有一个又大又圆的月亮，挂在飞速行驶的大巴上，那会是什么情况呢？自己会不会因此而更加悲伤呢？小苹果也看着窗外说，你是不是在看有没有月亮？陈小元点了点头。小苹果说，你恐怕会失望的，不过放心吧，十五的月亮十六圆，明天回到家，在咱山里边，更适合赏月了。陈小元说，明天的月亮和今天的月亮能一样吗？小苹果说，怎么不一样？还不是一只兔子、一个孤独的嫦娥和一棵砍不倒的桂花树？陈小元说，赏月的人不同了，感觉自然就不同了。

陈小元这句酸溜溜的话其实是一种暗示。他希望告诉她，他很庆幸在这条线路上遇到了她，很在乎和她在一起度过这个中秋之夜。小苹果似乎没有明白他的意思，也似乎故意装聋卖傻，紧紧地捂着口罩，朝着司机喊叫着说，麻烦快点，送点袋子过来。

长途大巴上配着两个司机，其中一个开车的时候，另一个就充当售票员。此时的售票员正在休息，笨拙得像个大北瓜似的。他拿过来的一把塑料袋子被小苹果全部抓了过去。大北瓜说，你要这么多干什么？小苹果翻了翻白眼说，我刚上车你们就要买票，看我长翅膀了没有？现在我拿几个塑料袋子，又说那么多废话干吗？大白菜还在嗑瓜子，说人家丫头晕车，你想让人家吐在你的车上吗？棍子山药斜着身子，朝后坐在椅子上，说你这车上，不配录像，不放音乐，多无聊啊，那些袋子如果用不完的话，我吹着玩玩不可以吗？棍子山药嘿嘿一笑，从小苹果手中夺过一个塑料袋子，鼓起腮帮子吹出一个气球。他把气球往空中一放，然后双手使劲一拍，就啪的一声炸掉了。

司机听到响声，以为发生了什么意外，把车停在紧急停车带上。司机转过身说，谁带鞭炮了吗？怎么有鞭炮响呀？大北瓜说，人家在吹泡泡呢。棍子山药又夺去一个袋子，正低头吱吱溜溜地吹着，或许因为漏气，吹得脸红脖子粗，怎么也吹不圆。司机骂了一句，这是班车，又不是洗头房，你要吹泡泡，下车去树林子里吹！棍子山药说，你他妈的，什么洗头房不洗头房的，你晓得我在吹什么吗？司机说，你吹什么？男女之间，还能吹什么？棍子山药拿起半瓶果汁，一下子扔了过去，正好浇在司机的头上。

司机提起一支大扳手，恶狠狠地朝着车厢后边走，幸好被大北瓜给拉住了。大北瓜说，人家就吹一个气球，你激动什么呀！司机一愣，说，他在吹气球？不是吹泡泡？大北瓜说，你想歪了，人家都是文明人，哪个像你呀，早上把洗头妹都叫上车了。司机扔下扳手，朝着后边嘿嘿一笑，开着车又上路了。

小苹果似乎什么也没有发生。她对着塑料袋子，大口地喘着粗气，最后就是呕吐。陈小元不安地坐在旁边，很想伸手去替她捶捶背，或者是替她倒杯水。陈小元小声地说，吃晕车药了吗？她摇摇头说，没用的，我又不是晕车。陈小元说，要不要吃点水果？她摇摇头说，不需要，我又不饿。小苹果折腾了好一阵子，才稍微缓过神来。

小苹果说，你凑这个热闹干什么，我看你也不是挤大巴的人吧？陈小元说，那我是什么人？小苹果说，你应该是天上飞的。陈小元说，天上飞的还有蚊子呢。小苹果说，依我看，你起码是一只老鸹。陈小元说，明天需要赶回去，不然就来不及了。小苹果说，为什么这么急？陈小元说，我回家结婚。小苹果说，你吗？你一把年纪，是第几次啊？陈小元说，记不清了。

陈小元想，说自己记不清也不过分，因为对于那段婚姻来说，他唯一能记得的，就是他搓着手给前妻治疗腹痛的第一次和最后一次，第一次按在她的腹部并朝上或者朝下深入移动,最后一次按在她的腹部并因为回忆的恐惧而僵持不动……他忘不了两次绝对不同的反应和同样简短的对话。他说,我们结婚吧。她说,好啊。他说,我们离婚吧。她说,好啊。

所以,他看似是结过一次婚,又刚刚离过一次婚,但是自己就跟做梦一样,根本不相信自己是结过婚的,也不相信自己是离过婚的……离婚似乎就是由十八年前自己的冲动引起的,想起十八年前在那棵樱桃树下的冲动,他总是心有余悸、心存恐惧、不敢妄为……因为那些越界的深入灵魂的动作,在十八年前像一阵暖风,催开了满满一树的樱桃花,也许又摧毁了一个人的一生……如今他的内心除了多了一些悲伤之外,他的根从来没因为一场婚姻而扎下去过,他的孤独从来没有减少过,他的幸福从来没有增加过,反而是他充满内疚的回忆从来没有中断过……自那年春天之后,那棵樱桃树不分季节、不顾冷暖地还在开花,似乎从未落过;那张看似微笑的又看似凄凉的苹果脸,还在一步三回头地摇摇晃晃地越走越远,似乎从未停止地走向深山、走向坟墓、走向深渊……

陈小元还是补了一句,我已经记不清自己到底有没有结婚。不过,这一次,回去是参加别人的婚礼。

4

凌晨两点,大巴驶入一个无名的服务区,黑灯瞎火地停着。

老年人都打起了呼噜,几个年轻人在玩手机。棍子山药不停地打电话,他一会儿嘻嘻哈哈地说,你在被窝了吗?你一丝不挂啊?你在引诱大哥晓得不?我正在你的门外准备敲门呢,快给大哥开门吧!你真的不开吗？千万别后悔啊！你不信？骗你是头老母猪……你今天晚上有人了？谁呀？奶奶的，你故意气大哥吧？他一会儿又板着面孔说，今天成交几单？总共才三单吗？真如寺那套呢？玉佛城那套呢？你们怎么搞的！我把肉都喂你们嘴边了，怎么又跑掉了呢？好吧，好吧，跑就跑吧，十月市场应该不错，你们加加油吧，有什么情况及时打电话吧。

棍子山药说话声音很大，把谁家孩子给吓得哇哇大哭了起来。大白菜边嗑瓜子边说，咿呀老板，你电话真多啊，你是干哪行的？棍子山药说，你看我是干哪行的？大白菜说，我看呀，调戏人家良家妇女，肯定是做皮肉生意的。棍子山药说，你在抬举我吧？不瞒你，我不是卖肉的，我是卖房子的，如今虽然房子值钱，但是不如卖肉的。大白菜说，不管你是干哪行的，我估计车上多数是咱们老乡，你别在老乡面前显摆，说话小声点好不好？棍子山药嘿嘿一笑，说我把音量已经调到很小了，业务繁忙我也没有办法啊。大白菜说，现在几点了？半夜三更的，还有哪门子业务啊，你吵着人家孩子了，晓得吗？

棍子山药转过身说，对不起，我吵着宝宝了吗？我给宝宝买糖吃吧。他不晓得从哪里忽然摸出一颗大白兔奶糖，跑过去塞到孩子的小手中。孩子哭得更加厉害了，把一车的心都撕碎了。棍子山药说，宝宝可能要吃奶了。孩子妈也顾不得那么多，立即解开扣子，从怀里掏出奶子，顶到婴儿的嘴里。醒着的人都别过头去，目光迷离地盯着漆黑的窗外，似乎把整个车厢都腾得一干二净，仅仅让一只雪白的奶子存在着，发出一丝丝空旷而甜美的吮吸之声。

车厢完全安静了下来。陈小元以为要在无名之地过夜，问停在服务区干吗呢，需要下去开房住宿吗？大北瓜说，当然要开房住宿，单人间双人间，你们是可以自由搭配的。棍子山药神秘地笑着说，你是第一次吧？坐这趟车，吃饭睡觉都是有规定的。陈小元说，什么规定？棍子山药说,有一个不成文的规定,如果座位连在一起,下去开房住宿的时候,就可以名正言顺地住在一起,你不愿意的话我们两个换换吧。陈小元笑着说,有这样的好事吗?

小苹果一直闭着眼睛,悄无声息地躺着。她听到棍子山药的话,抬起胳膊轻轻地顶了一下陈小元的腰,小声地嘟哝着说,你别理他。

陈小元意识到棍子山药是在起哄,于是小声地问,我们真要在服务区过夜吗?小苹果说,为了安全,防止疲劳驾驶,在凌晨两点与五点之间,国家规定大巴是不能上高速的。陈小元说,那大家都睡在车上吗?小苹果说,是啊,但是,也可以去下边开房,服务区那边有钟点房。陈小元笑着说,原来那个规定是真的呀,那我们还不赶紧下车?小苹果说,真要开房的话,你们两个男人,一个留着八字须,一个剃着光头,那真是绝配。

陈小元用下巴指了指窗外说,还是和它开房吧,你看看它多圆啊。

不晓得什么时候,也许是走远了,也许变天了,天又晴了,一轮圆月挂在树梢上,有如丝如缕的白云飘着,像是蒙在月亮头上的白纱。

陈小元起身,让司机打开车门,第一个下了车。小苹果拖延了一小会儿,下车之前不咸不淡地说,月亮好圆啊。

棍子山药说,你们还真开房去啊?小苹果没有吱声。大白菜说,咿呀,你不是老板吗?你也去开房享福吧,窝在车上算什么呀。棍子山药说,你和我享福去行不?大白菜说,服务区既然可以开房,肯定也有小姐,万一没有小姐,下边一定还有狗呢。棍子山药说,狗正汪汪叫,听声音肯定是母的。大白菜说,你的耳根子好灵,连公的母的都听得出来?你和母狗不是挺般配的吗?难道你要个公狗舔你不成?棍子山药说,还是你这嘴巴功夫厉害,竟然明白什么是舔呀?

司机听了,呵呵一笑,嘟哝着说,车上刚才不行,现在可以吹泡泡了。

大白菜说，天下男人没有一个正经的，真是猪狗不如呀。她正嗑着瓜子，把瓜子皮朝着司机扔了过去。

几个人斗嘴，把一车人都吵醒了，或者是大家根本都没有睡，不过是眯瞪着而已。有位老大爷说，这车上还有孩子，你们想说什么，到车下去说吧。大爷掏出一个大烟锅子，吧嗒吧嗒地抽起了烟。有人被烟呛着了，开始咳嗽起来。司机说，大爷，你也下车吧。大爷说，我下什么车？我还是开窗子透风吧。他就把窗子打开了，有股风随着灌进了车内。

棍子山药说，好香啊，似乎有桂花开了。大白菜说，咿呀，狗鼻子也能闻出桂花香？我以为只能闻到尿臊味呢。大爷朝大白菜说，你们都不是商洛人吧？大白菜说，我是的呀，我是商州的。棍子山药说，我也是商州的。大爷说，恐怕出门久了，都变味了。大白菜说，我七年了。棍子山药说，我比你早三年，整整十年了，在上海一晃十年了，半条命都淹在黄浦江里了。大爷说，难怪了，商洛人说话粗是粗，却是正正经经的，哪会像你们一样？大白菜盯着棍子山药说，大爷在骂你，说你不正经。棍子山药说，你以为你是正经人吗？

大白菜说，大爷，你骂得有理，你看看这个老板，以为自己在城里赚点臭钱，就发烧打摆子了，忘记自己老祖宗埋哪儿了。大白菜又转向棍子山药说，房价涨得那么高，你开房产中介的，是不是坑过好多人？棍子山药说，看你说的，如今正正经经的，能做成生意吗？刚去上海的时候，我守着咱山里人的本分，可单纯可仗义了。但是你不坑人，人家就会坑你。有一次，有人拿出一份文件和几份合同，把一套拆迁安置房的指标委托给我们出售。其实他奶奶的，文件是他们伪造的，房子是他们虚拟的，把我给骗惨了。大白菜说，确实是这样。我从山里刚出来，一是没有手艺，二是没有本钱，被逼无奈去理发店打工。开始多单纯多害臊，给男人洗头都会脸红。棍子山药嘿嘿一笑说，你恐怕不是洗头吧，如今脸皮有一尺厚了吗？大白菜说，你还说我，你什么胡子不好留，偏偏留着一个八字须，像不像不要脸的小日本？棍子山药说，我就是想充当小日本，不这样人家上海人能瞧得起咱吗？还不把咱当土豹子一样欺负？不过，咱就是外表，心肠还是好的。大白菜说，我看呀，心肠也不怎么的，背着家里不晓得干过多少坏事。你老实交代交代，在外边有多少花头了。

棍子山药说，就一个，不骗你。大白菜说，我看绝对不止。棍子山药说，是一个。大白菜说，十一个？棍子山药说，不是十一个，而是一个。大白菜说，二十一个？棍子山药说，你听错了，其实一个。大白菜说，七十一个？你就吹牛吧，怎么会有那么多？棍子山药笑着说，就是一个！

大爷吸完一锅烟，把烟锅子在玻璃窗上敲了敲，气愤地说，九十一个？天哪，太不像话了，这啥世道啊？大白菜扑哧一声笑了，冲着大爷说，我们这是说笑话，后边还有一句"二百五，是一个"，听上去像不像二百五十一个？大爷又按了一锅烟说，有一点花头也不行，你们在外边花花世界，不能忘记家里的妻儿老小。棍子山药说，大爷，我说的一个，就是家里老婆一个，再没有别的了，你就放心吧。

大白菜说，你在外边没有人？刚刚电话里莺莺燕燕的，不是人难道是畜生吗？你对着大爷发誓吧。棍子山药说，怎么发誓？我为什么要发誓？大白菜说，你如果是清白的，为什么不敢发誓？棍子山药说，谁在外边有花头谁就是猪。大白菜说，这样发誓不行的，你敢不敢说，谁在外边有相好的，那相好的就是他妈。棍子山药有点急了，说你怎么和我老婆一样一样的，她也是这样让我发誓的，我不拿我妈发誓，她就一直和我闹，我这次回去就为了灭火。大白菜说，咿呀，果然被我猜中了，你回去不会为了离婚吧？在外边再怎么委屈，常话说糟糠之妻不下堂，这种缺德的事儿千万别干啊。

棍子山药说，你这次回去干什么？大白菜说，交公粮啊，还能干什么？过去半年回一次家，本来端午节要交公粮的，被一些事儿给绊住了，老公被饿得都嚷嚷好几个月了。棍子山药说，你在城里肯定也不安分，你也发誓吧。大白菜说，我哪里不安分了？女人哪像你们男人，起码可以自力更生。棍子山药说，什么叫自力更生？你如果不会自力更生，找机会我来教教你。大白菜说，回家教你老婆去，越看你越不是个好东西。棍子山药说，你好意思骂我？你看看你的裙子，短得还像裙子吗？

大白菜说，为啥不像裙子？

棍子山药说，像一条内裤。

大白菜站起身，伸了个懒腰，趁机把裙子朝下拉了拉，似乎希望把它拉长。

棍子山药说，我们山里女人，有穿裙子的吗？穿裙子咋收麦子？咋放牛？虫子还不趁机钻进大腿里去了？你这一路，上山过河的，我看还没有到家，没有见着大哥呢，裙子怕就不见了。还有大腿，光溜溜的，连裤子都不穿，刚上车的时候，我看了一眼，心都怦怦地跳起来了。

大白菜冲过去，踢了一脚棍子山药，然后伸出大腿说，早就看你色眯眯的，你还什么老板呢，狗屁，我穿的是打底裤，你连这都认不出来？棍子山药说，你别狡辩了，明明就是光腿。大白菜说，打底裤是肉色的，不信你摸摸？棍子山药说，那好，让我摸摸。大白菜又狠狠地踢了一脚说，你去死吧。

车上发出一阵哄笑。大爷小声地对大白菜说，不是人家说你，你这是回家呢，又不是上台演戏，为啥不换一件？大白菜有点不好意思地说，咿呀大爷，你不晓得，我早上还在上班，这是上班穿的衣服，当时怕误了班车，走得有些急，就来不及换了。

车上一时又安静了，有几个年轻人站起身，有的下车去抽烟，有的下车去上厕所。还有人下车什么都不干，就坐在旁边的草地上，抬头看着天空。大家下了车，才发现天彻底晴了，有一颗大月亮挂在头顶。

有人说，月亮似乎比城里大一点。有人就回答，确实是胖一圈，城里到处都是灯光，哪有人在乎月亮啊。有人说，月亮似乎亮一些。有人就回答，那当然了，城里空气不好，月亮都生病了，也许生了黄疸肝炎，也许营养过剩生了心脏病。有人说，好久没有看到这么好看的月亮了。有人就回答，你恐怕好久没有回咱商洛了吧？咱商洛的月亮一直都这样，上边的兔子、桂花树和嫦娥，都看得清清楚楚的。

有人说，要是把这颗月亮搬到上海去，都可以卖票了。

有人就回答，你把它搬到上海有啥用啊？啥东西一到城里就变味了。

更有人附和着说，别说月亮了，人到城里也变味了。我都后悔进城了，当初不进城就好了。我们在城里做了老板，似乎赚了点钱，但是身体不好了，心眼也坏掉了，不单纯了，要钱有什么用呢？反而是我的几个中学同学，人家没有考上大学，当年好像是坏事，如今又变成好事了，守在老家种种庄稼，养养猪收收药材，日子过得安安稳稳的，哪像我们整天漂来漂去的，连要饭的都不如了。

陈小元靠在大巴的屁股后边，听着大家的谈话，一时思绪万千。他觉得自己能考上大学，能在上海生活是了不起的，尤其是娶了上海老婆之后，更加为自己成了半个城里人而自豪。但是随着像浮萍一样无着和感情的破裂，他也在反思自己的进城之路是不是正确的。这让他想起了自己的一位堂弟。他们在一个班里上中学，陈小元每次考试都是学校前五名，而堂弟总是最后几名。结果是可以想象的，他以优异的成绩考上了大学，风风光光地进城了，而堂弟则落榜了，失落地回家种地了……陈小元毕业之后跑到上海，找到一份勉强可以生存的工作，幸运地娶了一个上海老婆，除此之外，他在上海是什么都没有的，没有房子，没有车子，没有户口……

但是三十年河东三十年河西，他的那个堂弟靠着收购核桃、木耳和药材，家里已经十分富裕，不仅盖起了两层小洋楼，买了一辆小汽车，用上了煤气灶和热水器，还经常带着老婆孩子上北京下广州旅游，日子过得比陈小元优越多了。有一次，堂弟自己开着车，带着一家四口来上海玩，陈小元去见人家，发现人家开着越野车，住的是四星级饭店，面对东方明珠每人几百块钱的门票眼睛眨都不眨一下。陈小元原有的一点点自信一下子就被淹没了，因为自己还没有上过东方明珠。请堂弟吃饭的时候，本来想让上海的妻子出面作陪，给自己装装门面，但是被妻子以听不懂乡下的话而拒绝了。最后，那顿饭是陈小元一个人孤苦伶仃地在一家档次不高的酒店陪着吃的。

在堂弟面前，唯一让陈小元感到有优越感的，不再是什么大学生了，而是在农村人眼里，自己是一个文化人，还有一个当作家的梦想。堂弟面对陈小元的羡慕，他说我再怎么样，永远都是土农民，你不一样，你是大作家……陈小元的羡慕是真诚的，堂弟的羡慕也是真诚的，但是文化人的身份无法改变他的窘迫和尴尬。

他还想到了那棵樱桃树。她和他也在同一个班里，学习成绩也一样非常优秀。但是，在那年春天，在那棵樱桃树下，在那件事情发生之后，她虽然没有像动乱年代那样，被挂着牌子游街示众，但是家长们的指指点点，乡亲们的议论和讥笑，老师们的焦虑不安，尤其是学生们的心神不宁和心不在焉，让学校害怕了，最终她被勒令退学回家了。但是她毕竟是一个农村女人，是被扣上帽子的"坏女人"，不仅没有堂弟那么幸运，恐怕还会十分凄惨——这就是让陈小元十八年来心存内疚的原因……

他一边听着四周的动静，一边在等待着什么。他明白小苹果已经下车，似乎上厕所去了，似乎又遇见了大鸭梨，被大鸭梨给缠住了，所以还没有露面。陈小元不时地咳嗽着,希望引起小苹果的注意。小苹果过了不久,果然一边踢着石子一边漫不经心地走了过来。

小苹果说,你不是要开房吗?你开的房子呢?陈小元说,在前边呀,你跟我走吧。小苹果抬起头,看了一眼月亮,又看了一眼陈小元,两个人对视的那一刻,都忍不住呵呵地笑了。这种对视,让陈小元内心一亮,这次不再是一盏灯,而像一道迅疾的闪电……不过,那次对视是在那棵樱桃树下,有两只兔子,有两只白色的兔子,他抬起头看了一眼正午的太阳,又看了看两只肆意寻欢的兔子,两个人就这么对视了一下……那次对视之后也有闪电,是两束光彼此引导彼此交缠在一起的闪电,不过闪电之后紧跟着的是雷声,隆隆的雷声滚过青春年少的身体之后还有暴风骤雨和一泻千里……

服务区建在一个小山坡上,里面的超市、加油站和修理铺,一半是因为没有建好,一半是因为没有什么生意,所以统统都关门了,显得黑灯瞎火的。山脚下有一小片湖泊,绕着湖泊建着一条小路,一部分是铺着石子的,还有一部分建在湖面上,用木板搭成了小木桥。湖泊四周是大片的树林子,其中有密密麻麻的竹子,还有一些认不清的灌木。整条小路弯弯曲曲的,时隐时现地穿梭在树林子里。因为月光的原因,湖泊像一面镜子,又像堆在一起的银子,更像储存在池子里的水银,而小路则像一条珍珠项链,白云遮住月亮面孔的时候,小路又变成一条蛇,在向前缓慢地蠕动着。随着微风吹过,湖面闪着光,像破碎的镜子,又像有无数的小鸟在水面上浮动着。

大巴屁股后边,就是下山的小路。陈小元顺着小路,朝着山下的湖边走去。小苹果似乎有些害怕,或许害怕深幽的树林子,或许害怕树林子中不安分的阴影,回头看了看身后那辆大巴安静地伏在那边,像一只刚刚结下的蚕茧。

小苹果说，大叔，你那么心急，也不等等我呀。陈小元偷偷地笑了笑，不但没有停下来，而且紧走了几步，把她远远地抛开了。他独自一个人，站在一座木桥上。人站在木桥上的时候，被四周闪亮的湖水包围着，有点天鹅落下的味道，或者是嫦娥下凡的味道。

陈小元停下来回望，没有发现小苹果的影子，也没有听到一丝声响。陈小元说，被鬼抓走了吗？陈小元说，这里肯定有狼，被狼吃掉了吧？陈小元说，胆子这么小啊，还不如一只老鼠呢。无论他怎么说，她始终没有出现，或许是躲起来了，或许被吓回去了。他有点失落又有些紧张地叫着，小苹果，你在哪儿？

从远处看湖泊，湖泊在月光下，是银色的，是闪闪发光的。但是贴近了看湖泊，因为月光不是光，所以没有反光，湖面就是黑色的，湖底也没有倒影，水中也没有月亮。从山下朝山上看，那条小路也不见了。他有点恐惧，头发根根直竖，正准备抽身的时候，从相反的方向响起一阵沙沙的声音，而且起风了，风还有点大，把树林子刮得左摇右摆，像一个个失控的疯子。

陈小元回头。有一个黑影顺着木桥，向这边浮了过来，类似于梦游，也类似于电影里的僵尸。当僵尸移到他面前时，猛然揭掉戴在头顶的叶子——他不明白那是什么叶子，像荷叶，又像芭蕉叶，竟然如此之大，比一顶帽子还大。他早就明白是小苹果装的，这么幼稚的游戏简直让人想笑。

小苹果猛然揭掉那片叶子，使劲地拍了一下他的肩膀，说你在喊谁呀？谁是小苹果呀？你叫的应该是樱桃吧，樱桃应该在你口袋里吧？陈小元在下车的时候，因为她长得越看越像苹果，又越看越像那棵樱桃树，他想吃樱桃的瘾又被诱导出来了，于是不由自主地把自己的樱桃分出一小袋子，一边下车一边随口吃了起来，剩下的则装进了口袋里。

陈小元将计就计，吐了吐舌头，翻了翻白眼，摇晃了一下身子，头向旁边一歪，似乎就晕了过去。在他即将倒在她的身上的时候——在下午的车上，他就迷迷瞪瞪地想象过这个问题，如果他睡着了，不小心倒在她身上，她会怎么对待呢？她会推开他还是不动声色地依着他？他们会不会借着这个机会从此贴在一起？他们会不会还有进一步的亲密，比如相互依偎着，彼此摩擦着，随着大巴的颠簸而颠簸呢？他不敢再想象下去了，随着一些更为冲动更为亲密的情景闪现在他的脑海中的时候，他不免在心里骂了自己一句"流氓"……他不敢再想象下去了，再想象下去就会回到十八年之前，就会回到那棵樱桃树下，就会随着两只白色兔子的出现，引起一场身不由己的暴风骤雨，欲望的洪水开始倾泻，灾难开始蔓延，无尽的伤感由此而生……

小苹果倾斜了一下，朝旁边轻轻一闪，轻松地躲开了。最后，他没有晕倒在她的身上，而是一屁股摔在地上，发出沉闷而羞愧的声音。小苹果靠着木桥咯咯地笑了。他不明白她笑什么，是阴谋得逞，还是幸灾乐祸？小苹果说，我这个僵尸厉害吧？这就是不等本姑娘的下场。

陈小元忍住疼痛，伸直双腿，四仰八叉地躺在地上，然后闭着眼睛像摊平的一堆泥巴。他静静地体会着月光洒满全身的感觉，像被浸泡在微冷的水中，这水打不湿衣服，而且没有重量，没有浮力。他想，月光更像一片白雪，他被埋在白雪之中。

发现陈小元一动不动，小苹果蹲下来，说大叔才胆小如鼠呢，说大叔是不是被鬼抓走了？说大叔你就醒醒吧，在这里睡觉会着凉的。无论小苹果说什么，陈小元还是一样纹丝不动。小苹果不笑了，摇着他的胳膊说，大叔，你就装吧，我可是久经沙场，小把戏能哄小丫头，哪哄得了本姑娘呀。

陈小元还是一言不发，并且屏住呼吸，控制住每一丝颤抖。

这不是他的第一次，他的第一次不是装死，而是装作睡着了。不是睡在这样的晚上，而是睡在那棵樱桃树下，睡在一个春天的明媚的中午——虽然装死与做梦都是进入另一个世界，但是进入的路径完全不同，死是从时间进入的，梦是由空间进入的……正如此时的月光与彼时的阳光，月光是冷冷的，阳光是暖暖的，在暖暖的阳光下，万物都在生长，更难以控制自己……当他被吱吱的声音惊醒之后，他悄悄地睁开眼睛看了一眼头顶的太阳，发现那肆意寻欢的声音并非来自太阳，而是来自两只白色的兔子。他看了看兔子，与那棵樱桃树对视了一下，然后有点不好意思地指了指。当那棵樱桃树顺着他的目光，看到那两只兔子的时候，她被吸引住了，失控了，突然紧紧地抓住他的手，他又紧紧地抓住她的手，宛如那满树的樱桃花就是在那一瞬间全部开放的……就是在那满树的樱桃花开放的时候，他伸出手一点点地摸索着，像一个瞎子急切地希望爬上那棵樱桃树，去一朵朵地采摘那满树的樱桃花……但是，那棵樱桃树竟然没有一颗纽扣，这让他耗费了不少时光，甚至已经感受到了太阳微微的倾斜，他的手绕过她的腹部先是朝上又再朝下，以至于在伸入那细碎的花瓣、盲目地慌乱地尽情地采摘着的时候，有人带着风断喝了一声"流氓"，提着一根棍子赶了过来……

小苹果伸出手，试了试陈小元的鼻息，捏了捏陈小元的鼻子，拍了拍陈小元的脸蛋子。小苹果说，我看你是练过闭气功的，想吓唬吓唬我是没门的。小苹果说，不就一片荷叶吗？你以为是什么呀？就把你给吓死了？小苹果说，多干净的湖，多弯曲的小路，多茂密的树林子，今天又是中秋节，月光多像天使的羽毛，这里像不像仙境？小苹果说，你算什么大叔啊，这么好的地方，怎么会有鬼呀，要有恐怕只有仙女。

小苹果突然大叫，大叔你快点看，那边是天鹅！这里竟然有天鹅！

陈小元并没有上当，仍然闭着眼睛偷偷地笑着，尽量不让任何表情有丝毫的流露。

小苹果说话的声音越来越低,越来越急促,最后就哭了。小苹果说,你被吓死了吗?我看你胆子还不如蚂蚁,还不如针眼,还不如臭狗屎。小苹果掐了掐他的人中,拍了拍他的胸口。最后,她朝身后的山顶上看了看,似乎在确认有没有人,然后慢慢地俯下身子,朝着他贴了过来。

她低头的时候,是犹豫的,是茫然的。不晓得是露水,还是她的眼泪,冰冷地滴在他的脸上。陈小元感觉这不是现在的冰冷,而是从前的冰冷,是那棵樱桃树的冰冷……有人断喝了一声,打死你这个流氓……随着那一声断喝,一根棍子劈头盖脸地抽了过来。陈小元以为有人在撵那两只兔子,那两只兔子毫无疑问是非常诱人的猎物。但是那根棍子并没有落在兔子身上,而是朝着陈小元准确无误地挥了过来。在这千钧一发之时,那棵樱桃树爬起来,呵护在陈小元的面前……那棵樱桃树被狠狠地抽了一下又一下。那时候,她像受难者,并没有哭,而是笑吟吟地声明她是自愿的,像声明春天自愿开花、夏天自愿结出樱桃一样。当她被带走的时候,她一步三回头,才开始流眼泪,也许那不是眼泪,是纷纷凋零的樱桃花……

在小苹果的双唇还没有真正贴上来的时候,陈小元也骂了自己一句"流氓"。

他慢慢地睁开眼睛。他怕猛然睁开眼睛会吓坏她,于是他轻轻地呻吟了两声,像死去的人重新活了过来。

小苹果一屁股跌坐在地上。

小苹果说,好险啊。

陈小元说,你遇到野兽了吗?

小苹果说,我以为遇到了天鹅,原来竟然是一个色狼。

陈小元装作很无辜的样子说,色狼在哪里?小苹果说,还能在哪里?

就在你身上呀,你刚才晕倒了,我正准备给你做人工呼吸呢。陈小元一本正经地说,难怪了,我好像做了一个梦,梦见自己掉进了湖里,沉入了湖底,遇见一头大白鲨正啃我的脸,原来是你在做人工呼吸啊。小苹果说,我勇敢吧?这叫什么,你晓得不?这叫美女救色狼。陈小元说,人工呼吸不就是亲嘴吗?那你还是继续吧。小苹果说,我只是准备好不好!还没有实施好不好!我总觉得你是装的,大叔你是不是装的?陈小元说,今晚的月亮据说几十年不遇,我们一辈子只有一次机会,所以不浪漫地干点什么,似乎有点过意不去啊。小苹果说,我们干其他什么都是犯罪,你晓得最适合做什么吗?

陈小元说,最适合做人工呼吸。

小苹果说,最适合做梦!大叔你就做梦吧,正正经经地说说你的梦吧。

陈小元与小苹果肩并肩地坐在木桥上。陈小元说,我的梦就是当作家,像曹雪芹一样写一部《红楼梦》。我如果写《红楼梦》的话,就让林黛玉嫁给贾宝玉,然后再生一对龙凤胎,一个叫贾无花,一个叫贾无果。小苹果说,让林黛玉嫁给贾宝玉,那薛宝钗多可怜呀?还不如让贾宝玉娶两个媳妇,把她们两个都娶了算了。陈小元说,那不是违法吗?小苹果说,你什么脑子,那是清朝,又不是现在,是可以娶几个媳妇的好不?

陈小元又想起了自己的两次经历。

第一次是看不到任何纽扣的,和那个封闭的保守的传统的甚至是戴着枷锁的时代一样,所以他像是一个渴望爬上那棵樱桃树的被蒙住眼睛的瞎子,遇到了重重机关和重重磨难。如果容易一点的话,如果熟练一点的话,如果苍老一点并不那么青春年少的话,是不是一切都轻车熟路、瓜熟蒂落了呢?那棵樱桃树是不是就会躲过那么严厉的指责、惩罚和灾难,甚至会不会就变成一段美好的浪漫的传说了呢?

第二次恰恰相反，她的全身都是纽扣，每一颗纽扣其实都是一扇充满诱惑的大门。而且他已经不再年轻不再无知不再慌乱，蒙住眼睛的那块布早就被揭开，所以在一个夜色暗淡的晚上，当她因为生理原因出现恶心呕吐的时候，她拉起他的手按在她的腹部，让他用他的方式来治疗她的腹痛。但是随着他的手反复按在她的身上，她把他的手向上或者向下引入无人之境……他水到渠成地被解除了所有的武装，并在结束的时候仅仅说了一句"我们结婚吧"，她便轻松地答应"好啊"，如同几年之后一样，他仅仅说了一句"我们离婚吧"，她便平淡地回答"好啊"。

陈小元想，他的两种经历多么像两个极端，一个在一千多公里之外，一个在一千多公里之内，一个在十几年前，一个在十几年后，他不晓得是距离还是时间扭曲了他的感情——如果农村的事情发生在上海，或者是上海的事情发生在农村；如果十八年前的事情发生在现在，或者现在的事情发生在十八年前，他是不是就不会给那棵樱桃树造成如此大的离别和悲伤呢？他是不是就可以像拥有两个太太一样同时拥有两个极端呢？

陈小元笑了笑说，我怎么就没有想到让贾宝玉娶两个老婆呢？我看你更适合当作家，难道你的梦想也是当作家吗？小苹果说，我呀，在学校学的是设计专业，梦想是当一个建筑设计师。当时心想十里洋场多漂亮啊，应该有满把的机会在地上打滚。但是毕业后跑到上海才发现，自己一个大专毕业生，和文盲的遭遇其实是一样的，人家卖菜的扫地的都是本科。我有个朋友是研究生，学的是什么教育学，在大上海屁用都没有，连一份教书的工作都找不到，无奈之下照样进了洗头房。

陈小元又叹气了。他又回到了那棵樱桃树下，又看到了那两只兔子，又感受到风雨欲来的气息……那棵樱桃树的梦想也是考上大学，也是去大城市工作，也是当一名设计师，不过不是设计建筑，而是设计服装。

她想把老家的每一种树都设计成各式各样的衣服。比如，把白桦树设计成裤子，把枫树、橡树和松树设计成衬衫，把开花的杏树、桃树和梨树，尤其是樱桃树，都设计成裙子。但是呢？唉，在那个春天，在那棵樱桃树下，在那个阳光明媚的中午，在伊甸园一般的看似静谧的小镇，偏偏遇到了两只兔子，像受到一条蛇的引诱，夏娃与亚当开始偷食禁果……因为是光天化日之下，是无遮无掩的，有人目击了那情不自禁的一幕，把消息一路传了下去，终于传到了上帝的耳朵里，最后遭到了上帝的惩罚——严格地来说，惩罚那棵樱桃树的不是上帝，而是上帝创造的蒙昧未开的人类——更严格地说也不是人类，而是他们的嘲笑、流言和偏见……随后零零散散地传来一点消息，有的说那棵樱桃树像所有的树一样，仍然守在荒草连天的风风雨雨的农村，有的说那棵樱桃树不见了，可能是被人砍掉了，也可能是枯死了。最后就再也没有任何消息了，像那个春天的樱桃花凋零之后，重新化入泥土，从未开放一样，或者像开放之后再没有凋零一样……

反正，陈小元自此之后的十八年，无论是在老家还是在外地，无论是在农村还是在城市，都没有看到过一棵樱桃树，已经记不清樱桃树的样子，更不记得樱桃花是什么颜色，会散发出什么样的气息。唯一可以品尝的是樱桃的味道，不过已经不是自己亲手采摘下来的，不是在当季生长出来的，更不是当初那棵樱桃树上生长出来的樱桃了。

陈小元说，她现在呢？现在在干什么？小苹果说，你是指我的朋友吗？人家研究生也没有白上，她在洗头房上班的时候，总是把毕业证拿出来让客人看，客人发现陪自己的竟然是研究生，出手就尤其大方。我劝她还是别干了，别再糟蹋自己了，但是人家干得挺起劲的，说在洗头房一个晚上，等于在外边半个月，何乐而不为呢？陈小元说，如今时代不一样了，过去没有洗头房的时候，人找不到工作怎么办？小苹果说，关键是地方不一样了，在咱老家一直都没有洗头房，而在城市连烟花柳巷都有了，好多人都沦落到那种地方去了。

陈小元说，所以，罪不在念不念书，念的是什么书，进不进洗头房还是看人，每个人想法都不一样。你不会也在洗头房上班吧？小苹果瞪着眼睛说，你把我当什么人了?！陈小元说，近朱者赤，我就是提醒一下。小苹果说，朋友也劝过我，非要介绍一个大老板给我。别说什么大老板，就是大老爷，我也不愿意。我如果那样做，对得起我姐吗？对得起我们那片青山绿水吗？陈小元说，为什么对不起你姐？小苹果说，我小学毕业之后，我爸妈反对我继续念书，说我已经长成大丫头了，再念下去会像我姐一样学坏的。所以我是我姐辛辛苦苦养大的，她坚持供着我上完了大专，还坚持让我选择了设计专业……而且，当初，听说我姐因为流言蜚语，中学还没有毕业就被逼着回家种地了，我们家好长时间在村里都抬不起头，几乎都要被唾沫星子给淹死了……

小苹果眼里闪动着泪花。陈小元的内心又狠狠地闪了一下那盏小灯。虽然十八年来，他没有收到太多的实质性的消息，但是如果按照在那棵樱桃树下发生的事情进行合理的推断和想象，似乎小苹果讲述的正是他内疚的和认定的结果。他真想问问，她姐叫什么名字，当时是在哪里上的中学，到底发生了什么事情，为什么一直抬不起头，是不是因为男女关系，如今的情况是什么样子，是不是成了司空见惯的满手老茧的满脸皱纹的一身油污的弯腰驼背的农村妇女……但是看到小苹果十分伤心，他陷入了小小的沉默，一是不忍心问那么多伤心的事情，二是还承受不了那么大的巧合。似乎这种巧合的可能性不大，但是如果真是一个天大的巧合怎么办？按照他原来的设想，就是想从那个县城穿过，去那个小镇远远地看上一眼那棵樱桃树，甚至是在心里悄悄地问候一声："对不起，十八年了，你还好吗？"

陈小元说，你如今当设计师了吗？小苹果说，如今在一家日本玩具企业，做了一个仓库管理员，哪会想到这辈子要当仓库管理员啊。陈小元说，仓库管理员工资不会低吧？小苹果说，你以为是当保镖吗？其实就像个看门的，哪里用了几个螺丝，哪里坏了一个灯泡子，又入库了多少小米积木，又出库了多少卡通玩偶，整天消耗在这些鸡零狗碎的东西上。陈小元说，有你这样如花似玉的管理员，那些螺丝、灯泡和玩具们能安分吗？小苹果说，谁都像你呀，大叔！陈小元说，不过，绿林好汉林冲也当过仓库管理员。小苹果说，他最后一气之下还不是把草料场给烧掉了？

陈小元说，你还喜欢设计吗？小苹果说，有时候做梦都在设计东方明珠，上海人把东方明珠当宝贝似的，整天炫耀什么"东方之珠"。哎哟，真够土气的，还不如我姐纳鞋底的大锥子。我姐纳鞋底的大锥子起码是铁的，比东方明珠优雅朴素多了，东方明珠发出的光是紫色的，与在洗头房上班的朋友身上穿的衣服太像了。

陈小元说，我还没有上过东方明珠。

小苹果说，我也没有进过洗头房。

说到这里，两个人相视一笑。

在月光下，彼此的目光显得十分幽怨，像湖面上偶尔荡起的不易觉察的一丝涟漪。

陈小元说，在工作方面，我也许可以帮你。小苹果说，凭什么？凭我们是老乡吗？陈小元心里明白，自己虽然帮不了什么，之所以还想尽力帮她，是因为小苹果长得越来越像那棵樱桃树，又有那棵樱桃树的影子和夭折的梦想，甚至她不是一个苹果，而是通过十八年的时间，被放大了很多倍的一颗樱桃。他似乎在慢慢地接近那棵樱桃树，内疚感和负罪感在慢慢地减轻……

陈小元说，凭你是我的老乡，也凭你刚才的人工呼吸。小苹果说，我再重申一下，当时想做人工呼吸，其实是并没有实施，而且人命关天的，我怕你一旦死了，就说不清楚了。人家不晓得的，真以为我们开房去了，你不是被吓死的，而是死在床上的。消息传回我们老家，那些人肯定会说，有其姐必有其妹，那我姐多伤心啊。陈小元说，你咋不喊别人帮忙呢？小苹果说，我咋忘记了呢？我们还有一车人，尤其是棍子山药吹气球的样子多熟练，给你做做人工呼吸应该也不会差的。要不我现在把他给你叫过来吧？

陈小元笑了笑说，你为什么不继续念书？小苹果说，我想啊，而且已经报好了成人教育的专升本，是复旦大学的视觉艺术学院。但是进考场那天早上，死活找不到准考证，我怀疑是被胖子给藏起来了，但是胖子说可能被老鼠吃掉。上海有老鼠吗？你在上海见过老鼠吗？反正我在上海从来没有见过老鼠，只见过成群结队的蟑螂。陈小元说，哪个胖子？小苹果说，就是下午来送我的男朋友，他一直不同意我继续上学，尤其是不希望我学艺术专业，他说搞艺术的都是大流氓。我忘记了，作家也是搞艺术的，你会不会也是大流氓啊？

陈小元内心的那盏小灯一沉。虽然上中学的时候，他还没有当作家的理想，还远远不明白什么是作家，但是在那年春天，在那棵樱桃树下，在两只兔子的诱惑下，在他像一个瞎子一样慌乱地爬上那棵樱桃树朝着樱桃花深处进入的时候，有一根棍子像暴风雨之前的一道闪电一样抽了过来，随着一声断喝，一顶"流氓"的帽子扣了过来……最后是那棵樱桃树抢在前边，主动地接住了这顶无比耻辱的可以毁掉一生的帽子……

陈小元说，搞艺术的那是浪漫，说明胖子不懂浪漫。

小苹果的电话响了。她接通了电话，说死胖子，你干吗呀？这么晚了，你不睡觉打什么电话？你问我在哪里？当然在车上！你说太安静了？当然太安静了！现在停在服务区呀，凌晨大巴不准上高速，所以停在服务区。我在睡觉啊，还能干什么！土豆大叔？是啊，他就在身边。你什么意思啊？我就跟他好了，关你什么事儿？有本事你来呀！你如果懂浪漫的话就来一起看月亮，多好的月亮啊。让你跟我走，你不愿意，嫌弃我们山里，怨不得我吧？你这个死胖子，好了好了，人家是土豆又不是迷魂汤，是不会迷住我的，你就把心放在肚子里吧。你要视频？这是要检查我对吗？而且黑灯瞎火的，你啥都看不见吧？

小苹果挂掉电话，笑着说，胖子吃醋了。陈小元说，他吃什么醋啊？小苹果说，他说他下车的时候，从车窗外边看到你，觉得你长得色眯眯的，提醒我防着你一点。

陈小元说，你真得防着，我真不是什么好人。

小苹果抽了抽鼻子，说你闻闻，是什么味道？不会是月光吧，难道月光是香的？

当年的那个中午，那棵樱桃树抽了抽鼻子，也说有一股香味，问陈小元阳光是不是香的。

陈小元也抽了抽鼻子，发现空气果然香喷喷的，有一股亮堂堂的直沁人心的味道。陈小元说，恐怕是桂花开了。

他们离开了那座木桥，顺着一条小路弯弯地走着。她想给他和月光拍张照片，说是从没有见过这么好的月光，也没有见过能聊这么多的老乡，希望拍几张照片给这次旅途留个纪念。但是无论怎么拍，月光看似是亮堂堂地雪白雪白地洒了一地，可一拍下去，就什么也没有了，仍然漆黑一片。陈小元说，月光不是光。小苹果说，那月光是什么呢？陈小元说，如果是光的话应该会有反射，我拿镜子试过，月光是没有反射的，所以是拍不出来的。小苹果说，那怎么才能留住这些美景呢？陈小元说，用心就行了，就像我们，记着就行了。小苹果说，我们是什么关系？等到了商南县那一站，我一下车，你恐怕就不认识我了。

路过一片树林子的时候，小苹果突然捂着肚子，哎哟着蹲了下去。陈小元问，是不是吃坏了肚子？小苹果不好意思地说，女人的事儿，你就别问了，我去方便一下，你是正人君子，可不能偷看啊。陈小元说，什么也看不清。小苹果说，看不看是一回事，看得清看不清又是一回事。

突然有一只大鸟，或许就是传说中的天鹅，从树梢上俯冲了下来。小苹果尖叫一声，就扑在了陈小元的身上。正在这时，从林子里又冲出一条黑影，朝着陈小元狠狠地挥了一拳。陈小元感觉自己的鼻子在流血，那血流在地上与月光混在一起……那条黑影不是别人，正是车上的大鸭梨。大鸭梨从陈小元的身上把小苹果拉开，使劲地推了陈小元一把说，就晓得你没安好心。小苹果说，你怎么在这里？大鸭梨说，我在保护你，我什么都听见了，他还真是一个流氓。小苹果说，谁是流氓啊？大鸭梨说，这个大红薯呀！

陈小元抹着下巴上的血，偷偷地笑了笑——他在给别人起绰号的时候，没有想到别人也在给自己起绰号。自己的这次绰号不叫土豆，而是比土豆更加丑陋的红薯。小苹果说，你从哪里看出他像红薯？大鸭梨说，你看看他的头型，再看看他紫红色的衬衫，不是红薯是什么？小苹果嘻嘻地笑着说，确实像一个紫薯，不过你误会了。大鸭梨说，我怎么会误会！小苹果说，他一路都在照顾我，反而是我差点把他给吓死了。大鸭梨说，他那都是装的，你看不出来而已，如果我不出现的话，估计你已经上当了，早被他给收拾掉了。

小苹果说，你也看到了，刚才有一只天鹅冲下来要咬我。大鸭梨说，这又不是天堂，哪来的天鹅？我怎么没有看到天鹅？如果真有天鹅也是他装的。小苹果说，你装一只天鹅给我看看？大鸭梨说，我又不是流氓，我装它干什么?！大鸭梨揪住陈小元的衣领，说你是不是装的？不要说假话，说假话就是孙子。

陈小元嘿嘿一笑，说我是装的，天鹅也是装的。

小苹果看到陈小元的鼻子在流血，一边递纸巾一边说，装就装吧，如果真有什么事情，那也是我主动的。大鸭梨说，我提醒你，这个小老头，肯定有老婆。小苹果说，人家没有老婆，就是有老婆，跟你有什么关系？大鸭梨说，他没有老婆，孙子才信呢！如果真没有老婆，更说明他是坏人，坏人才找不到老婆。小苹果说，你这什么逻辑呀，都把我搅糊涂了。大鸭梨拉住小苹果的胳膊，似乎要把小苹果带走，说时间不早了，应该上车了。

小苹果甩开了大鸭梨，说你别拉拉扯扯的行吗？这么好看的月亮，我还没有看够呢。大鸭梨说，你是不是看上人家了？你被骗了，晓得吗？小苹果说，我是自愿的，如果被骗了，关你什么事儿？大鸭梨一生气，真的扭头就走了。

小苹果说，气死了！真是气死了！像一只苍蝇似的。陈小元说，人家也是为你好。小苹果说，哪里是为我好？他是还不死心。陈小元说，这么快，你们就泡上了啊？小苹果说，听你说话的口气，还真不像正经人，什么泡不泡的，其实他和我是一个村子的。陈小元说，这次回家，你们是约好的？小苹果说，是偶尔遇到的。陈小元说，吃晚饭的时候，隐隐约约地听你们说，他好像在上海一家电子厂打工。小苹果说，我感觉打工是假的，来找我才是真的。我就明白地告诉你，他是我在村子里的男朋友，不过早就分手了。陈小元说，我明白了，是你把人家给抛弃了，你跑到上海以后，遇到了小胖子，经不住花花世界的诱惑，就变成陈世美，把人家秦香莲给抛弃了。小苹果说，陈世美与秦香莲已经结婚了，还有两个孩子，我和他不一样，就是小孩子过家家，随随便便地谈了谈而已。陈小元说，随便谈了谈是什么意思？结婚和不结婚有什么差别吗？小苹果说，你想说什么?！你想问有没有那个对吗？陈小元说，那个是哪个？我不懂。小苹果说，你又装！有了，什么都有了，和结婚一模一样，孩子都生出来了，还是龙凤双胞胎，一个叫贾无花，一个叫贾无果，这样想象可以吗？

小苹果被自己的话给逗笑了。她呵呵地笑着说，我是不是疯了？红薯大叔你是我什么人？我为什么要和你七七八八地解释这么多？

在一个拐弯处，又遇到了棍子山药，他吃惊地说，以为你们开房去了，原来你们在这里呀。其实这里比房间好多了，又透气又浪漫又省钱。棍子山药的身后还跟着大白菜，她一边走一边嗑着瓜子，在走过棍子山药身边时，轻轻地朝着棍子山药踢了一脚，说人家开不开房关你什么呀？有本事你也开房去呀。棍子山药说，花那冤枉钱干什么，我们再往深处走走，说不定还有更好的地方。大白菜说，哪里好，还有床上好吗？棍子山药说，哪里都是床，反正我听你的。大白菜说，我到树林子里边方便一下，你可不许跟过来啊。棍子山药还是跟过去了，说这地方可能有狼，我得好好保护你。

两个人一前一后，向着树林子深处去了。不久，棍子山药传出折弄桂花的声响，也许也遇到了天鹅，或者遇到了别的什么，大白菜还不时地传出咿呀咿呀的喊叫。

5

陈小元和小苹果回到车上不久，棍子山药与大白菜也回来了。

棍子山药一上车，就要与小光头换位子。他要坐在大白菜的身边去。小光头问，为什么呀？棍子山药说，我们想坐在一起好好聊聊。小光头说，你们想聊什么？棍子山药说，我们想聊聊老家的穷山恶水，也想聊聊在上海的不容易。在外这么多年,没有遇到一个既爱吃土豆又爱吃汉堡的两边都懂的人,更没有遇到一个能掏心窝子的人,再这样下去,我不得忧郁症,也会变成疯子。而且你晓得吗?我们原来还是亲戚。小光头问,什么亲戚?拉拉扯扯的,一晚上就变成亲戚了?棍子山药说,这咋就不行了?你看看咱们商洛人的相貌都是差不多的,不是灰头土脸的土豆,就是红薯萝卜大白菜,祖宗都是从大槐树下逃难来的,大家攀扯攀扯都是沾亲带故的,说不定你还是我的小舅子呢。小光头说,你是不是在骂人?谁是你的小舅子?要是也是你的叔叔。棍子山药说,你一个小屁孩子,我叫你叔叔行不啦?小光头侧身问大白菜,你们真有亲戚关系,还是他不安好心?大白菜笑着说,我是他姨妈,不过是远房的,早就出了五服。

小光头不情不愿地换了位子。棍子山药换完位子,说你是谁的姨妈?大白菜说,还能有谁?你快叫姨妈吧。棍子山药说,姨妈,我饿了。大白菜说,乖,回家给你蒸红薯吃。棍子山药说,姨妈,我要吃奶。大白菜便在行李架上,摸出一瓶牛奶饮料,捶了一下棍子山药,扔在棍子山药的怀里。之后再没有听到嗑瓜子的声音了,而是棍子山药和大白菜叽叽歪歪地笑了一夜。

两人聊的第一件事儿,无非是该不该离婚。棍子山药说,我们村里几百年了,还没有一个离婚的,如果我第一个离婚,不就成陈世美了?大白菜说,可不是咋的,感觉挺狠毒的。棍子山药说,不离婚吧,心已经成了两张皮,咱在外边混了那么久,不能说有多大出息,起码是见过大世面的。大白菜说,还有比上海更大的世面吗?楼都盖到一百层了,桥都修到几十公里了,还有迪斯尼马上也要开张了。棍子山药说,但是我那老婆,她死活不信,说楼再高有山高吗?桥再长有咱门前的小河长吗?大白菜说,你为什么不带她一起打工?棍子山药说,她什么都不会,当保姆都不行。大白菜说，那你可以带她到上海看看吧？棍子山药说，她不喜欢城市，也不喜欢人多，看到人多就头晕恶心，有一次走到半路上，还没有出我们商洛，就下车跑回去了。

大白菜说，你可以把东方明珠和东海大桥拍成照片发给她看看。棍子山药说，前几年，我们村没有手机信号，刚刚有了手机信号，给她买了一部手机，但是她不会用微信，我拍的照片也传不过去。大白菜说，我老公现在连手机都没有，他说一个农民整天和庄稼打交道，要那东西有屁用。棍子山药说，前段时间，让人给她安装了微信，有一天晚上，我教她和我视频，聊了不到几分钟，她竟然骂我是臭流氓。大白菜说，你不会让人家裸聊吧？棍子山药说，都老夫老妻的了，脱个衣服有什么了不起的？隔山隔水的好几千里路，她说想那个了，不视频咋办？

大白菜说，猜你也不会亏待自己，我们女人多可怜啊。棍子山药说，说一千道一万，早就是两个世界的人，每次回去两个人躺在一张床上，身边像是躺着一头母猪。大白菜说，是人是猪，关了灯不都一样吗？棍子山药说，能一样吗？母猪还会哼哼，但是她哼哼都不会。有一次我让她哼哼几声，她一脚把我给踹下了床，硬说我在外边学坏了，不然哪有这么多花样。大白菜扑哧一声笑了说，你活该。

陈小元内心的那盏灯又闪烁了一下。他如果没有穿过那个春天，如果那棵樱桃树没有开花，如果那两只白色的兔子没有明目张胆地寻欢，如果没有自己的青春年少和盲目的冲动，如果她的身上有几颗成为入口的纽扣，如果所有的过程都轻车熟路地悄悄地不被发现地进行，如果没有那时的封闭的保守的落后的观念……她是不是就不会被勒令退学，就不会永远地被困在那片群山之中了呢？如今，她会不会变成棍子山药口中的形同陌路的那头猪，会不会正过着井底之蛙一样的原始生活，承受着动物一样的麻木不仁呢？

但是，她是不是保持着一颗无比纯洁的没有分分合合的没有伤感的内心呢？

棍子山药和大白菜还聊了聊该不该在上海买车。棍子山药说，迟早得买辆车。大白菜说，买啥牌子？棍子山药说，还是桑塔纳皮实。大白菜说，起码得买一辆别克，不然对不起八万块钱的车牌。棍子山药说，要买车也不用挂上海牌子，花那钱没有必要，挂商洛牌子几百块就搞定了。大白菜说，挂商洛牌子不能上高架，去外滩呀南京路呀，都受限制，要车有啥用呢？棍子山药说，过几天回上海，我就买辆别克车开开，拉你一起去兜风。大白菜说，好呀，不过你有驾照吗？棍子山药说，奶奶的，拖拉机倒是开过几年，竟然忘记考驾照了。大白菜说，等有了驾照，有了车，我们回来就开车，免得再挤长途大巴了。

两个人又聊了聊生二胎的事儿。棍子山药说，你还想不想生孩子？大白菜说，想是想，你这么大年纪，还生得出来不？棍子山药说，努力一下，一年半载的，瞎猫也能逮个死老鼠吧？我们有个同事都五十多了，照样把人家肚子弄大了。大白菜说，是他的吗？说不定人家栽赃陷害呢。

最后，两个人聊了聊未来，不免都有些茫然和凄凉。棍子山药说，我们老了怎么办？大白菜说，老了还得回老家。棍子山药说，那我们当初进城图什么？大白菜说，图赚钱呀，不为了赚钱受这份罪干什么？棍子山药说，我们在上海赚的那点钱都不够买房子。大白菜说，所以终究还是要回农村的，而且现在农村日子好过多了，孩子上学全部免费，看病有合作医疗，能报销百分之七十，六十岁以上还有补贴，每月一百块左右，已经够买油盐了。棍子山药说，而且农村空气好，吃的也没有污染，但是我们回家还习惯吗？大白菜说，肯定不习惯了，连穿衣服、上厕所都不习惯了，关键是夫妻之间说不到一起去了。棍子山药说，那怎么办啊？谁会想到社会发展这么快，似乎一下子都颠倒过来了。

两个人越聊声音越低，嘀嘀咕咕地聊到最后，什么声响也没有了。陈小元侧目看过去，大白菜倒在棍子山药怀里，糊糊涂涂地已经睡着了。棍子山药则直挺挺地坐着，瞪着一双眼睛一动不动，生怕惊动了大白菜的睡意。

虽是中秋节，但山中还是有些冷，大家哆嗦着回到了车上。时间还没有到五点，高速路还没有解禁，大家实在等得不耐烦，就纷纷要求上路。大北瓜说，耐心再等等，被抓住了，要罚款扣分的，这一趟就白跑了。大家说，交警都在家里抱着老婆孩子过中秋，哪有空半夜三更出来抓我们。大北瓜说，高速路上到处都是电子眼，被拍到了照样会被处理的。大家说，你把车牌子蒙起来，它能拍到啥子？大北瓜说，你们以为交警是吃软饭的？我这车上也有摄像头，全程都是录像的。

听说车上有摄像头，大家顿时骚动了一下。尤其是大白菜，立即坐直了身子。棍子山药说，你接着睡吧。大白菜说，有摄像头。棍子山药说，我就借个肩膀给你，有摄像头怕什么？让它拍去好了。话虽这么说，但棍子山药还是有点别扭，瞅了瞅车顶说，摄像头在哪里？司机说，在你的头顶上，不过放心吧，没电了，早就关闭了。大北瓜说，恐怕是你故意关的，不出什么事还好，出事了交警来调录像，我看你怎么交代。司机说，坏了行不？！像一只大眼睛在背后盯着，我哪里握得稳方向盘呀。

大家说，既然摄影头坏了，警察如果来查，我们给你证明，还是快上路吧。尤其大鸭梨，说是再不开车的话就给他退票。大北瓜说，退票？好啊，我给你退票吧。大鸭梨说，你给我退全价，二百二十块，一分不少。大北瓜嘿嘿一笑，说我再加三十块，算是给你的补偿，正好二百五行不？大鸭梨伸出手说，二百五就二百五，赶紧吧。大北瓜抽出二百五十块钱，啪的一声拍在大鸭梨的手掌心。大北瓜说，还有谁想退票的？我统统退给你们，我停在服务区，都是照章办事，我没有做错什么，你们凭什么要退票？但是我依了你们，退票可以，不过拿了钱，请立即下车！

大鸭梨开始收拾行李。大家纷纷劝说，在这半夜三更的半路上，你下车去哪儿？大鸭梨说，多好的月光，我不走了，住在这儿，看看月亮不行吗？我们土农民看看月亮有罪吗？

大鸭梨果真提起行李下了车，消失在皎洁的月色之中。

陈小元用胳膊顶了顶小苹果说，他在赌气。小苹果说，随他吧，他下车关我什么事？陈小元说，他不是你男朋友吗？小苹果说，是过去式了，好不？陈小元说，你们起码还是一个村的，你应该把他留下来。小苹果眯着眼睛说，他会听我的吗？

换到前边的小光头提醒大北瓜说，你就没有别的办法了吗？大北瓜说，有屁的办法，我又不是飞机，我要是像人家飞机，长着一对大翅膀，早就忽悠一下飞掉。小光头说，上次来上海，凌晨的时候，人家不走高速路，走的是312国道，国道不会封路吧？大北瓜一拍脑门说，我真是个瓜娃子，跑了将近半年了，咋没有想到这条路呢？其实高速路修好后，那312国道更顺畅了。

司机把大巴急急地开出了服务区。在驶出高速路的时候，小苹果站起来说，司机你停一下车吧。大北瓜说，你也要退票吗？小苹果说，我为什么要退票？你们搞运输的，有点德性好不？把一个乘客丢在这里，万一出点什么事儿，你们不负责吗？大北瓜说，是他自愿的，而且一个男人，能出什么事儿？小苹果说，你得把他找回来，我看他脑子出问题了，不是看月亮去了，说不定是跳湖自杀去了。大北瓜说，他一没有失恋，二没有丢钱，三没有生病，为什么要自杀？人家说了，就是赏赏月而已，这么好的月亮，在这儿住几天，也不是不可以。司机说，他一个农民，晓得什么是月亮？会赏什么月亮？简直就是笑话！

大爷说，大家都是老乡，这孩子心里有事儿。棍子山药说，他眼珠子都红了，怕是窝了一肚子火，别说跳湖了，我看上吊都有可能。大白菜说，吃晚饭的时候听他嘟哝过，他似乎把上海的工作弄丢了，恐怕再也回不去了。

看大家纷纷劝了起来，陈小元站起来说，我把他给请回来，你们等我十分钟吧。陈小元下了车，顺着小路找过去，大鸭梨果真坐在湖边。陈小元说，走吧，别傻了，小苹果说了，你是她男朋友，你待在这里，她会担心的。大鸭梨说，小苹果是谁？是燕子吗？她真这样说的？陈小元说，她叫什么名字？大鸭梨说，燕子是小名，大名叫白春燕。陈小元说，到底是哪三个字？大鸭梨说，白天的白，春天的春，小燕子的燕。

因为那棵樱桃树并不姓白，陈小元初步排除了自己的怀疑。如果说真有意外和巧合的话，仅仅是她长得越看越像那棵樱桃树，不过，这种像，只是拿现在的她与十八年前相比。陈小元已经无法想象十八年之中，经历过那么多的风风雨雨，那棵樱桃树到底会变成什么样子，何况他对那棵樱桃树的印象，已经不再那么具体，不再那么清晰，更多的是一种牵挂，是一种象征，是一种概念，是一种纪念，是一分内疚……如果不是自己，她也能考上大学，也可以进城实现当设计师的梦想，甚至也可以和城里人结婚……那么，她也会离婚吗？

除非小苹果所说的她姐，并不是真正的她姐，而是她嫂子。因为在他们商洛，也有把嫂子叫姐的习惯。

陈小元说，她说你是她男朋友。大鸭梨说，那是过去，我们已经分手了。陈小元说，她说你们之间什么都有了，孩子都生出来了，还是龙凤双胞胎。大鸭梨有些生气地说，她胡说八道，我们在小毛孩子的时候是牵过几次手，除此之外都是清清白白的。陈小元说，我不信，你们谈恋爱的时候呢，也没有干点什么吗？大鸭梨说，哪像你，怎么看都像色狼。陈小元说，我们商洛如今连狼都没有，怎么会有色狼呢？你太年轻了，看走眼了。

大鸭梨说，听说她在上海交了一个胖子，所以才绝情地和我提出分手的。我到上海来打工不为别的，其实就是为了找她。陈小元说，你找她有用吗？大鸭梨说，她进城以后就变心了，我晓得找也白找，我就是想找到她，远远地看一眼她，看看她在外边过得好不好。但是我整整找了三个月时间，最后竟然在这趟车上给遇到了。陈小元说，你已经见到她了，你看她过得怎么样？大鸭梨说，感觉在外边尤其在上海太不容易了，我开始还以为你是胖子呢。陈小元说，你看看，我是胖子吗？送她上车的那个才是胖子。大鸭梨说，她上车的时候我睡着了，你也见到了那个胖子，你说说到底比咱强在哪里？陈小元说，你长得像一个大鸭梨，他长得像一根白萝卜，所以比咱也强不到哪里去，唯一不同的地方，人家是上海人。

陈小元提起大鸭梨的行李说，还是赶紧走吧，一车人都在等着你。

大巴终于重新启动，驶出服务区，进入312国道。原来没有修高速路的时候，312国道铺了柏油，是东西走向的交通要道。如今有了沪陕高速，312国道就冷清了，尤其是半夜时分，与高速路并没有什么差别。大北瓜说，哎呀，既赶了时间，又省了过路费，我请客。大北瓜拿出几盒月饼分发给大家，说是过中秋节，大家凑在一起是缘分，有什么服务不周的地方请大家原谅，以后回家或者是到上海还坐这趟车。

凌晨四点多的时候，月亮更加明亮了，但是玻璃上有了水雾，月光照射不到车内，仍是伸手不见五指，大部分人很快就呼呼地睡了过去，只有少数的几个人还是清醒的。棍子山药与大白菜还在那里磨磨蹭蹭，不明白最后聊到什么伤感的事，似乎是那份工作，似乎是家里的孩子，大白菜竟然嘤嘤地哭了。

小苹果是没有入睡的。她不再呕吐了，似乎腹中的食物已经吐空了，随着汽车的摇摆更加难受地呻吟着。陈小元关心地问,是肚子痛还是晕车?她没有说话。陈小元说,你是不是病了?她还是没有说话。陈小元说,长时间窝在车上,我的双腿都麻木了,我要去活动活动,你趁机舒展地睡一会儿,好好地休息休息。陈小元让出自己的座位,开始跑到过道上做广播体操。小苹果原本十分娇小,平躺在两个座位上,像是躺在一张婴儿床上,不一会儿就发出了均匀的呼吸声。

不晓得过去了多久,小苹果发现陈小元坐在过道上,非常抱歉地腾开座位。陈小元说,地上更舒服。小苹果说,地上太凉。陈小元说,你继续睡吧。小苹果比画了几下,意思是她还缺个枕头,问他坐回去行吗?陈小元坐回去之后,小苹果果然抬起双腿,轻轻地搭在他的双腿上,然后看着他调皮地笑了笑,竖了竖大拇指。她不再有任何声响,像一摊过分发酵的面团,微微地不停地抽搐着。

他说,我还是去过道吧。她一动不动。他说,你需要喝水吗?她没有任何反应。他说,你到底哪里不舒服呀?她似乎没有听见。他怀疑地试了试她的额头,她的额头并没有发烧,反而像玉石一样有些冰冷,苍白的脸色接近于月光,又有点像一张白纸。

陈小元担心她会昏迷,于是伸过手掐了一下她的手,想试探一下她的生命反应。大巴遇到了颠簸,她趁着颠簸,或者是无意中,忽然抓住了他的手。当她抓住他的手的时候,他感觉她的手不是手,而是一条受伤的蛇,在不断收缩的蛇,要把什么东西传递给他。她一阵紧一阵松地抓着他,似乎要把什么东西捏碎。他反转了一下,把她的手握在了自己的手心。这一反转,她的手由一条蛇瞬间变成一只兔子,逃出他的手心。她的手抓着他的手,与他的手抓住她的手,意义似乎不太一样。他被她抓着的时候,她似乎抓住的不是手,而是一种寄托和力量;而他抓住她的时候,似乎是一种欲望与发泄。在她把手收走之后,他怀疑地骂了自己一句"流氓",有点尴尬地把手收了回来。

他的思绪再次回到那棵樱桃树下,再次回到那两只兔子身上。那时候,他抬起头看了一眼太阳,看了看肆意寻欢的兔子,两个人对视了一下,然后她的手就在那一刻抓住了他的手,他的手反转了一下又抓住了她的手,似乎那两只兔子已经跑到了他的手心,从他的手心钻进了他的身体,钻进了他的心里,钻进了他的血里。最后,他开始四处搜寻着,但是他没有找到一颗纽扣,没有找到一个入口,他像被蒙着眼睛的瞎子,在攀爬那棵花开缤纷的樱桃树……他的血里到处都是兔子在奔跑,在冲撞,终于喷射而出……后来发生的与浪漫毫不相关的事情,就是有一根棍子朝着他抽了过来却落在了她的身上,有一顶"流氓"的帽子朝着他扣过来却戴在了她的头上,彻底终结了一个十八岁的青春……

小苹果又开始轻轻地呻吟,她的手变成五条蛇,五条蛇生出了五十条蛇,犹犹豫豫地窜过来,一点点地缠住了他。这一次,她没有抓着他的手,没有想把什么捏碎,而是把他的手缓缓地拉过去,坚定地引导着他按在她的腹部。她的腹部剧烈地起伏着,像也有无数的蛇在撕咬,在爬行,在挣扎……她把他的手,隔着一层衣服,按在她的腹部,暗暗地控制着,暗暗地向下压,暗暗地蠕动……他对这个动作是十分熟悉的,那不过是止痛的手法罢了。他的前妻,每次在生理周期来临的时候就把他的手拉过去……

陈小元说,会不会因为在外边受凉了?小苹果摇了摇头。陈小元说,你应该是腹痛吧?小苹果点了点头。陈小元说,我给你治一治,你不介意吧?小苹果摇了摇头。陈小元说,我是学医的,不过是个兽医。小苹果吃惊地瞪着陈小元,说你是兽医?你把我当什么呢?陈小元说,我把你当成小白鼠了。小苹果信任地放开了自己的手。

陈小元抬起头瞄了一眼,发现摄像头就安在斜前方,无论多低的位置都在它的注视之下。他是有忧虑的,在那个叫试马的小镇,在那棵樱桃树下,在野草生长的地方,感觉是多么隐蔽啊,但是他的欲望还是被暴露出来了,被散布出去了。他有时候真不明白,是这个世界长着无处不在的眼睛呢,还是那个时代太封闭太邪恶……小苹果似乎理解了他的忧虑,拿出自己的那件外套盖在了两个人的身上。在那件外套下边,陈小元使劲地搓着双手。他把双手搓得火热,然后迅速地紧紧地焐在她的腹部。开始他仍然隔着一层衣服,随后他还是从容地把衣服揭开了。十次,二十次,三十次,似乎很快就有了效果,她腹部里的那群蛇,安静了下来,驯服了下来,顺着他的手,一条条地游出来,一条条地消失了。

小苹果说,你这招真灵,也是在学校学的?陈小元说,兽医也是医,给动物治病和给人治病,其实道理都是一样的,只是用药的剂量不同罢了,所以中医方面的针灸按摩也是必修课,不过我那时候心思不在专业上,仅仅学了一点皮毛。小苹果说,哪里是皮毛啊,简直是妙手回春,在谁的身上练过不少吧?陈小元说,兽医嘛,除了猪,当然全是女人。

陈小元确实是学兽医的,但是在学校并不学这些,他的绝招不过是姐姐教的。每次有人肚子痛的时候,他姐姐就拿一只布鞋底子,放在火上烤热之后,焐在人家的肚子上。至于自己为什么用手,并不是他姐姐教的,而是在他结婚之前,连女朋友都不是的前妻,在一次大姨妈来临的时候,把他的手拉过去焐在她的腹部,对相关内容进行了延伸和扩展。不过,在前妻身上,前半部分是为了止痛,后半部分总会由一种生理反应转化为一种生理需求,使他反复回忆到那棵樱桃树,使他越来越反感,越来越疲惫,越来越恐惧,直到他终于说出一句"我们离婚吧",前妻终于回答"好啊"。

小苹果苦笑着说,做女人真可怜,还不如月亮呢,月亮圆了缺了,明了暗了,应该不会那么痛苦,哪像我们女人,年年岁岁,岁岁年年,每个月都要被折磨一次。陈小元说，你不如月亮？每个月一次？这是什么情况啊？小苹果说，你不懂吗？

陈小元怎么会不懂呢？他早就明白小苹果的疼痛不是病。

陈小元说，我真傻，现在才明白。

小苹果说，你不傻，你还是装的，不管怎么说，我都要谢谢你。

陈小元说，你要怎么谢谢我？小苹果从挂着的袋子里，掏出一把陈小元的樱桃，放在水杯子里荡了荡，然后递到陈小元的嘴边说，我看你喜欢吃樱桃，但是吃樱桃都不洗，也不怕农药吗？我给你洗樱桃吧。陈小元说，你就这样谢我？小苹果说，你还想怎么样？陈小元说，你真贤惠。小苹果说，咱商洛女人都挺贤惠的。陈小元说，所以我后悔，没有找一个商洛女人，而是找了一个上海女人。小苹果说，你不是还没有结婚吗？陈小元说，谁说的？小苹果说，是你说的吧？我记不清了，感觉你是单身。陈小元说，单身不假，单身难道就没有结婚吗？小苹果说，我明白了，你离婚了，到底为什么呀？

陈小元说，没有原因，如果有原因的话，恐怕就是她不给我洗樱桃。小苹果说，就这么简单吗？陈小元说，是啊，恰好相反，我洗好了樱桃，人家还懒得张口，嫌弃樱桃不如车厘子。小苹果说，樱桃看上去不如车厘子，但是味道比车厘子好多了。陈小元说，那你为什么还要买车厘子呢？小苹果说，你是指我带的那箱子车厘子？我是想买樱桃的，但是一时没有找到，只好拿车厘子让我姐尝尝新鲜。陈小元说，你姐是不是喜欢吃樱桃？小苹果说，是的呀，你怎么晓得的？陈小元说，我猜的。

陈小元说，你家胖子怎么样？不那么刻薄吧？小苹果说，胖子倒是典型的上海男人，平时对我还是挺照顾的，会给我做饭，还我洗衣服，就是不会像你那样给我按摩。陈小元说，他那样的年轻人不多了。小苹果说，不多我也不稀罕。陈小元说，生活习惯吗？小苹果说，他们家从来不吃面条，从来不吃辣椒，也不喜欢吃泡菜，所以我买了很多辣白菜方便面。陈小元说，我也是，她不吃糊汤，不吃土豆丝，不喜欢吃拉倒，还说这些东西没有营养，是乡下人吃的。

小苹果说，张爱玲说过，到男人心里去的路通过胃，不是一个地方的人胃就不一样，两个人的胃不一样，心就不会一样。陈小元仔细一想，他结婚与离婚的原因，似乎是说不清的，是轻描淡写的，但本质是非常简单的，他本质上还是一个农村人，与城里人的观念是不一样的，与城里人的感受是不同步的。陈小元说，张爱玲还说过一句，到女人心里的路通过身体。你说说看，我到你哪里了？小苹果说，你快到我们商南县了。

小苹果的脸真像一个秋天的小苹果，别过去看着窗外。

已经凌晨五点多了，大巴车进入了河南西峡境内。此时天边开始泛白，白中透着不易觉察的红，和小苹果的脸色是一样的。

大爷问，是不是快到了？司机说，快到商南县了，到丹凤县与商州区还早。小苹果听了，朝旁边挪了挪身子，直直地坐了起来。她的痛苦彻底消失了，似乎也彻底清醒了，他们之间瞬间就有了某种缝隙，或者说各自回归了原有的位置。

小苹果说，我快到了。陈小元说，你家在商南县城吗？小苹果说，在县城西边不远。陈小元说，这么早，有人接你吗？小苹果说，车站就在旁边，不需要接的。陈小元说，回家好好睡一觉吧。小苹果说，估计要睡三天三夜。你不是丹凤县吗？应该也快到了。陈小元说，我离县城还有八十里，估计到家要中午了。小苹果说，我们真不容易。陈小元说，是啊，你什么时候走？还坐这趟大巴吗？小苹果说，不一定，或许坐火车，或许坐飞机，都要先去西安。

大巴很快驶出河南边界，翻过一座山进入陕西境内。大巴进入商南县城时，天已经彻底亮了，路灯还没有熄灭，小城还处于睡梦中，只有麻雀是清醒的，在杨柳树上跳跃着。在越来越靠近的时候，陈小元越来越想把他与商南县之间的关系讲给小苹果听——在县城西边的那个小镇有一棵很大的樱桃树，每年春天会开出如雾一般的樱桃花，每年五月会结出厚厚的樱桃，他有五次骑着自行车，从丹凤县城向东，去商南县城，在走过武关镇之后不远，有一个叫试马的小镇会挡住他，让他坐在那棵樱桃树下歇会儿。但是最后一次，那是一个春天，那是一个阳光明媚的中午，当他从那棵樱桃树下迷迷瞪瞪地睁开眼睛，他抬头看了看头顶的太阳，又看了看两只白色的肆意寻欢的兔子，他与她对视了一下，然后人世间所有的樱桃花都为他开放了，人世间所有的樱桃花又都为她而毁灭了……他认为，人世间所有的樱桃花从那天起应该都毁灭了。

陈小元说，小县城还是老样子，就是长胖了，长高了，老了。当他还想继续说点什么的时候，大巴由东朝西穿过了县城，穿过了一片林荫道，到达了与县城已经连成一片的小镇，然后停在一座石拱桥边……陈小元记得那座石拱桥叫试马桥，它弯弯地骑在一条小河上，那倒映在水中的影子与它本身一起完整地组成了一个圆，像另一种形式的圆圆的月亮。司机说，商南县站到了。大白菜说，你们商南县到了。大鸭梨说，我们商南县到了。小苹果已经起身，站在过道跟着说了一句，试马镇到了。

小苹果回头看了陈小元一眼，然后晃晃荡荡地朝前走去。

小苹果下车，站在试马桥一边。试马桥的另一边，有两百米远的地方，或者是再远一些，有一座不大不小的山，在山脚下有一条路，那是当年从商南通向丹凤的，如今新修了一条大路，所以已经荒废掉了，在荒废的路边上，有一棵樱桃树，已经没有樱桃花，已经没有樱桃，也没有几片叶子。也许有樱桃花，也许有樱桃，也许有叶子，但是陈小元是看不清的，这是秋天，他只能凭着常识推测，那棵樱桃树上什么都不存在了……但是他身上的衬衫是紫红色的，凭着颜色一致的那紫红的树枝，他认识那是一棵樱桃树……

但是,他非常确定,那不是当初的那棵樱桃树。当初的那棵樱桃树,十八年前就已经是合抱粗了,这不是他的估计,而是他与她拉着手进行过测量,或者是他与她测量的时候拉上了手……但是,如今这棵樱桃树,明显还十分弱小,树枝还有些胆怯,甚至怀疑它有没有结过樱桃,即使在这十八年里那棵樱桃树不再生长,时间凝固不前,也会比它高大得多。

陈小元又看了看,除了多出许多楼房之外,他并没有发现其他什么。他突然又想,如果这棵樱桃树不是那棵樱桃树,那么当初的那棵樱桃树呢?无非是三种情况。一是被移走了,那么大的樱桃树被移栽的话是否能成活呢?二是被砍掉了,当初"流氓"事件发生后,就有人扬言要砍掉它,因为对别人而言,它象征的是不安,是伤害,是耻辱。三是他彻底记错了,当初那棵樱桃树根本就没有那么大,或者是他太年轻了。

有一群麻雀站在那棵樱桃树上,欢快地跳跃着。小苹果在叽叽喳喳的麻雀声中,开始不停地拨打电话。他第一次离她那么远,远远地看上去,她更像多年前的那棵樱桃树……陈小元抹去玻璃上的水雾,透过玻璃拍了一张照片。他不晓得想拿这张照片留个纪念,还是有别的什么用意。他想把这张照片发给她,但是此时才突然明白,他们并没有留下电话,也没有添加微信好友,他和她竟然如此熟悉又如此陌生。

他对着她招了招手,希望引起她的注意,希望她能记起什么,然后回到车上来。但是她始终看着试马桥的另一头,那是她即将消失的方向。

大巴再次启动了。陈小元取下袋子里最后一点樱桃,快速地吃着。他仍然没有在乎有没有农药残留,也没有把核吐出来,似乎想尽快地把那些樱桃吃光。

6

在那个微曦初露的清晨,所有的悲伤都归于陌生。陈小元感觉这不是终点也不是起点。其实,就像自己的感情,起点就是终点,终点就是起点,中间什么都发生了,似乎什么都没有发生。

陈小元回到姐姐家,已经是下午一点,外甥女的婚礼正在举行,天气又变成阴天,不时还飘下零星的小雨。姐姐说,咿呀,让人打电话给你,发现你关机了,是不是没电了?以为你真不回来了。姐姐给他端来半碗腊肉炒粉条,几年没有吃到这么合口的菜了。姐姐说,咿呀,坐大巴怎么样,挺辛苦的吧?陈小元说,比想象的好多了。姐姐说,我没有说错吧,遇到很多稀奇事儿了吧?陈小元说,你指什么?姐姐说,还能有什么?除了要经过卧龙岗,要经过恐龙园,还要经过商南县,听说经常会有锦鸡挡着道不让离开。陈小元说,人家大巴多数都在高速路上,不过在服务区休息的时候,倒是看到天鹅了。

姐姐说,咿呀,天鹅是什么样子?

陈小元说,天鹅像我们这里的鸡,比鸡大一点。

姐姐说,你哄姐姐的,天鹅会飞的,鸡怎么好比?

乡村的婚礼与原来唯一有变化的,就是婚礼举办时间从晚上移到了中午。婚礼十分简单而古老,在电影里都很难看到了。嫁妆是几个木箱子、一个梳妆台、两把椅子,都是自己打染的,还有两床红绸被子、两个绣花枕头。也有冰箱、洗衣机和电视机。因为是招上门女婿,酒席是在姐姐家办的,嫁妆是从外甥女婿家抬过来的。大家抬着嫁妆一边走一边撒糖果,被子里还掖着红鸡蛋。洞房里点了大红蜡烛,外甥女蒙着一块红盖头,外甥女婿披着大红花,被涂成一个大花脸。入洞房前,要拜天地,拜祖宗，拜高堂，还得给亲朋好友磕头。没有婚礼进行曲，也没有唢呐，却有一个大音响摆在香堂里，循环播放着花鼓戏《哥接妹》和《瞎子摸妻》。在一片庄稼地里，支了几口铁锅，摆着十几张桌子，亲朋好友从四面八方嘻嘻哈哈地拥过来，猜拳，喝酒，吃肉，打牌，闹洞房，那种欢笑，那种快乐，都是城里没有办法相比的。

直到陈小元离开的那天，那边的天再没有晴过，中秋的月亮再没有看到第二回，甚至让他怀疑自己是否看到过那么圆的月亮。

离开的时候，他仍然打算乘坐那趟往返上海与商洛之间的大巴。姐姐说，你是不是想去商南县看一看？陈小元说，有什么好看的？姐姐说，确实没有什么好看的了，都这么多年过去了，你应该放下了，何况人家过得不错。陈小元说，你怎么晓得人家过得不错？姐姐说，有一次看电视，在电视上看到一个人，我猜应该是她。陈小元说，你是怎么猜的？你又没有见过她！姐姐说，你当年让我看过照片的，你忘记了吗？陈小元说，她为什么上的电视？姐姐说，说他们村里人都去外边打工，把庄稼地全都给荒掉了，她就把那些没有人种的庄稼地，全部承包下来，办了一家果园，每年收入几十万元。陈小元说，果园里种什么能赚那么多？姐姐说，听说种的都是樱桃树，樱桃树下再种药材。如果真是那个人的话，不就坏事变好事了吗？如果没有发生那件事儿，她估计和你一样，也考上大学了，也去城里了。

陈小元心想，估计不仅仅去城里了，恐怕也逃脱不掉他们这些进城人员的悲伤。

陈小元想到这里，又生出了无限的悲伤来，这不仅仅是对故乡的留恋，也是对十八年来突然得到宽慰之后的一种失落。当年，在那棵樱桃树下，他如果也被伤害了，也失去了上大学的机会，也留在封闭落后的农村，是不是也会拥有一片果园了呢？有一点是可以肯定的，起码是找了一个和自己身世匹配的农村老婆，过着虽然有些穷困但是无比干净的无比安稳的有些温暖的没有伤感的小日子，不至于落到如今这种飘浮不定的离婚的下场吧？

外甥女婿骑摩托车送他去丹凤县城。在他搭上那辆银色大巴之前，陈小元问外甥女婿，他是哪里人。他说，商南县人。陈小元说，你姓什么？他说，我姓白，叫白春堂。陈小元说，哪三个字？他说，白天的白，春天的春，燕子堂上飞的堂。陈小元吃惊地问，有个人你认识吗？他说，是舅舅的朋友吗？她叫什么名字？陈小元说，她叫白春燕，和你一字之差。陈小元还想说，她也许是试马镇的，而且她有一个姐姐，她姐会不会不是她姐，而是她嫂子呢？

外甥女婿没有回答陈小元，因为大巴已经驶到了眼前。陈小元坐上这辆熟悉的大巴，还是一路朝东，要经过武关，要经过试马镇，但是线路还是那条线路，大巴还是那辆大巴，司机已经不是那个司机，也不见卖票的大北瓜。虽然乘客全都有着土豆的气息，但是没有再见棍子山药，没有看到大白菜，没有看到大爷，没有看到小光头，没有看到大鸭梨……从丹凤县至商南县，大巴并没有走312国道，而是驶上了基本平行的高速路。在即将进入商南县地界的时候，陈小元透过窗户看到一片紫红色的树林子，这片树林子分布在高速路的两边，密密麻麻的看不到尽头，远远地望过去加上快速地后退，似乎形成一团雾……陈小元明白，这不是别的，正是一片果园，一片望不到边际的樱桃树。

那时正是中午，天空下着淅淅沥沥的小雨，大巴在驶下高速路准备前往商南县车站的时候，陈小元凭着慢下来的大巴看到紧靠着一条河边有一座院子，院子里有一座白色的三层楼房，房子顶上有一根烟囱还在冒着白色的炊烟，院子中间长着一棵樱桃树，树上拴着一只白色的狗，树下停着一辆白色的小轿车，树干已经合抱粗了，起码有四五十年的树龄，那枝那丫似曾相识的样子……院门被吱的一声推开了，从里边走出一个女人，她手中提着一个水桶，似乎刚刚睡醒一样，蒙眬地抬起头看了看天。她明显不晓得下雨了，所以有一些意外和惊喜……但是，陈小元还是看清了她的脸，她的脸也似曾相识，像一个经历风霜的熟透的苹果……陈小元张了张嘴，还没有发出任何声音，大巴已经驶了过去。

大巴在那座叫试马的石拱桥上，又捡上来一个乘客。她坐在最前边，那是临时的售票员的位子，比正常的位子低了很多。陈小元则坐在最后一排，他看到了她后脑勺上的马尾辫子，还有穿着一件看不到任何纽扣的运动服的背影。除此之外，他什么也没有看见，他无法判断她的年龄，也不清楚她的长相。他几次装作活动，站在过道上朝前张望，但是她背对着他把头埋在怀里，加上那么低那么远那么昏暗，他一直不敢确定她到底是不是一个小苹果。

他又想吃樱桃了，可惜上车之前，并没有买到反季的樱桃，所以他从包里掏出了一个苹果。他觉得经过十八年之后，自己有必要重新回到喜欢吃苹果的年代。

后记

1

请你回忆一下,除了你的家人以外,你还深深地拥抱过谁?某年夏天,我被纪委行风政风部门抽去,参加了一个类似于暗访性质的调研,以便收集群众的"获得感"。在一次面对面聊天的时候,有一位居委会主任讲到了一个故事。故事原本的轮廓是这样的:有一个古稀之年的独身老太太,她家对门住着一个女孩,女孩每天凌晨下班,高跟鞋吧嗒吧嗒的,像两台挖掘机一样,吵得老太太睡不着。双方闹得不可开交,女孩为了化解矛盾而登门道歉,谁知道喝水的时候,不小心把老太太的茶杯打碎了,老太太认为是故意的,从此就没完没了地投诉,说这女孩在夜总会工作,相关部门调查以后,发现人家是做外贸的,与国外的生意伙伴存在时差。但是老太太不满,不停地写信投诉,从投诉女孩,到投诉相关部门,而且经常去政府前边示威,竟然脱得一丝不挂,以此吸引人们的注意。你和她讲道理吧,她根本就不在乎道理;你给她好处吧,人家软硬不吃;你抓她吧,人家没有犯什么错误,而且年纪这么大了,万一有个三长两短怎么办?搞得整个系统都很难受,不知道如何才能了结,最后一位心理专家出了个主意,派志愿者和她好好聊聊。有一天,她又去示威,又是一丝不挂,志愿者什么话都没有说,上前好好地拥抱了她。谁也没有想到就这么一次拥抱,拖了八年的疙瘩一下子化开了,老太太再也不投诉了。

至今,我都想不明白,那个拥抱和她的心结之间,到底有什么直接关联。如果说她有病的话,那么治愈她的那味药到底是什么?这就是《再见白素贞》的源头,我是在半年以后把这个故事写出来的,写着写着就已经不是原来的那种样子了。我总觉得像一条小河,它怎么流动,流向哪里,在哪里适合鱼来安家,在哪里形成一个潭子,在哪里冲出一片沙滩,看似是随便流动着的,其实有着某种规律,这个规律很简单,就是始终贴近低处。只有你走向低处的时候,才会有峰回路转,才会有绝处逢生,才能进入"看山还是山,看水还是水"的境界。《再见白素贞》与老太太之间,如果说有什么差别,我认为一个是现实,而另一个是高出现实的那部分,这就像一个人走夜路,她的肉体是无法改变的,我们能改变的是她的影子,她的影子有几个,被拉长还是被缩短,都取决于她的周围有几盏路灯,以及路灯离她的远近。

文学创作就是设置路灯的过程,不管老太太是否有病,她的精神是否正常,但是她被治愈的原因,分明就是我们释放出来的那束善意之光。我最近在重读许多被经典化的作品,这些作品中所描述的生活和背景,随着时代的变迁和时间的推移,我们已经不熟悉甚至是陌生的了,为什么还能引起共鸣和感动呢?我认为永远不会失效的东西,除了善意还是善意,除了光还是光。这篇小说还弥漫着正义之声,没有善意何来正义呢?正义是我对善意这一概念的再一次拓宽。

2

陈继儒在《太平清话》中列举了一些通灵时间:"凡焚香、试茶、洗砚、鼓琴、校书、候月、听雨、浇花、高卧、勘方、经行、负暄、钓鱼、对画、漱泉、支杖、礼佛、尝酒、晏坐、翻经、看山、临帖、刻竹、喂鹤，右皆一人独享之乐。"

那什么是通灵呢？我查了一下，说是有的人可以和死去的人进行灵魂对话，或者在梦中互通信息。这种解释非常狭义，我觉得真正的通灵，不仅仅在生者与逝者之间，在梦里与梦外，因为万物皆有灵魂，所以通灵应该是人与万物之间，比如人与花鸟鱼虫，比如人与神鬼妖魔，比如人与天地玄黄，当然也包括活着的人与人之间。那灵魂在哪里呢？它在不在皮肉里？在不在骨髓里？在不在血液里？在当下还是过去？我的理解是，它是在又不在的，它是醒着又睡着的，它是有形又无形的，它是死着的又活着的，它不存在过去和未来。有点像什么呢？像树木里的火焰，像泥巴里的颜色，像水里的影子。那怎么去通灵呢？正如陈继儒所列，通灵是一种修行，你能做的就是把自己安放在大自然中形成一种气场，这种气场最主要的元素，是安静，是沉浸，是美好，只要做到了这几点，别人的灵魂就会跑出来一步一步地靠近你的灵魂。

我们想想通灵这件事情就非常美妙，你可以不受时间、空间、生死和物种的限制，和那些离去的和将至的人对话，和那些有生命的和无生命的东西对话。灵魂与灵魂的对话一定是无声的，但非常遗憾的是，在这样一个浮皮潦草的高声喧哗的社会，男女恋爱都那么急吼吼的，充满着尖叫和虚伪的表达，人与人的交往就更加不可能达到通灵的境界了。说白了，这是一个由说话而构建起来的世界，如果没有空洞的讲话，如果没有虚伪的演说，如果没有喋喋不休的教诲，如果没有献媚的赞美，如果没有肤浅的所谓的交流，或者换一种说法，如果所有的社会活动，包括人与人的交往都像送葬一样保持沉默的话，那么这个世界会不会立即崩塌呢？

《通灵时间》里的主人公都是有原型的，"他"是报社的一位同事，白苗苗是特殊学校的一位聋哑学生。那已经是很多年前，他刚刚来上海的时候，因为不会说上海话，而且不善于言辞，不仅仅非常孤独，甚至多次"祸从口出"，给自己带来了灾难，比如失恋，比如丢掉了工作。他当时特别希望自己变成聋哑人，或者娶一个聋哑人做老婆，正在那时候我们策划了一场相亲活动，主要是针对残障人士的，他作为记者参加了那场活动，于是顺便就认识了一位聋哑女孩。我见过那个聋哑女孩，她非常非常漂亮，如果没有开口说话，你根本发现不了她的异常。但是后来，由于各种各样的原因，包括人们的歧视和嘲笑，他们最终并没有走到一起。据我了解，这么多年过去了，他和她还有联系，比如帮她找工作，比如帮她维权，比如帮她孩子改名字。他们之间连普通朋友都算不上了，而且一辈子没有说过声音意义上的一句话，但是他与她之间应该是通灵的吧？不然的话，在吵吵闹闹的世界上怎么可能还有联系呢？不然的话，正如小说的结尾，在茫茫人海中怎么可能再次邂逅呢？

3

《原始部落》里的白小静，春节回家的时候因为大雪封山，误入了一个衰败的村庄，和一个老光棍相处了一夜。白小静是被迫沦陷的打工妹，老光棍是为进城人员守坟守家的农民，一个孤男，一个寡女，一个代表乡，一个代表城，一个代表守，一个代表失，一边是欲望，一边是干净，各种情绪之间到底有什么样的冲突？正如老光棍半夜擦着的那杆长枪，如何用它打死自己，是一个谜语，是一种游戏，更是一种隐喻。

顺便给大家吹个牛，我会看相，有时候准得让人胆战心惊，恍惚以为自己是不是通灵的。比如看到某位官员，我断定此人有牢狱之灾，不久便因为贪腐被抓起来了；比如看到某位商人，我断定此人不得善终，不久便因为骗人而倾家荡产；最让我得意的，是在十几年前就曾预言，某位明星有财运却无福相，因为任何贪婪都是要上税的。但是，我从不道破，是怕道破天机，损自己阳寿无妨，让自己变成瞎子，看不见美女朋友就可悲了。

在饭桌上，在旅途中，在电视里，不管遇见什么人，有时候也不见得是人，哪怕是一棵树一根草，哪怕从头顶飘过的一片云，我都要偷偷地注视十秒钟。其实十秒钟绰绰有余，每个人的面目就是一张地图，哪里是山，哪里是河，哪里有病，哪里有痛，什么旺你，什么克你，何处称王，何时为寇，福禄寿，天地神，全在地图上标得清清楚楚。我看相无师自通，似乎也有依据，无非是世道人心——人心生百相，百相显五官，五官通五脏，五脏归五行，五行把万物，万物分阴阳，阴阳掌祸福，祸福定生死；至于世道，也就是时代不同，人的价值观不同，面相也得随之变化，比如古代的富翁多是胖子，因为那时靠智慧和厚道赢天下，而如今的富翁多是瘦子，有的竟然尖嘴猴腮，因为现在经商靠精明和投机打市场。

我想表达的意思是，作家就是看相先生，不仅要看透表，看透里，看透命，看透运，还要看透个体的命运与世界之间的关系，最后才能看到未来社会的运动轨迹。其实，看相术的核心，不是打量别人，而是打量自己，你要把目光收回来，好好地审视了一下自己的内心。许多人感叹，世界变了。其实世界从未改变，改变的只是我们。我们整天都在说，这个人不行，那个人不好，谁疯了，谁错了，云要下雨了，风要变凉了，我们似乎都是看相大师，都是星相大师，都是气象大师，似乎看透了整个世界，而恰恰忽略了自己。一个没有看透自己的人，又如何能看透整个世界呢？

《原始部落》是看相之书，我想看的，是这个大移民时代，哪里在沦陷，哪里需要坚守，唯有看清楚了，希望才是希望，类似于"上帝说要有光，于是就有了光"。我一直说，故乡是一座庙，回家过年是一种宗教。这么多年，在这座庙里，谁在为我们念经和掌灯呢？其实就是留守村庄的老光棍们。他们都是事佛之人，我们这些游子都是香客，正因为有了他们，那座叫故乡的庙，才香火不断，才天灯长明。

4

在外边这些年，每次想家的时候——想家把头发都想白了，牙齿都想掉了；或者受委屈的时候——所受的委屈用泪水是无法形容的，我就不停地琢磨，当初离开农村多光荣啊，但是到底是不是对的。

开始觉得自己幸好出来了，不然就见不到那么多世面，见不到那么多的大人物，推开窗子就见不到东方明珠金茂大厦了。这些年，在世界各地跑，有的是开会，比如参加世博会，参加奥运会，参加代表大会，人民大会堂都进去两三次，虽然咱不是主角，只是打杂的，但是除了不能发言，和主角也没有什么差别；更多的是旅游，比如四大名山，东海南海渤海，连三沙咱也上去了，看到那么蓝的海水，禁不住还写过几首诗，而且免费游过韩国、马尔代夫、俄罗斯、阿联酋等，住过六星级饭店，享受过阳光沙滩裸浴，看到过几位妻子前呼后拥的男人；关键是好像混得有模有样，什么记者，什么作家，娶了个上海老婆，走在路上总感觉自己头顶上是有一圈光环的。

原以为那些留在农村的人，继续吃着粗茶淡饭，看着巴掌那么大的天空，天黑之后搂着老婆是唯一的娱乐项目……但是慢慢地发现，如今时代已经不同了，农民不用交公粮，已经没有上交款，看病有农村合作医疗，每年交一百多块钱，最少可以报销百分之七十。如果被认定为贫困户可以报销百分之百，住院不用办手续，出院一分钱不交，卷起铺盖回家就行了。如果是老年人，每月还有养老金——如今农民照样要旅游，每到秋收过后的农闲时间，上北京下广州来上海，爬长城游珠江逛外滩，来来去去基本坐飞机。有个童年时候的小伙伴，有一年春节一家四口，开着小车来上海，住在南京路上的四星级饭店。我们村有两个丫头，都去南美洲打工了，寄回家的竟然都是美元。

这还不算数呢，我每回去一次，都会听到许多故事，令我唏嘘不已。如果不多考虑精神层面的东西，还有什么"流芳千古"的事情，其实农民的日子比咱好过多了。

比如，上小学的时候，我们班有个学生，与台湾有个人同名叫李登辉，一年四季流着鼻涕，天天都和同学打架，考试经常要得大鸡蛋，上完三年级就回家种地去了。但是后来人家去河南偷金矿，因为胆大包天，承包了一个矿洞，不几年就发大财了，有几千万元的资产呢，家里原来盖间房子都有问题，如今花五万块钱把我们荒废的小学给买下了。这所小学在整个村子的正中心，背后是一座扇形的山，山顶上有一棵大树，据风水师说这个地方是我们村的龙脉，所以以前有一座寺庙，小学是改建出来的。原以为李登辉买下这块地皮，是要把寺庙重新盖起来，供村子里的人烧香祈福，因为村子里没有供佛供神的地方，大家有灾有难的时候只能去拜自己死去的亲人。但是人家把小学推倒，活生生地盖起了一座两层的小洋楼，自己像佛一样住了下来。

又比如，我有一个远房堂兄，小学毕业后留校当了几年代教老师，有一年突然买了一辆拖拉机，在村子里倒买香菇、木耳、核桃和药材，他开始当二道贩子，是从乡亲们手上收购回来再拉到县城卖掉，后来干脆开起一家收购站，给药材公司和食品公司供货，把生意做到了郑州、南京和上海，自然是富了起来，在好多地方都有房子，在县城还买了一座别墅，奥迪小轿车更是不在话下。前几年老家某一级政协换届，竟然被推选成了政协委员，每年都要提交几份提案，和县长书记坐在一起开会，研究如何发展当地经济改善民生。也许是看在我们兄弟一场的分上，他有一次提了一份提案，希望政府出资修缮我的旧居——我那几间东倒西歪的土房子，加上我这么一个卑微的小文人，哪里有资格动用纳税人的钱啊，自然成了不是笑话的笑话，不过我还是十分感动的。

再比如，我们村子里有一个木匠叫林森，那绝对是一个文盲，一天学都没有上过，是祖上传下来的手艺，开始专门给方圆的人打嫁妆，但是后来村子没有大姑娘出嫁，有人出嫁也是去县城买成品家具，他实在被逼无奈，就背着斧子、刨子去了外地，开始给人打棺材，后来开了一家家具店，顺带着零售煤气，没有想到日积月累发了大财，回到村子给老婆扔了一百万块，把婚一离，回到外地又娶了一个小的，他成了我们村子里第一个离婚又结婚的人。

再再比如，还有一个远房亲戚，按照辈分他应该叫我舅舅，中学没有毕业就回家了，整天到处跑着赌博，不仅输光了父母的存款，还欠下了一屁股债。就这么一个人，大家都以为要打光棍了，谁会想到有一年春节，人家从南方带回来一个媳妇，这媳妇不仅长得貌美如花，还是名牌大学毕业生，不仅心甘情愿地替他还债，还在公公婆婆生病的时候伺候在床前，又是端汤又是倒尿，惹得我们这些自以为是的家伙既羡慕又感叹，怀疑人家是上辈子积了德行了善的。

这么多不可思议的反常的事情，感觉和三十年河东河西不是一个意思。我真不明白到底是社会错了，是时光错了，还是自己的路错了。我常常会假设，如果自己没有出息，念不好书，考不上学，没有工作，只能像祖祖辈辈一样，继续当我的农民，如今的生活又是什么样子的呢？

这就是写《反季生长》的灵感来源，也是野心所在。首先，每个主人公都以农作物命名，就想表达一种观点，我们这些农民无论走到哪里，无论过上什么样的生活，大家都带着土地的基因，都有着农村的印记，是不能轻易抹去的，也是无法改变的，像农作物一样，只有回到土地才有生路，农民只有回到农村才有归宿。其次，陈小元踏上的看似是一条心存内疚的寻情之路，其实是一条城乡联姻的追悔之路和逆行回乡之路。我们这么一群流落异乡的人,不管如何进入城市,因何进入城市,都有着动荡不安的心,都有着城市给我们带来的无奈和忧伤,我们相聚在一辆彼此熟悉而又陌生的大巴上,在那么狭小的空间和短暂的时间之中,因为具有相同的气息拥有一个共同的故乡,每个人不经意间的一个动作,一句无关紧要的对话,一个婴儿的几声啼哭,一种小小的烦恼,都像一块石头投向湖心,必然会激起无边的涟漪,产生深深的共鸣,引起遥远的回忆和联想。第三,标题"反季生长"有着极其重要的象征意味,主人公陈小元的堂弟和陈小元的恋人樱桃树,因为各种原因没有资格进入大学,没有通过大学这条必经之路进城,过上城市生活,在十几年之前,他们算是十足的失败者,但是十几年之后,他们这些遗落在农村的人,比进城人员过得都要富有都要稳定,堂弟变成了经济十分宽裕的大款,樱桃树变成了拥有一个庄园的种植大户,这不正是生命个体的"反季生长"吗?

2021 年 1 月 8 日

陈仓

陕西丹凤县人，70后作家、诗人，现为《生活周刊》主编。曾参加《诗刊》社第28届青春诗会。作品被刊物广泛转载，多次入选中国小说学会等机构评定的文学排行榜，有十余篇（首）作品入选大学教材或者中文试卷。

他提出"致我们回不去的故乡"，被著名作家贾平凹称为"把故乡在脊背上背着到处跑的人"。

曾获第三届中国星星新诗奖、第三届中国红高粱诗歌奖、第二届都市小说双年奖、《小说选刊》（2014—2015）双年奖、第八届冰心散文奖、第三届三毛散文奖大奖，以及首届陕西青年文学奖、中国作家出版集团优秀作家贡献奖等。

主要作品

诗集

《诗上海》《艾的门》

长诗

《醒神》《天鹅颂》

长篇小说

《后土寺》《止痛药》《预言家》《动物万岁》

小说集

《地下三尺》《上海别录》

再见白素贞

出 品 人	郭文礼	选题策划	刘文飞	责任编辑	刘文飞
复 审	陈 洋	终 审	陈学清	扉页题字	王利锋
封面绘图	陈 谋	书籍设计	张永文	印装监制	郭 勇

项目运营 | 有度文化·刘文飞工作室　　投稿邮箱 | liuwenfei0223@163.com
微　　博 | http://weibo.com/liuwenfei0223　　微信公众号 | YOUDU_CULTURE